Scherz Krimi

Spannung mit Niveau

Von Agatha Christie sind lieferbar:

Alter schützt vor Scharfsinn nicht
Auch Pünktlichkeit kann töten
Auf doppelter Spur
Der ballspielende Hund
Bertrams Hotel
Der blaue Expreß
Blausäure
Rätsel um Arlena
Die Büchse der Pandora
Der Dienstagabend-Club
Ein diplomatischer Zwischenfall
Elefanten vergessen nicht
Die ersten Arbeiten des Herkules
Das Eulenhaus
Das fahle Pferd
Fata Morgana
Das fehlende Glied in der Kette
Feuerprobe der Unschuld
Ein gefährlicher Gegner
Das Geheimnis der Goldmine
Das Geheimnis der Schnallenschuhe
Die großen Vier
Hercule Poirot's größte Trümpfe
Hercule Poirot schläft nie
Hercule Poirot's Weihnachten
Karibische Affäre
Die Katze im Taubenschlag
Die Kleptomanin
Das krumme Haus
Kurz vor Mitternacht
Lauter reizende alte Damen
Der letzte Joker
Die letzten Arbeiten des Herkules
Der Mann im braunen Anzug
Die Mausefalle und andere Fallen
Die Memoiren des Grafen
Mit offenen Karten
Mörderblumen
Mördergarn
Die Mörder-Maschen
Mord im Pfarrhaus
Mord im Spiegel oder
Dummheit ist gefährlich
Mord in Mesopotamien
Mord nach Maß
Ein Mord wird angekündigt
Die Morde des Herrn ABC
Morphium
Poirot rechnet ab
Rächende Geister
Rotkäppchen und der böse Wolf
Ruhe unsanft
Die Schattenhand
Das Schicksal in Person
Schneewittchen-Party
Der seltsame Mr. Quin
Sie kamen nach Bagdad
Sterben in Wychwood
Der Tod auf dem Nil
Der Tod wartet
Der Todeswirbel
Die Tote in der Bibliothek
Der Unfall und andere Fälle
Der unheimliche Weg
Das unvollendete Bildnis
Die vergeßliche Mörderin
Vier Frauen und ein Mord
Vorhang
Der Wachsblumenstrauß
Wiedersehen mit Mrs. Oliver
Zehn kleine Negerlein
Zeugin der Anklage
16 Uhr 50 ab Paddington

Agatha Christie

Poirot rechnet ab

Scherz
Bern - München - Wien

Einzig berechtigte Übertragung aus dem Englischen
Titel des Originals: »Poirot Investigates«
Schutzumschlag von Heinz Looser
Foto: Thomas Cugini

7. Auflage 1985, ISBN 3-502-50775-9

Gesamtherstellung: Ebner Ulm

Die Augen der Gottheit

Ich stand am Fenster von Poirots Zimmer und sah gelangweilt auf die Straße hinunter.
»Komisch«, murmelte ich plötzlich.
»Was ist los, *mon ami*?« fragte Poirot sanft aus den Tiefen seines bequemen Sessels.
»Poirot, wie beurteilen Sie folgende Situation? Hier unten auf der Straße kommt eine junge Dame, erstklassig angezogen – eleganter Hut, wertvoller Pelzmantel –, sie kommt langsam die Straße entlang und schaut suchend an den Häusern hoch. Sie scheint nicht zu merken, daß ihr drei Männer und eine Frau in mittleren Jahren folgen. Eben kommt noch ein Botenjunge dazu, der seine Rede mit lebhaften Gesten unterstreicht und auf das Mädchen deutet. Was hat das zu bedeuten? Ist das Mädchen eine Hochstaplerin und wird von Detektiven verfolgt, die sie verhaften wollen? Oder sind die Verfolger Gangster, die einen Überfall auf ein unschuldiges Opfer vorhaben? Was halten Sie davon, großer Meisterdetektiv?«
»Der große Meisterdetektiv, *mon ami*, wählt wie immer den einfachsten Weg, er schaut sich die Geschichte mal an.« Mein Freund trat zu mir ans Fenster.
Er sah auf die Straße hinunter und fing amüsiert zu kichern an.
»Wie immer, *mon ami*, haben Sie die Sache mal wieder durch Ihre romantische Brille betrachtet. Die Dame ist Miss Mary Marvell, der bekannte Filmstar. Sie wird von Verehrern verfolgt, die sie erkannt haben. Nebenbei bemerkt, lieber Hastings, hat sie das längst beobachtet, und es ist ihr gar nicht unangenehm.«
Ich lachte.
»Dann ist also alles geklärt. Aber das ist nicht Ihrem Scharf-

sinn zu verdanken, Poirot! Sie haben die Dame erkannt und daraus einfach Ihre Schlüsse gezogen.«
»Ja ...? Und wie oft haben Sie Mary Marvell auf der Leinwand gesehen, *mon cher*?«
Ich dachte nach. »Ungefähr ein dutzendmal.«
»Und ich – einmal! Und doch erkenne ich sie – und *Sie* nicht!«
»Sie sieht so anders aus«, erwiderte ich leise.
»Aha! *Sacré*!« rief Poirot. »Erwarten Sie vielleicht, daß sie in Londons Straßen mit einem Cowboyhut oder barfuß als irische Freiheitskämpferin herumläuft? Sie sehen immer nur das Unwesentliche. Erinnern Sie sich mal an den Fall der Tänzerin Valerie Saintclair.«
Unwillig zuckte ich mit den Schultern.
»Aber beruhigen Sie sich, *mon ami*«, sagte er besänftigend, »es kann ja nicht jeder ein Hercule Poirot sein. Ich weiß das wohl.«
»Ich habe noch nie einen Menschen kennengelernt, der so eingebildet ist!« rief ich halb lachend, halb ärgerlich.
»Was soll's. Wenn man einmalig ist, dann weiß man es auch. Andere Leute teilen meine Meinung – sogar, wenn ich mich nicht sehr täusche, Miss Mary Marvell.«
»Wieso?«
»Sie kommt zweifellos zu mir.«
»Woher wissen Sie das?«
»Sehr einfach. Diese Straße hier ist nicht die allervornehmste. Hier wohnt nirgend ein Modearzt oder Zahnarzt, keine Modistin, und eine exklusive Modeschau gibt es erst recht nicht – aber es gibt einen berühmten Detektiv. Ja! Mein Freund, Sie dürfen es glauben, ich komme in Mode. Man sagt: ›Wie ... Sie haben Ihr kleines goldenes Zigarettenetui verloren? Oh, dann müssen Sie zu dem kleinen Belgier gehen. Der ist wundervoll! Jeder geht dahin.‹ Und sie kommen alle! In Scharen, *mon ami*! Mit den idiotischsten Anliegen.«
Es läutete. »Was habe ich Ihnen gesagt? Das ist Miss Marvell.«
Wie üblich hatte Poirot recht. Nach ein paar Sekunden wurde der amerikanische Filmstar hereingeführt.
Mary Marvell war ohne Zweifel eine der populärsten Schau-

spielerinnen der Leinwand. Sie war erst vor kurzem in Begleitung ihres Gatten Gregory B. Rolf – ebenfalls Schauspieler – in England eingetroffen. Sie hatten ungefähr vor einem Jahr in Amerika geheiratet, und es war ihr erster gemeinsamer Besuch in England. Man hatte ihnen einen großartigen Empfang bereitet, hatte alles bewundert, was Miss Marvell tat, ihre herrlichen Kleider, ihre Pelze, ihre Juwelen – vor allem einen kostbaren Stein, einen großen Diamanten, den man den *Western Star* nannte, eine Anspielung auf seine Besitzerin. Viel Wahres und Unwahres wurde über diesen berühmten Stein geschrieben, der angeblich für die enorme Summe von fünfzigtausend Pfund versichert war.

Diese Details fielen mir blitzartig ein, als ich mit Poirot unsere blonde Klientin begrüßte.

Miss Marvell war klein und zierlich, sehr blond und mädchenhaft, mit großen, unschuldigen, blauen Kinderaugen.

Poirot bot ihr Platz an, und sie begann sofort zu sprechen.

»Sie werden mich vielleicht für töricht halten, Monsieur Poirot, aber Lord Cronshaw hat mir gestern abend erzählt, wie wunderbar Sie die mysteriösen Todesumstände bei seinem Neffen aufgeklärt haben. Deshalb möchte ich Sie dringend um Ihren Rat bitten. Wahrscheinlich ist das Ganze nur ein Schabernack – Gregory glaubt das jedenfalls –, aber ich bin sehr beunruhigt.«

Sie seufzte. Poirot lächelte ihr aufmunternd zu.

»Sprechen Sie weiter, Madame.«

»Es handelt sich um diese Briefe.« Miss Marvell entnahm ihrer Handtasche drei Briefe und gab sie Poirot. Der betrachtete sie genau.

»Billiges Papier, Name und Adresse mit verstellter Schrift sorgfältig gemalt. Wollen wir uns doch mal den Inhalt dieser Briefe ansehen.«

Ich stellte mich hinter ihn und sah ihm über die Schulter. Auf dem Papier stand ein einziger, sorgfältig gemalter Satz:

Der große Diamant, das linke Auge des Gottes, wird zurückgefordert.

Der zweite Brief hatte genau denselben Wortlaut, aber der dritte war etwas ausführlicher und lautete:

Man hat Sie gewarnt. Sie haben jedoch der Aufforderung nicht Folge geleistet. Jetzt wird Ihnen der Stein abgenommen werden. Wenn der Mond sein volles Gesicht zeigt, sollen die Diamanten, das linke und das rechte Auge der Gottheit, zurückkehren. So steht es geschrieben.

»Den ersten Brief tat ich als Witz ab«, erklärte Miss Marvell. »Als ich den zweiten bekam, fing ich an, mir Gedanken zu machen. Der dritte traf gestern ein, und plötzlich schien es mir, als ob die Angelegenheit vielleicht doch ernster sei, als ich mir vorgestellt hatte.«

»Aus den Briefumschlägen ersehe ich, daß die Briefe nicht durch die Post zugestellt wurden. Ist das richtig?«

»Ja, sie sind abgegeben worden – durch einen Chinesen. Das ist es ja, was mich erschreckt.«

»Warum?«

»Weil es ein Gelber war, von dem Gregory vor drei Jahren in San Franzisko den Stein gekauft hat.«

»Madame, ich nehme an, Sie sprechen von dem . . .«

». . . *Western Star*«, vollendete Miss Marvell den Satz. »Das war so: Als Gregory den Stein kaufen wollte, hörte er einige Gerüchte über seine Herkunft, aber der Chinese wollte keine Auskünfte geben. Gregory erzählte mir, der Mann sei ganz verstört gewesen und hätte nur den einen Wunsch gehabt, so schnell wie möglich den Stein loszuwerden. Er verlangte auch nur zehn Prozent des wirklichen Wertes. Es war Gregs Hochzeitsgeschenk für mich.«

Poirot nickte gedankenverloren.

»Die Geschichte scheint recht phantastisch zu sein. Und doch, wer weiß? Hastings, würden Sie mir bitte mal meinen Kalender aus der Aktentasche geben?«

Ich gab ihm das Gewünschte.

»Wollen wir doch mal nachsehen«, sagte Poirot und blätterte im Kalender, »wann Vollmond ist. Ah, nächsten Freitag. Das ist in drei Tagen. *Eh bien,* Madame, Sie wollen meinen Rat hören – ich schlage Ihnen folgendes vor: Diese *belle histoire* kann ein Schabernack sein – es ist aber nicht sicher! Ich möchte Ihnen daher raten, den Diamanten bis über den nächsten Freitag hinaus in meine Obhut zu geben. Dann können wir uns entschließen, was für Schritte wir unternehmen wollen.«

Eine leichte Wolke des Unwillens huschte über das Gesicht

der Schauspielerin, und sie entgegnete verlegen:
»Ich fürchte, das ist unmöglich.«
»Sie haben ihn bei sich – hier?« Poirot beobachtete sie aufmerksam.
Das Mädchen zögerte einen Moment, dann fuhr sie mit der Hand in den Ausschnitt ihres Kleides und zog eine lange, dünne Platinkette heraus. Sie beugte sich vor und öffnete die Hand. In ihrer Handfläche lag ein Diamant von herrlich weißem Feuer in einer prachtvollen Platinfassung.
Poirot pfiff bewundernd durch die Zähne.
»*Epatant!*« murmelte er. »Erlauben Sie, Madame?« Er nahm den Stein in die Hand und prüfte ihn genau, dann gab er ihn mit einer kleinen Verbeugung zurück. »Ein herrlicher Stein – ohne den geringsten Fehler. Ach, *cent tonnerres!* Und den tragen Sie so mit sich herum, als ob das gar nichts wäre?«
»Nein, nein, ich bin wirklich vorsichtig damit, Monsieur Poirot. Für gewöhnlich ist er in meiner Schmuckkassette eingeschlossen und im Hotelsafe deponiert. Wir wohnen im *Hotel Magnificent.* Ich habe ihn ausnahmsweise heute mitgebracht, damit Sie ihn ansehen können.«
»Und Sie werden ihn hierlassen, *n'est-ce pas?* Sie nehmen doch den Rat von Papa Poirot an?«
»Monsieur Poirot, das muß ich Ihnen erst erklären. Wir gehen nächsten Freitag nach Schloß Yardly, um ein paar Tage bei Lord und Lady Yardly zu bleiben.«
Ihre Worte riefen eine vage Erinnerung in mir wach. Gesellschaftsklatsch – wenn ich mich recht erinnerte. Vor einigen Jahren waren Lord und Lady Yardly nach Amerika gefahren, und man erzählte, daß Seine Lordschaft sich mit Hilfe mehrerer Damenbekanntschaften großartig amüsiert hatte. Weiter wußte man zu berichten, daß Lady Yardly sich mittlerweile mit einem Filmstar in Hollywood die Zeit vertrieb – plötzlich durchzuckte es mich –, das war niemand anders als Gregory B. Rolf gewesen.
»Ich werde Ihnen ein kleines Geheimnis anvertrauen, Monsieur Poirot«, fuhr Miss Marvell fort. »Wir haben ein Geschäft mit Lord Yardly vor. Es besteht die Möglichkeit, daß wir einen Film in seinem mittelalterlichen Schloß drehen werden.«

»In Schloß Yardly?« warf ich interessiert dazwischen. »Das ist eines der schönsten alten Schlösser Englands.« Miss Marvell nickte.
»Ich glaube auch, es wäre gerade das richtige alte Feudalschloß, das wir brauchen. Aber er verlangt einen ziemlich gesalzenen Preis dafür, und deshalb weiß ich nicht, ob das Geschäft zustande kommt. Wissen Sie, Greg und ich verbinden immer gern das Geschäft mit dem Vergnügen.«
»Aber – ich bitte um Verzeihung, Madame, wenn ich so hartnäckig bin – es ist doch sicher nicht notwendig, anläßlich dieses Besuches in Schloß Yardly den Diamanten mitzunehmen?« Ein scharfer, harter Zug erschien in Miss Marvells Gesicht, der ihre sonst kindliche Erscheinung Lügen strafte. Sie sah plötzlich viel älter aus.
»Ich möchte ihn dort tragen.«
»In der Schmucksammlung von Schloß Yardly gibt es ein paar sehr schöne Stücke, ist da nicht auch ein großer Diamant dabei?« fragte ich.
»Ja, so ist es«, erwiderte Miss Marvell recht kurz angebunden. Ich hörte, wie Poirot leise vor sich hin murmelte: »Ah, *c'est comme ça*!« Laut sagte er – in seiner üblichen Taktik, den Stier bei den Hörnern zu packen (er selber pflegte es Psychologie zu nennen): »Dann sind Sie sicher mit Lady Yardly bekannt? Oder kennt sie Ihr Gatte?«
»Gregory lernte sie kennen, als sie vor drei Jahren in Amerika war«, sagte Miss Marvell. Einen Augenblick lang zögerte sie und fuhr dann fort:
»Liest einer von Ihnen die Zeitung *Gesellschaftsklatsch*?« Wir mußten beide schamvoll zugeben, daß wir sie gelegentlich aus Berufsgründen lasen.
»Ich frage, weil in der letzten Nummer ein Artikel über berühmte Juwelen erschienen ist, und es ist wirklich komisch –« Sie unterbrach sich.
Ich stand auf, ging zu dem Tisch am anderen Ende des Zimmers und kehrte mit der fraglichen Nummer zurück. Sie nahm sie mir ab, schlug den Artikel auf und fing an, laut vorzulesen: *In die Reihe der berühmten Steine muß man den* Star of the East *einbeziehen, einen Diamanten im Besitz der Familie Yardly. Ein Vorfahre*

des jetzigen Lord Yardly hat ihn aus China mitgebracht, und es wird behauptet, mit ihm sei eine romantische Geschichte verknüpft. Danach soll der Stein früher das rechte Auge einer Tempelgottheit gewesen sein. Ein anderer Diamant, völlig gleich in Form und Schönheit, bildete das linke Auge, und die Sage berichtet, daß auch dieser Diamant im Laufe der Zeit gestohlen würde. Das eine Auge wird nach Westen gehen, das andere nach Osten, so lange, bis sie sich wieder begegnen. Dann werden sie im Triumphzug zu ihrer Gottheit zurückgeleitet werden! Es ist ein merkwürdiger Zufall, daß augenblicklich ein Stein, der beinahe völlig mit dem oben beschriebenen übereinstimmt, in England ist, und zwar der Star of the West *oder* Western Star! *Er ist im Besitz der berühmten Filmschauspielerin Miss Mary Marvell. Ein Vergleich der beiden Steine wäre sehr interessant.*

»*Epatant!*« murmelte Poirot. »Zweifellos eine höchst romantische Geschichte.« Er wandte sich an Mary Marvell. »Und Sie haben keine Angst, Madame? Sie sind nicht abergläubisch? Sie haben keine Bedenken, diese siamesischen Zwillinge zusammenzubringen? Wenn nun plötzlich ein Chinamann auftaucht und, *hey presto,* die beiden Steine nach China abtransportiert?«

Sein Ton war leicht spöttisch, ich hörte aber trotzdem heraus, daß er es im Grunde ernst meinte.

»Ich glaube nicht, daß Lady Yardlys Diamant auch nur annähernd so gut ist wie meiner«, sagte Miss Marvell. »Aber ich werde es ja sehen.«

Was Poirot darauf erwidern wollte, kann ich nicht sagen, denn die Tür flog auf, und herein trat ein blendend aussehender Mann. Vom Scheitel bis zur Sohle sah er wie der Held aus, in den die Mädchen sich vom Fleck weg verliebten.

»Ich habe dir doch versprochen, Mary, daß ich dich abholen würde – da bin ich«, sagte Gregory Rolf. »Was sagt denn Monsieur Poirot zu unserer kleinen Geschichte? Ist er derselben Ansicht wie ich, daß sich jemand ein Späßchen mit uns erlaubt?«

Poirot lächelte den stattlichen Schauspieler an. Sie bildeten einen komischen Kontrast, die beiden.

»Späßchen oder nicht, Mr. Rolf«, erwiderte er trocken. »Ich habe Ihrer Frau Gemahlin geraten, am Freitag den Stein nicht mit nach Schloß Yardly zu nehmen.«

»Ich bin völlig Ihrer Meinung, Sir, und ich habe es Mary auch schon mehrere Male gesagt. Aber Sie wissen ja, sie ist eine typische Frau, und der Gedanke, daß eine andere schönere Juwelen hat als sie selbst, ist ihr unerträglich.«
»Was für'n Unsinn!« sagte Mary Marvell scharf. Vor Unwillen bekam sie rote Flecken im Gesicht.
Poirot hob die Schultern.
»Madame, ich habe Ihnen geraten. Mehr kann ich nicht sagen. *C'est fini!*« – Er brachte die Herrschaften zur Tür.
»Olala!« bemerkte er zurückkehrend. »Frauengeschichten! Ihr guter Gatte traf den Nagel auf den Kopf – zwar nicht sehr taktvoll –, aber er hatte recht.«
Ich berichtete ihm von meinen vagen Erinnerungen, und er nickte ein paarmal kräftig.
»So etwas Ähnliches habe ich vermutet. Trotzdem ist irgend etwas an der Geschichte seltsam. Wenn Sie nichts dagegen haben, *mon ami,* werde ich ein wenig an die frische Luft gehen. Warten Sie, bitte, bis ich zurückkomme. Ich werde nicht lange wegbleiben.«
Ich war gerade in meinem Stuhl eingeschlafen, als die Wirtin an die Tür klopfte und ihren Kopf hereinstreckte.
»Da ist noch eine Dame, die Mr. Poirot sprechen möchte. Ich habe ihr gesagt, er sei nicht da, aber sie möchte gerne auf ihn warten, da sie extra von auswärts gekommen ist.«
»Führen Sie sie herein, Mrs. Murchinson. Vielleicht kann ich etwas für sie tun.«
Mein Herz klopfte heftig, als die Dame hereinkam und ich sie erkannte. Es war Lady Yardly. Ihr Bild war so oft schon in den Zeitungen erschienen, daß es unmöglich war, sie nicht sofort zu erkennen.
»Bitte setzen Sie sich, Lady Yardly«, sagte ich und schob ihr einen Sessel hin. »Mein Freund Poirot ist ausgegangen, aber ich weiß mit Bestimmtheit, daß er bald zurückkommt.«
Sie nahm dankend Platz. Sie war ein ganz anderer Typ als Mary Marvell. Groß, dunkel, mit blitzenden Augen und einem blassen, stolzen Gesicht – und doch lag ein etwas leichtsinniger Zug um den Mund.
Ich wollte mich der Situation würdig erweisen. Poirots Gegen-

wart hemmte mich oft, meine Gaben zu entfalten, und schließlich besaß auch ich eine gehörige Portion Spürsinn. Einem plötzlichen Impuls folgend, beugte ich mich vor.

»Lady Yardly«, sagte ich, »ich weiß, warum Sie hier sind. Sie haben anonyme Briefe bekommen wegen Ihres Diamanten.«

Ohne Zweifel hatte ich ins Schwarze getroffen. Sie starrte mich mit offenem Mund an; alle Farbe war aus ihrem Gesicht gewichen.

»Woher wissen Sie das?« stammelte sie.

Ich lächelte.

»Es schien mir logisch. Miss Marvell hat auch warnende Briefe bekommen . . .«

»Miss Marvell? Ist sie hier gewesen?«

»Sie ist gerade weggegangen. Wie ich schon andeutete: Wenn Miss Marvell als Besitzerin des einen der Zwillingsdiamanten mehrere Drohbriefe erhalten hat, dann muß es Ihnen als Besitzerin des zweiten Steines ähnlich ergangen sein. Habe ich mit der Annahme recht, daß Sie dieselben mysteriösen Mitteilungen erhalten haben?«

Einen Augenblick zögerte sie und überlegte sich, ob sie mir trauen könne. Dann hatte sie sich entschieden und lächelte ein wenig.

»Sie haben recht«, gab sie zu.

»Wurden Ihre Briefe auch persönlich abgegeben – von einem Chinesen?«

»Nein, sie kamen mit der Post. Aber sagen Sie mir doch, was hat sich denn mit Miss Marvell abgespielt?«

Ich erzählte ihr die Ereignisse der letzten Stunde. Sie lauschte aufmerksam.

»Das paßt alles zusammen. Meine Briefe waren genau dieselben. Sie kamen zwar mit der Post, aber sie strömten einen merkwürdigen Duft aus – der mich sofort an den Osten erinnerte. Was bedeutet das alles?«

Ich schüttelte den Kopf.

»Das müssen wir erst feststellen. Haben Sie die Briefe bei sich? Vielleicht können wir uns den Poststempel genauer ansehen.«

»Leider habe ich sie weggeworfen. Verstehen Sie, ich habe

zuerst die ganze Angelegenheit als einen törichten Scherz betrachtet. Ist es denn möglich, daß eine chinesische Bande wirklich versucht, die Diamanten wieder in ihren Besitz zu bringen? Das scheint mir beinahe unglaubhaft.«
Wir beleuchteten die Tatsachen von allen Seiten, konnten aber keinen Schritt weiterkommen. Dann erhob sich Lady Yardly.
»Ich glaube wirklich nicht, daß es jetzt noch notwendig ist, auf Mr. Poirot zu warten. Sie können ihm ja von unserer Unterhaltung berichten, Mr. . . .«
Sie streckte mir zögernd die Hand hin.
»Captain Hastings«, sagte ich.
»Natürlich. Wie vergeßlich ich bin . . . Sie sind ein Freund der Cavendishes, nicht wahr? Mary Cavendish hat mir nämlich Mr. Poirot empfohlen.«
Als Poirot zurückkehrte, berichtete ich ihm stolz mein Erlebnis während seiner Abwesenheit. Er quetschte förmlich jede Einzelheit unserer Unterhaltung aus mir heraus, und ich konnte aus seinem Tonfall bemerken, daß er sich ärgerte, nicht dagewesen zu sein. Ich konnte mir auch vorstellen, daß der gute alte Junge ein ganz klein wenig neidisch war. Es war ihm schon beinahe zur Gewohnheit geworden, meine Fähigkeiten zu unterschätzen. Er war unwillig, das sah ich ihm an, weil er keinen Grund zur Kritik fand. Im stillen war ich sehr zufrieden mit mir, verbarg das aber, um ihn nicht zu verletzen. Denn trotz seiner Absonderlichkeit mag ich meinen komischen kleinen Freund von Herzen gern.
»*Bien*!« sagte er endlich mit seltsamem Gesichtsausdruck. »Die Geschichte hat Format. Geben Sie mir doch bitte mal den Adelskalender vom obersten Regal dort.« Er blätterte ihn durch. »Ach, da ist er! ›Yardly . . . zehnter Viscount . . . Teilnehmer des Südafrikanischen Krieges‹ . . . das ist unwichtig . . . ›verheiratet seit zwanzig Jahren mit Hon. Maude Stopperton, vierter Tochter des dritten Barons Cotteril‹ . . . hm, hm, hm, . . . ›zwei Töchter . . . Clubmitglied bei . . . Wohnsitze . . .‹, . . . das ist alles. Sagt nicht viel. Aber morgen werden wir diesen Lord besuchen.«
»So?«
»Ja. Ich habe ihm bereits telegrafiert.«

»Ich dachte, Sie wollen sich mit diesem Fall nicht befassen?«
»Ich tue es nicht für Miss Marvell, da sie sich weigert, meinen Rat zu befolgen. Ich handle aus eigenem Interesse. Ich habe mich entschlossen, bei der Sache mitzuspielen.«
»Und da verlangen Sie von Lord Yardly, er soll in die Stadt kommen, nur weil Sie Interesse an der Sache haben? Das wird ihn nicht freuen.«
»Im Gegenteil. Wenn ich ihm seinen Familiendiamanten erhalte, müßte er mir doch sehr dankbar sein.«
»Dann glauben Sie also nicht an einen Schabernack? Sie glauben, da steckt eine ernste Gefahr dahinter?« fragte ich eifrig.
»Das ist beinahe sicher«, entgegnete Poirot ruhig. »Alles deutet darauf hin.«
»Aber wie . . .?«
Poirot stoppte meine neugierigen Fragen mit einer lässigen Handbewegung.
»Ich bitte Sie . . . jetzt nicht fragen. Wir wollen uns doch nicht konfus machen. Nun schauen Sie mal, wo Sie den Adelskalender hingestellt haben! Die großen Bücher stehen im obersten Regal, die nächstgroßen in dem darunter . . . nur so haben wir Ordnung. – Methode, die, wie ich Ihnen schon oft gesagt habe . . .«
»Ich weiß!« sagte ich schnell und stellte das Buch an seinen richtigen Platz.

Lord Yardly war eine sportliche Erscheinung mit lauter Stimme und rotem Gesicht. Er wirkte jovial und gemütlich – also ausgesprochen sympathisch.
»Komische Sache das, Mr. Poirot. Ich kann nicht daraus schlau werden. Meine Frau bekommt merkwürdige Briefe. Miss Marvell auch. Was bedeutet das alles?«
Poirot reichte ihm die Ausgabe vom *Gesellschaftsklatsch.*
»Zuerst, Mylord, möchte ich Sie fragen, ob das, was hier steht, stimmt?«
Der Lord las den Artikel, und sein Gesicht wurde dunkelrot vor Ärger.
»Verfluchter Quatsch!« bellte er. »Es gab nie eine romantische Geschichte um diesen Diamanten. Er stammt ursprünglich aus

Indien, soviel ich weiß. Das Märchen von einem chinesischen Gott habe ich nie gehört.«
»Immerhin ist der Stein bekannt als *The Star of the East.*«
»Na und?« fragte er zornig.
Poirot lächelte ein wenig, gab aber keine direkte Antwort.
»Ich möchte Sie bitten, Mylord, mir uneingeschränkt zu vertrauen. Wenn Sie das tun, bin ich fest davon überzeugt, daß wir eine Katastrophe verhindern können.«
»Dann glauben Sie also, daß an diesem Ammenmärchen tatsächlich etwas dran ist?«
»Werden Sie tun, um was ich Sie bitte?«
»Natürlich, aber . . .«
»*Bien*! Erlauben Sie mir, daß ich einige Fragen stelle. Ist diese Angelegenheit mit Ihrem Schloß zwischen Ihnen und Mr. Rolf perfekt?«
»Oh! Hat er Ihnen davon erzählt? Nein, das ist noch nicht perfekt!« Er dachte angestrengt nach, und seine rote Gesichtsfarbe wurde wieder dunkler. »Ich erzähle Ihnen am besten von der Sache. Ich habe da einige Dummheiten gemacht, Mr. Poirot, und stecke deshalb bis über die Ohren in Schulden. Da will ich wieder rauskommen. Ich hänge sehr an meinen Kindern und will ihnen das Schloß erhalten. Gregory Rolf bietet mir viel Geld an – genug, um mir aus der Patsche rauszuhelfen. Ich möchte aber möglichst nichts damit zu tun haben. Schon der Gedanke an den ganzen Filmwirbel hier in meinem Schloß ist mir widerlich. Aber was bleibt mir übrig, wenn nicht –« Er brach ab.
Poirot beobachtete ihn nachdenklich.
»Sie haben also noch einen anderen Pfeil in Ihrem Köcher? Darf ich eine Vermutung aussprechen? Tragen Sie sich mit dem Gedanken, den *Star of the East* zu verkaufen?«
Lord Yardly nickte. »So ist es! Er ist zwar seit einigen Generationen in der Familie, aber er gehört nicht zum unveräußerlichen Familienbesitz. Aber es ist ziemlich schwierig, rasch einen Käufer für den Stein zu finden. Hoffberg, der Vertreter von *Hatton Garden*, sieht sich nach einem Käufer um. Wenn er nicht schnell jemand findet, ist es zu spät.«
»Darf ich noch etwas fragen? Für welchen Weg ist Lady Yard-

ly?«
»Sie ist dagegen, den Diamanten zu verkaufen. Sie wissen doch, wie Frauen sind. Sie zieht den Filmrummel vor.«
»Ich verstehe«, sagte Poirot. Einen Moment blieb er gedankenvoll sitzen, dann stand er abrupt auf. »Sie fahren sofort nach Schloß Yardly zurück? *Bien*! Sagen Sie niemandem ein Wort – *niemand*, bitte! Aber erwarten Sie uns heute abend. Wir werden kurz nach fünf Uhr bei Ihnen sein.«
»Gut. Aber ich verstehe nicht . . .«
»Das ist im Augenblick auch nicht so wichtig«, sagte Poirot freundlich. »Sie wollen doch, daß ich Ihnen den Diamanten erhalte, *n'est-ce pas*?«
»Ja, aber . . .«
»Dann tun Sie bitte, was ich Ihnen sage.«
Ein völlig verstörter Lord verließ den Raum.

Es war halb sechs Uhr, als wir auf Schloß Yardly ankamen und einem würdigen Butler in die holzgetäfelte Halle folgten. Ein harmonischer Anblick bot sich uns: Lady Yardly und ihre beiden Kinder. Ihr hübscher, dunkler Kopf beugte sich über die Blondköpfe der Kinder. Lord Yardly stand daneben und sah lächelnd auf sie hinab. Das Kaminfeuer beleuchtete sehr dekorativ die ganze Szene.
»Mister Poirot und Mister Hastings!« meldete der Butler.
Lady Yardly sah überrascht auf. Ihr Gatte kam unsicher auf uns zu. Er sah Poirot in die Augen, als ob er von ihm Verhaltensmaßregeln erwartete. Der kleine Mann zeigte sich der Situation durchaus gewachsen.
»Ich bitte vielmals um Entschuldigung! Ich bin im Auftrag von Miss Marvell hier. Sie kommt doch am Freitag zu Ihnen? Ich möchte mir hier die Räumlichkeiten vorher mal ansehen. Außerdem wollte ich Lady Yardly fragen, ob sie sich vielleicht noch an den Poststempel erinnert, der auf den fraglichen Briefen war.«
Lady Yardly schüttelte bedauernd den Kopf: »Ich fürchte, nein. Ich habe töricht gehandelt, das weiß ich, aber mir wäre nie eingefallen, diese Angelegenheit ernst zu nehmen.«
»Bleiben Sie über Nacht?« fragte Lord Yardly.

»Oh, Mylord, wir wollen Sie nicht belästigen. Wir haben unser Gepäck im hiesigen Dorfgasthaus gelassen.«
»Gut. Ich werde es holen lassen. Nein, nein, es macht keine Umstände«, sagte der Lord.
Poirot ließ sich überreden, er setzte sich neben Lady Yardly und freundete sich mit den Kindern an. Schon nach kurzer Zeit tollten sie alle herum und hatten mich in das Spiel einbezogen.
»Was für eine gute Mutter Sie sind«, sagte Poirot mit einer galanten Verbeugung, als die Kinder von einer energischen Nurse abgeholt worden waren.
Lady Yardly glättete ihre zerzausten Haare. »Sie sind meine ganze Freude«, sagte sie mit weicher Stimme.
Der Gong zum Umziehen ertönte, und wir standen auf, um in unsere Zimmer zu gehen. In diesem Augenblick trat der Butler mit einem silbernen Tablett ein, auf dem ein Telegramm lag, das er Lord Yardly überreichte. Er riß es mit einem kurzen Wort der Entschuldigung auf. Als er es las, straffte sich seine Haltung. Mit einem Ausruf gab er es seiner Frau. Dann blickte er meinen Freund an.
»Einen Augenblick bitte, Mr. Poirot. Ich glaube, der Inhalt des Telegramms wird Sie interessieren. Es ist von Hoffberg. Er glaubt, einen Käufer für den Diamanten gefunden zu haben – einen Amerikaner, der morgen in die Staaten zurückfährt. Heute abend wird jemand hierherkommen, um den Stein zu prüfen. Mein Gott, wenn das klappen würde!« Seine Stimme schien zu versagen.
Lady Yardly hatte sich abgewandt. Sie hielt immer noch das Telegramm in der Hand.
»Ich wünschte, du würdest ihn nicht verkaufen, George. Er ist so lange in der Familie gewesen«, sagte sie mit leiser Stimme. Sie wartete auf eine Antwort; als keine kam, erschien ein harter Zug in ihrem Gesicht. Sie zuckte die Schultern. »Ich muß jetzt gehen und mich umziehen.« Sie wandte sich mit spöttischer Miene an Poirot. »Soll ich Ihnen mal die ganze Pracht zeigen? Es ist nämlich eines der häßlichsten Kolliers, die jemals entworfen worden sind. George hat mir immer versprochen, die Steine für mich neu fassen zu lassen. Aber dazu ist

es nie gekommen.« Sie verließ den Raum.
Eine halbe Stunde später waren wir drei Männer im großen Wohnzimmer versammelt und erwarteten die Lady. Der Gong zum Dinner war bereits vor einigen Minuten ertönt.
Plötzlich vernahm man ein leises Rascheln, und Lady Yardly erschien im Türrahmen – eine blendende Erscheinung, in einem langen, weißen, schimmernden Kleid.
Um ihren Hals blinkte und glitzerte es wie Tau an einem schönen Sommermorgen. Eine Hand hatte sie leicht auf das Kollier gelegt.
»Wie gefällt Ihnen die Pracht?« fragte sie fröhlich. Ihre schlechte Laune schien verflogen zu sein. »Warten Sie, bis ich das große Licht angedreht habe, und Sie können den Anblick des häßlichsten Kolliers von ganz England genießen.«
Die Lichtschalter befanden sich außerhalb des Raumes, direkt neben der Tür. Als sie die Hand ausstreckte, geschah etwas Unglaubliches. Ohne Warnung gingen alle Lichter plötzlich aus, die Tür schlug zu, und von draußen hörte man den langgezogenen, durchdringenden Schrei einer Frau.
»Mein Gott!« rief Lord Yardly. »Das war Maudes Stimme! Was ist passiert?« Wir stürzten auf die Tür zu und rannten uns gegenseitig im Dunkeln um. Es vergingen einige Minuten, bis wir sie gefunden hatten. Und was für ein Anblick bot sich unseren Augen! Lady Yardly lag bewußtlos auf den Marmorfliesen, ein karmesinroter Streifen zog sich um ihren weißen Hals, dort wo sich vor kurzer Zeit das Kollier noch befunden hatte.
Als wir uns über sie beugten – noch unsicher, ob sie tot oder lebendig war –, hob sie die Augenlider. »Der Chinese«, flüsterte sie mühsam. »Der Chinese ... die Seitentür ...«
Lord Yardly sprang fluchend auf, und ich folgte ihm. Mein Herz schlug vor Aufregung. Wieder der Chinese! Die Seitentür war klein und lag in einer Mauerecke, nicht mehr als zwölf Meter von der Tragödie entfernt. Als wir hinkamen, übermannte mich Erstaunen. Dort, gerade auf der Türschwelle, lag das glitzernde Kollier, offensichtlich von dem Dieb auf der Flucht weggeworfen. Ich stürzte mich freudestrahlend darauf. Dann stieß ich einen Schrei aus. Lord Yardly auch. In der Mit-

te des Kolliers klaffte eine große Lücke. Der *Star of the East* fehlte!

»Aha! Da haben wir den Beweis. Das waren keine gewöhnlichen Einbrecher – die wollten nur diesen einen Stein!«

»Aber wie ist der Kerl hier reingekommen?« fragte aufgeregt der Lord.

»Durch die Tür hier.«

»Aber die ist immer verschlossen.«

Ich schüttelte den Kopf. »Jetzt ist sie nicht verschlossen. Sehen Sie mal!« Ich zog sie auf, während ich sprach.

»Kommen Sie ... Der Chinese kann noch nicht weit sein. Wir wollen hinterherlaufen.«

Aber wir rannten und suchten umsonst. In der stockfinsteren Nacht war es dem Dieb leicht gewesen zu entkommen. Widerwillig kehrten wir um, und Lord Yardly ließ die Polizei anrufen.

Lady Yardly, die von Poirot gut umsorgt worden war – er verstand so etwas ausgezeichnet –, hatte sich soweit erholt, um erzählen zu können.

»Ich wollte gerade das große Licht anknipsen«, sagte sie, »als mich ein Mann von hinten ansprang. Er riß mir das Kollier mit solcher Kraft vom Hals, daß ich der Länge nach auf den Boden schlug. Im Fallen sah ich ihn durch die Seitentür verschwinden. Ich konnte gerade noch sehen, daß es sich um einen Chinesen handelte.« Sie schauderte.

Der Butler erschien und sprach leise mit Lord Yardly.

»Ein Herr ist da, er kommt von Mr. Hoffberg, Mylord. Er sagt, Sie erwarten ihn.«

»Lieber Gott!« rief Lord Yardly entsetzt. »Ich muß mit ihm sprechen! Nein, nicht hier, Mullings, in der Bibliothek.«

Ich zog Poirot auf die Seite.

»Hören Sie zu, lieber Freund. Sollten wir nicht besser nach London zurückfahren?«

»Glauben Sie, Hastings? Und warum?«

Ich hustete leicht. »Es ist doch so – wir haben uns nicht gerade mit Ruhm bedeckt. Sie bitten Lord Yardly, Ihnen zu vertrauen und alles würde gut werden, statt dessen verschwindet der Stein direkt unter Ihren Augen.«

»Sie haben recht!« sagte Poirot ein bißchen entmutigt. »Ein durchschlagender Erfolg war unser Besuch nun nicht gerade.«
Ich mußte ein wenig über Poirot lächeln.
»Nachdem wir nun – ich bitte um Verzeihung für den Ausdruck – eine empfindliche Niederlage erlitten haben, wäre es da nicht besser, wir zögen uns sofort zurück?«
»Und das Abendessen? Das zweifellos ausgezeichnete Abendessen, das der Küchenchef von Lord Yardly zubereitet hat?«
»Was bedeutet in dieser Situation schon ein Abendessen!« sagte ich ungeduldig.
Poirot hob seine Hände.
»*Mon Dieu*! In diesem Lande behandelt man die gastronomischen Genüsse mit einer geradezu kriminellen Gleichgültigkeit!«
»Es gibt noch einen Grund, um so schnell wie möglich nach London zurückzufahren«, fuhr ich fort.
»Und der wäre, mein Freund?«
»Der andere Diamant!« sagte ich und senkte die Stimme: »Miss Marvell!«
»Schön. Und was wollen Sie damit sagen?«
»Verstehen Sie denn nicht?« Seine ungewöhnliche Gleichgültigkeit ärgerte mich. Wo war sein sonst so scharfer Verstand? »Jetzt haben die Burschen den einen Stein, nun werden sie sich auch den andern schnappen wollen.«
»*Tiens*!« rief Poirot. Er ging einen Schritt zurück und sah mich bewundernd an. »Ihr Hirn funktioniert ja ausgezeichnet, mein Freund! Stellen Sie sich vor, daran habe ich im Augenblick überhaupt nicht gedacht! Aber es ist ja noch viel Zeit; wir haben erst am Freitag Vollmond.«
Zweifelnd schüttelte ich den Kopf. Die Vollmondtheorie ließ mich völlig kalt. Ich setzte jedoch durch, daß wir sofort nach London zurückfuhren.
Ich wollte gleich ins Hotel *Magnificent*, um Miss Marvell zu berichten, was sich ereignet hatte, aber Poirot war anderer Ansicht. Er bestand darauf, bis zum nächsten Morgen zu warten. Widerwillig gab ich nach.
Am nächsten Morgen schien Poirot nicht ausgehen zu wollen. Ich wurde langsam argwöhnisch und dachte, er wolle den Fall

nicht weiterverfolgen, weil er gleich am Anfang einen Fehler gemacht hatte. Als ich ihn bedrängte, machte er mir klar, daß die Morgenzeitungen den Fall von Schloß Yardly bestimmt schon in allen Einzelheiten gebracht hätten. Es wäre also nicht mehr nötig, den Rolfs extra davon zu berichten. Ärgerlich gab ich nach.

Die Ereignisse bestätigten meine Ahnung. Gegen zwei Uhr mittags läutete das Telefon. Poirot nahm den Anruf entgegen. Er hörte eine Zeitlang zu und sagte dann kurz: »Gut, ich werde kommen.« Zu mir gewandt sagte er: »Was glauben Sie wohl, *mon ami*, was passiert ist? Der Diamant von Miss Marvell ist gestohlen worden!« Er sah beschämt und auch erregt aus.

»Was?« schrie ich aufspringend. »Und wie steht's mit dem Vollmond?« Poirot ließ den Kopf hängen. »Und wann ist das passiert?«

»Heute morgen, soweit ich das richtig verstanden habe.«

Traurig schüttelte ich den Kopf. »Wenn Sie nur auf mich gehört hätten! Ich hatte doch den richtigen Riecher!«

»So sieht's aus, *mon ami*«, sagte Poirot bedächtig. »Man sagt zwar, der Schein trügt manchmal – aber diesmal sieht's wirklich so aus!«

Während wir in einem Taxi ins Hotel *Magnificent* fuhren, versuchte ich, die wahren Hintergründe des Komplotts klarzulegen.

»Die Idee mit dem Vollmond war gar nicht schlecht. Die wollten nur erreichen, daß wir uns auf den Freitag konzentrieren und die Tage vorher ganz außer acht lassen. Ein Jammer, daß Sie daran nicht gedacht hatten!«

»Mein Gott!« sagte Poirot beiläufig, nachdem seine Bestürzung überwunden war. »Man kann ja nicht an alles denken!«

Er tat mir leid. Ich wußte, er haßte Pannen, die er selbst verschuldet hatte.

»Machen Sie sich nichts daraus«, sagte ich tröstend. »Das nächstemal werden Sie mehr Glück haben.«

Im Hotel angekommen, wurden wir gleich in das Büro des Geschäftsführers geführt. Bei Gregory Rolf waren bereits zwei Leute von Scotland Yard. Ihnen gegenüber saß ein bleicher

Hotelangestellter.
Rolf nickte uns zu, als wir eintraten.
»Langsam kommen wir dahinter«, sagte er. »Aber was der Bursche für eine Frechheit besaß, ist doch unglaublich!«
Nach kurzer Zeit waren wir über alle Tatsachen informiert. Mr. Rolf hatte um elf Uhr fünfzehn das Hotel verlassen. Elf Uhr dreißig betrat ein Herr, der ihm aufs Haar glich, das Hotel und bat um die Schmuckkassette aus dem Hotelsafe. Er unterzeichnete die Empfangsbestätigung und sagte so nebenher: »Entschuldigen Sie das Geschmiere, aber ich habe mir beim Aussteigen aus dem Taxi die Hand verletzt.«
Der Hotelangestellte hatte nur gelächelt und gesagt, er könne kaum einen Unterschied feststellen. Der angebliche Rolf sagte: »Stellen Sie sich vor, wegen des Steins habe ich Drohbriefe von einem Chinesen bekommen, und das Eigenartige daran ist, daß ich selbst eine gewisse Ähnlichkeit mit einem Chinesen habe.«
»Ich sah ihn genauer an«, erzählte uns der bleiche Angestellte, »und merkte sofort, was er meinte. Seine Augen standen etwas schräg und waren mandelförmig wie bei einem Orientalen. Es war mir zuvor nie aufgefallen.«
»Verflucht noch mal, Mann!« schrie Gregory Rolf und beugte sich vor. »Schauen Sie mich an. Bemerken Sie es jetzt auch noch?«
Der Angestellte sah ihn aufmerksam an. »Nein, Sir, jetzt kann ich nichts Derartiges feststellen.« Und tatsächlich, an den klaren, braunen Augen, die uns ansahen, war nichts Orientalisches.
Der Scotland Yard-Mann brummte vor sich hin: »Ein frecher Kerl! Dachte sich, daß man ihn an den Augen erkennen könnte, und zerstreute von vornherein jeden Verdacht, indem er den Stier bei den Hörnern nahm. Er muß Sie beobachtet haben, als Sie aus dem Hotel gingen, und dann hineingeschlichen sein, sobald Sie außer Sicht waren.«
»Und was ist mit der Schmuckkassette?« fragte ich.
»Sie wurde im Flur des Hotels gefunden. Nur ein Stück fehlt – der *Western Star*!«
Wir starrten einander an. Die ganze Angelegenheit war bizarr

– unwirklich.
Poirot sprang lebhaft auf. »Ich fürchte, ich kann nicht viel helfen«, sagte er bedauernd. »Dürfte ich mal Madame besuchen?«
»Ich glaube, der Schock hat ihr sehr zugesetzt«, erklärte Rolf.
»Kann ich mich dann vielleicht mal ganz kurz mit Ihnen allein unterhalten, Monsieur?«
»Natürlich!«
Nach ungefähr fünfzehn Minuten kam Poirot zurück.
»Und jetzt, *mon ami*«, sagte er fröhlich zu mir, »gehen wir aufs nächste Postamt. Ich muß ein Telegramm aufgeben.«
»An wen?«
»Lord Yardly.« Er schloß weitere Fragen aus, indem er seinen Arm durch meinen schob und mich hinauszog. »Kommen Sie, *mon ami*, kommen Sie. Ich weiß, was Sie jetzt denken. Ich habe mich nicht sonderlich ausgezeichnet. Sie hätten sich in meiner Situation viel brillanter benommen. Vergessen wir es und gehen, um Mittag zu essen.«
Es war beinahe vier Uhr, als wir wieder in Poirots Büro zurückkamen. Lord Yardly erhob sich aus einem Sessel am Fenster. Er machte einen verwirrten Eindruck.
»Ich erhielt Ihr Telegramm und bin sofort gekommen. Hören Sie zu, ich bin bei Hoffberg gewesen. Die wissen überhaupt nichts von einem Telegramm an mich und haben auch niemanden zu mir geschickt. Halten Sie es für möglich, daß . . .«
Poirot stoppte ihn mit einer Handbewegung.
»Entschuldigen Sie – ich habe das Telegramm und auch den fraglichen Herrn geschickt.«
»*Sie* – aber . . . warum? Wieso?« Der Lord stammelte hilflos.
»Meine kleine Idee war, die Sache auf den Höhepunkt zu treiben«, erklärte Poirot geduldig.
»Die Sache auf den Höhepunkt zu treiben? Oh . . . Du lieber Gott!« rief Lord Yardly.
»Und die List ist gelungen, Mylord. Deswegen habe ich die Ehre, Ihnen *dieses* zurückzugeben.« Mit einer dramatischen Geste überreichte er ihm einen glitzernden Gegenstand – es war der Diamant.
»Der *Star of the East*«, hauchte Lord Yardly. »Aber ich verstehe nicht . . .«

»Nein? Das ist nicht weiter schlimm. Glauben Sie mir, erst mußte der Diamant einmal gestohlen werden – das war notwendig. Ich habe versprochen, dafür zu sorgen, daß der Stein Ihnen erhalten bleiben soll. Und ich habe mein Wort gehalten. Sie müssen mir erlauben, mein kleines Geheimnis für mich zu behalten. Darf ich Sie bitten, Lady Yardly meiner aufrichtigen Ehrerbietung zu versichern und ihr zu sagen, wie glücklich ich bin, ihr den Diamanten wiedergeben zu können. – Wir haben ein herrliches Wetter heute, nicht wahr? Guten Tag, Mylord.«
Lächelnd und plaudernd begleitete der kleine Mann den total verwirrten Lord an die Tür. Er kam zurück und rieb sich fröhlich die Hände.
»Poirot!« sagte ich. »Bin ich in einem Irrenhaus?«
»Nein, *mon ami,* aber Sie sind – wie immer – blind.«
»Woher haben Sie den Diamanten?«
»Von Mr. Rolf.«
»Rolf?«
»Natürlich. Die Drohbriefe, der Chinese, der Artikel in der Klatschspalte, das alles ist dem einfallsreichen Hirn von Mr. Rolf entsprungen. Die Diamanten, die so wunderbar ähnlich sein sollen – bah – sie existieren nicht! Es existiert nur ein Diamant, mein Freund! Ursprünglich in der Yardly-Sammlung, ist er seit drei Jahren im Besitz von Mr. Rolf. Er stahl ihn heute morgen selbst, mit Hilfe von einem bißchen Schminke in den Augenwinkeln. Wir müssen uns mal wieder einen Film von ihm ansehen. Er ist wirklich ein Künstler!«
»Aber warum sollte er seinen eigenen Diamanten stehlen?« fragte ich verdattert.
»Aus vielen Gründen. Zu allererst, weil Lady Yardly ungeduldig wurde.«
»Lady Yardly?«
»Ich will es Ihnen erklären. In Kalifornien war sie viel allein. Ihr Gatte hat sich anderweitig amüsiert. Mr. Rolf, gut aussehend, ein bißchen von Romantik umgeben, im Grunde aber sehr geschäftstüchtig, umwarb Lady Yardly, und dann erpreßte er sie. Ich habe es ihr neulich auf den Kopf zugesagt, und sie stritt es nicht ab. Sie schwor, daß sie nur ein wenig verliebt gewesen sei, aber niemals die letzten Grenzen überschritten

hätte – na ja. Aber Rolf hatte jedenfalls Briefe von ihr, die eine andere Deutung zuließen. Zu Tode erschrocken durch die Drohung einer Scheidung und die Vorstellung, von ihren Kindern getrennt zu werden, willigte sie in alles, was er von ihr verlangte, ein. Sie hatte kein eigenes Geld und war deshalb gezwungen zu gestatten, daß er den echten Diamanten durch eine Imitation ersetzen ließ. Mir fiel sofort auf, daß der *Western Star* gerade zu dem Zeitpunkt auftauchte, als die Familie Yardly in Kalifornien weilte. Alles ging gut. Aber Lord Yardly wollte aus den Schulden wieder heraus. Deshalb erwog er, den Diamanten zu verkaufen. Dabei mußte der Austausch der Steine natürlich entdeckt werden. Sie schrieb verzweifelt an Gregory Rolf, der gerade in England angekommen war. Er beruhigte sie und versprach, alles zu regeln – und bereitete einen doppelten Diebstahl vor. Gelang es ihm, Lady Yardly zu beruhigen, die sonst alles ihrem Mann hätte beichten müssen – eine Aussicht, die unserem Erpresser überhaupt nicht gefiel –, so konnte er außerdem fünfzigtausend Pfund von der Versicherung einstecken (aha, sehen Sie, das haben Sie ganz vergessen) und obendrein noch den Diamanten behalten. Nun schaltete ich mich ein. Die Ankunft eines Diamantexperten wurde angekündigt. Lady Yardly – dessen war ich sicher – würde sofort einen Raubüberfall inszenieren; sie machte das sogar ausgezeichnet. Aber Hercule Poirot ließ sich nicht bluffen! Was passierte wirklich: Die Lady drehte das Licht aus, knallte die Tür zu, warf das Kollier in den Flur und schrie aus Leibeskräften. Den Stein hatte sie vorher schon mit einer Zange herausgebrochen.«

»Aber sie hatte das Kollier doch um den Hals!« widersprach ich.

»Ich bitte um Verzeihung, *mon ami.* Lady Yardlys Hand lag sehr geschickt auf der Stelle, wo eigentlich der Diamant sein sollte. Als Rolf von dem Raubüberfall las, inszenierte er seine eigene Komödie. Auch er spielte sie großartig!«

»Worüber haben Sie sich mit ihm unterhalten?« fragte ich neugierig.

»Ich sagte ihm, Lady Yardly hätte ihrem Mann alles gestanden, und ich sei ermächtigt, den Stein an mich zu nehmen.

Wenn er ihn nicht sofort mir übergäbe, würde ich die Angelegenheit dem Gericht überlassen. Ich fügte noch ein paar kleine Lügen hinzu – was mir eben gerade einfiel. Er war Wachs in meiner Hand.«

»Ist es nicht etwas unfair Mary Marvell gegenüber? Sie hat den Diamanten ohne Verschulden verloren.«

»Bah!« sagte Poirot brutal. »Das ist die beste Reklame für sie – und darauf legt sie großen Wert. Bei Lady Yardly ist das anders. Sie ist eine Dame und eine gute Mutter.«

»Ja«, sagte ich ein bißchen zweifelnd. Ich teilte Poirots Meinung über die Dame nicht. »Ich nehme an, Rolf hat ihr die Briefe geschickt?«

»Nein«, sagte Poirot brüsk. »Lady Yardly kam auf den Rat von Mary Cavendish zu mir, um mich in ihrem Dilemma um Rat zu bitten. Dann hörte sie, daß Mary Marvell, die keine freundlichen Gefühle für sie hegt, hier bei mir gewesen ist, und änderte ihren Entschluß. Sie nahm die Chance wahr, die Sie ihr boten, *mon ami*. Ein paar Antworten, die Sie mir auf meine Fragen gaben, genügten mir, um zu wissen, daß Sie ihr – und nicht umgekehrt – von den Briefen erzählt hatten. Sie nahm sofort die Chance wahr, die *Ihre* Worte ihr boten.«

»Das glaube ich nicht!« rief ich verstört.

»*Si, si, mon ami*, es ist ein Jammer, daß Sie kein Gefühl für Psychologie haben. Lady Yardly sagte Ihnen, sie hätte die Briefe vernichtet. Olala, nie vernichtet eine Frau Briefe, wenn sie es irgendwie vermeiden kann. Selbst dann nicht, wenn sie weiß, daß es klüger wäre!«

»Das mag ja alles sein«, sagte ich, langsam ärgerlich werdend. »Sie haben einen kompletten Narren aus mir gemacht. Sie haben mich von Anfang an im falschen Glauben gelassen. Genauso ist es! Erst steigern Sie mich in etwas hinein, und dann wollen Sie es nicht wahrhaben. Das ist wirklich die Höhe.«

»Aber es hat Ihnen soviel Spaß gemacht, mein Freund. Ich hatte einfach nicht den Mut, Ihnen Ihre Illusionen zu zerstören.«

»Ich wiederhole noch einmal: Diesmal sind Sie zu weit gegangen.«

»*Mon dieu!* Warum regen Sie sich wegen nichts und wieder nichts auf!«

»Ich habe es satt!« Ich ging hinaus und warf die Tür hinter mir zu. Poirot hatte mich zum Narren gehalten. Und wie! Ich beschloß, ihm eine scharfe Lektion zu erteilen. So schnell würde ich ihm das nicht vergessen. Er hatte ruhig mit angesehen, wie ich mich vor mir selbst nach Strich und Faden blamierte.

Die Tragödie von Marsdon Manor

Ich war ein paar Tage auswärts. Als ich zu Poirot in die Stadt zurückkam, packte er gerade seinen kleinen Koffer.

»*A la bonne heure,* Hastings! Ich fürchtete schon, Sie würden nicht zeitig genug zurück sein, um mich zu begleiten.«

»Sie sind also wegen eines neuen Falls gebeten worden?«

»Ja, aber ich glaube, die Sache ist bei näherer Betrachtung nicht sehr vielversprechend. Die Versicherungsgesellschaft *Northern Union* hat mich gebeten, die Begleitumstände beim Tod von Mr. Maltravers zu untersuchen. Dieser Herr hat vor wenigen Wochen eine Lebensversicherung über fünfzigtausend Pfund abgeschlossen.«

»So?« sagte ich sehr interessiert.

»Natürlich enthielt der Vertrag wie gewöhnlich die Selbstmordklausel. Sie wissen ja, wer innerhalb eines Jahres Selbstmord verübt, hat keinen Anspruch auf Auszahlung der Versicherungssumme. Mr. Maltravers wurde natürlich vom Vertrauensarzt der Versicherungsgesellschaft untersucht, und obwohl er kein junger Mann mehr war, bezeichnete ihn der Arzt als völlig gesund. Jedoch am letzten Mittwoch – also vorgestern – wurde die Leiche von Mr. Maltravers auf seinem Besitz *Marsdon Manor* in Essex gefunden. Als Todesursache werden innere Blutungen angegeben. Das wäre nichts Ungewöhnliches, wenn nicht über die finanzielle Lage von Mr. Maltravers dunkle Gerüchte im Umlauf gewesen wären und die *Northern Union* festgestellt hätte, daß der Verstorbene vor dem Ruin stand. Das ändert natürlich die ganze Angelegenheit. Maltravers hatte eine schöne, junge Frau, und man vermutet, daß er alles verfügbare Geld zusammengekratzt hat, um die Prämien für eine Lebensversicherung zugunsten seiner Frau bezahlen zu können – dann beging er Selbstmord.

Das ist kein außergewöhnlicher Fall. Jedenfalls hat mich mein Freund Alfred Wright, einer der Direktoren der *Northern Union* gebeten, die Umstände, die den Tod von Mr. Maltravers begleiteten, zu untersuchen. Aber ich habe ihm gleich gesagt, daß ich mir nicht viel verspreche. Stünde Herzschlag oder Herzinfarkt auf dem Totenschein, wäre ich optimistischer. Bei Herzinfarkt läßt sich immer noch vermuten, daß sich der Polizeiarzt geirrt hat, aber eine innere Blutung ist eindeutig festzustellen. Immerhin lohnt es sich vielleicht, einige Punkte näher zu untersuchen. Sie haben fünf Minuten Zeit zum Packen, Hastings, dann nehmen wir ein Taxi zum Liverpool-Street-Bahnhof.«

Ungefähr eine Stunde später stiegen wir auf der kleinen Station Marsdon Leigh aus. Am Bahnhof stellten wir fest, daß *Marsdon Manor* nur ungefähr eine Meile weit weg lag. Poirot wollte kein Taxi nehmen, und so gingen wir die Hauptstraße hinauf.

»Wie steht's mit unserem Kriegsplan?« fragte ich.

»Zuerst will ich den Doktor aufsuchen. Es gibt nur einen Arzt in Marsdon Leigh: Dr. Ralph Bernard. Ach, sehen Sie, hier sind wir schon.« Das Landhaus stand in einem Garten etwas abseits der Straße. Auf einem Messingschild stand der Name des Arztes. Wir gingen durch den Garten und läuteten.

Wir hatten Glück, Dr. Bernard hatte gerade Sprechstunde, aber es waren keine Patienten da. Der Arzt, ein älterer Mann, war etwas herablassend, aber sympathisch.

Poirot stellte uns vor und erklärte den Zweck unseres Besuches; er fügte hinzu, daß die Versicherungsgesellschaft bedauerlicherweise gezwungen wäre, solche Fälle zu überprüfen.

»Natürlich, natürlich!« sagte Dr. Bernard. »Ich vermute, er war ein sehr reicher Mann und hoch versichert?«

»Sie hielten ihn also für sehr wohlhabend, Dr. Bernard?«

Der Arzt sah überrascht auf.

»War er das nicht? Er hatte zwei Autos, außerdem ist *Marsdon Manor* ein großer Besitz, und die Unterhaltungskosten sind erheblich. Allerdings, glaube ich, hat er das Ganze billig gekauft.«

»Ich habe gehört, er hatte in der letzten Zeit beträchtliche Ver-

luste«, sagte Poirot und beobachtete den Arzt genau. Der schüttelte nur bedächtig den Kopf.
»So? Dann ist es wenigstens ein Glück für seine Frau, daß diese Lebensversicherung da ist. Eine sehr schöne und charmante junge Frau! Die Geschichte hat sie allerdings sehr mitgenommen. Besteht nur noch aus Nerven, das arme Ding. Ich habe versucht, ihr soviel wie möglich zu helfen, trotzdem hat sie den Schock nicht ganz überwunden.«
»Haben Sie Mr. Maltravers kürzlich behandelt?«
»Nein, Mr. Maltravers ist niemals mein Patient gewesen.«
»Was?«
»Mr. Maltravers war Christian Scientist – oder so was Ähnliches.«
»Aber Sie haben doch die Leiche untersucht?«
»Sicher. Ich wurde von einem der Gartenarbeiter geholt.«
»Und die Todesursache war klar?«
»Es war Blut auf seinen Lippen, aber die größeren Blutungen müssen innerlich gewesen sein.«
»Lag er noch dort, wo er gefunden worden war?«
»Ja, die Leiche war nicht berührt worden. Er lag am Rand einer kleinen Schonung. Wahrscheinlich war er draußen gewesen, um Krähen zu schießen, denn man fand neben ihm eine kleine Flinte. Die Blutung muß ganz plötzlich eingetreten sein – ohne Zweifel kam sie von einem Magengeschwür.«
»Besteht keine Möglichkeit, daß er erschossen worden ist?«
»Aber – mein lieber Mr. Poirot!«
»Ich bitte um Entschuldigung«, sagte Poirot bescheiden. »Aber wenn mich mein Gedächtnis nicht täuscht, gab kürzlich in einem Mordfall der Arzt zuerst als Todesursache Herzschlag an, und erst, als der Polizist ihn auf eine Schußwunde am Kopf hinwies, änderte er den Totenschein.«
»Sie werden keinerlei Schußwunden an Mr. Maltravers Körper finden«, sagte Dr. Bernard trocken. »Nun, meine Herren, wollen Sie sonst noch etwas . . .?«
Wir verstanden.
»Guten Morgen und vielen Dank, Doktor, daß Sie unsere Fragen so freundlich beantwortet haben. Übrigens . . . eine Obduktion hielten Sie nicht für nötig?«

»O nein!« Der Arzt wurde lebhaft. »Die Todesursache war klar, und in meinem Beruf vermeidet man alles, was die Hinterbliebenen unnötig aufregen könnte.« Er drehte sich um und schlug unfreundlich die Tür hinter uns zu.
»Was halten Sie von Dr. Bernard, Hastings?« fragte Poirot, als wir weitergingen.
»Ein alter Esel.«
»Richtig! Sie sind in Ihrem Urteil immer recht gründlich, *mon ami*.«
Ich sah ihn von der Seite an, aber er schien es absolut ernst zu meinen. Doch seine Augen zwinkerten, als er freundlich sagte: »Das heißt, wenn es sich nicht um eine schöne Frau handelt!«
Ich sah ihn kritisch an.
Als wir in *Marsdon Manor* ankamen, öffnete uns ein Hausmädchen mittleren Alters die Tür. Poirot gab ihr seine Visitenkarte und einen Brief der Versicherungsgesellschaft für Mrs. Maltravers. Sie führte uns in ein kleines Frühstückszimmer und ging, um die Dame des Hauses zu benachrichtigen. Es vergingen ungefähr zehn Minuten, dann öffnete sich die Tür und eine schlanke Gestalt in Trauerkleidung erschien.
»Mr. Poirot?« sagte sie leise.
»Madame!« Poirot sprang galant auf und verbeugte sich höflich. »Ich kann Ihnen gar nicht sagen, wie sehr ich bedauere, Sie in dieser Weise belästigen zu müssen. Aber Sie wissen, es läßt sich leider nicht vermeiden . . .« Mrs. Maltravers erlaubte ihm, sie zu einem Stuhl zu führen. Ihre Augen waren vom Weinen stark gerötet, was ihre außergewöhnliche Schönheit nur wenig beeinträchtigte. Sie war ungefähr siebenundzwanzig oder achtundzwanzig Jahre alt und sehr blond, mit großen, blauen Augen und einem hübschen Schmollmund.
»Es handelt sich um die Versicherung meines Mannes, nicht wahr? Muß ich mich jetzt schon darum kümmern – jetzt –, so bald schon?«
»Aber ich bitte Sie, gnädige Frau! Sehen Sie, Ihr Mann hat sein Leben für eine recht große Summe versichert, und in solchen Fällen muß sich die Gesellschaft über einige Details genau orientieren. Ich bin beauftragt, dies zu tun. Sie dürfen mir

glauben, daß ich mich größter Zurückhaltung befleißigen werde. Würden Sie mir kurz die traurigen Ereignisse des vergangenen Mittwochs erzählen?«

»Ich zog mich gerade zum Tee um, als mein Mädchen heraufkam – einer der Gärtner war ins Haus gelaufen ... Er hatte ihn gefunden ...«

Ihre Stimme wurde immer leiser. Poirot preßte ihre Hand voller Mitgefühl.

»Ich verstehe. Es ist gut. Sie hatten Ihren Gatten vorher am Nachmittag gesehen?«

»Nach dem Lunch nicht mehr. Ich war ins Dorf hinuntergegangen, um Briefmarken zu kaufen, und ich glaube, er war im Garten.«

»Er schoß Nebelkrähen?«

»Ja, er nahm gewöhnlich seine kleine Flinte mit, und ich hörte einen oder zwei Schüsse aus der Entfernung.«

»Wo ist diese kleine Flinte jetzt?«

»In der Halle, glaube ich.«

Sie ging mit ihm in die Halle, und Poirot untersuchte die kleine Waffe aufmerksam.

»Zwei Patronen fehlen«, bemerkte er und gab sie zurück. »Und jetzt, Madame, wenn ...«

Er machte eine taktvolle Pause.

»Das Mädchen wird Sie führen«, murmelte sie und wandte ihren Kopf ab. Das herbeigerufene Hausmädchen führte Poirot die Treppe hinauf. Ich blieb mit der schönen und unglücklichen Frau zurück. Es war sehr schwierig, herauszufinden, ob sie unterhalten sein oder in Ruhe gelassen werden wollte. Ich versuchte, ein oder zwei allgemeine Betrachtungen anzubringen, aber sie antwortete nur zerstreut, und in wenigen Minuten kam Poirot zu uns zurück.

»Ich danke Ihnen, Madame, für Ihre Freundlichkeit. Ich denke nicht, daß wir Sie weiterhin behelligen müssen. Sind Sie übrigens mit der finanziellen Lage Ihres verstorbenen Gatten vertraut?«

Sie schüttelte den Kopf.

»Nicht im geringsten. Ich bin in allen geschäftlichen Dingen sehr unerfahren.«

»Ich verstehe. Dann können Sie uns also auch nicht sagen, weshalb Ihr Gatte sich so plötzlich entschloß, eine Lebensversicherung abzuschließen? Er hatte früher nie daran gedacht, wie ich weiß.«

»Doch. Wir waren zwar nur etwas über ein Jahr verheiratet, aber ich kenne die Beweggründe, warum er sich versichern ließ. Er war überzeugt daß er nicht mehr lange leben würde. Er ahnte seinen frühen Tod. Ich erfuhr, daß er schon einmal eine Blutung gehabt hatte, und er wußte, daß eine Wiederholung gefährlich werden konnte. Ich versuchte immer, seine düsteren Befürchtungen zu zerstreuen, aber ohne Erfolg. Ach, er hatte nur zu recht!«

Mit Tränen in den Augen verabschiedete sie uns. Poirot machte eine charakteristische Handbewegung, als wir die Auffahrt zusammen hinuntergingen.

»*Eh bien,* so ist das! Zurück nach London, mein Freund, es gibt scheinbar keine Maus in diesem Mauseloch. Und doch . . .«

»Was?«

»Einen leichten Widerspruch, das ist alles! Haben Sie es bemerkt? Nicht? Ja, das Leben ist voller Widersprüche, und sicherlich hat der Mann sich nicht selbst das Leben genommen – es gibt kein Gift, das den Mund mit Blut füllt. Nein, nein, ich muß resignieren und mich mit der Tatsache abfinden, daß hier alles klar ist und über jeden Zweifel erhaben, aber . . . wer ist das?«

Ein großer, junger Mann schritt die Auffahrt herauf auf uns zu. Er ging achtlos an uns vorüber. Ich bemerkte, daß er ungewöhnlich gut aussah; er hatte ein hartes, tiefgebräuntes Gesicht, als hätte er bisher in den Tropen gelebt. Ein Gärtner, der Blätter zusammenharkte, sah ihm nach, und Poirot lief schnell auf ihn zu.

»Sagen Sie mir bitte, wer ist dieser Herr? Kennen Sie ihn?«

»Ich erinnere mich nicht an seinen Namen, Sir, obwohl ich ihn gehört habe. Er war letzte Woche eine Nacht hier. Am Dienstag.«

»Schnell, lieber Freund, wir wollen ihm folgen«, sagte Poirot zu mir.

Wir eilten die Auffahrt wieder hinauf, hinter der entschwindenden Gestalt her. Der Schimmer einer schwarz angezogenen Figur wurde auf der Terrasse an der Seite des Hauses sichtbar, und unser Mann bog ab. Wir folgten und wurden so Zeugen der Begegnung.

Mrs. Maltravers taumelte beinahe, und ihr Gesicht wurde blaß. »Sie«, stammelte sie. »Ich dachte, Sie wären auf See – unterwegs nach Ostafrika?«

»Ich erhielt Nachrichten von meinem Rechtsanwalt, die mich zurückgehalten haben«, erklärte der junge Mann. »Mein Onkel in Schottland starb unerwartet und hinterließ mir etwas Geld. Unter diesen Umständen hielt ich es für besser, meine Reise zu verschieben. Dann las ich die bösen Nachrichten in der Zeitung und kam her, um zu sehen, ob ich etwas für Sie tun könnte. Sie brauchen doch jemanden, der sich um Ihre Sachen kümmert.«

In diesem Augenblick bemerkten die beiden unsere Gegenwart. Poirot erklärte unter vielen Entschuldigungen, daß er seinen Stock in der Halle gelassen habe. Ziemlich widerwillig stellte Mrs. Maltravers uns vor. »Monsieur Poirot, Captain Black.«

Wir unterhielten uns ein paar Minuten, während derer Poirot herausbekam, daß Captain Black im Gasthaus *Zum Anker* wohnte. Da sich der vermißte Stock nicht fand (was nicht überraschend war), produzierte Poirot noch einige Entschuldigungen, bevor wir endgültig das Weite suchten.

Wir kehrten mit großen Schritten ins Dorf zurück, und Poirot zog geradewegs zum Gasthaus *Zum Anker.*

»Hier bleiben wir, bis unser Freund Captain Black zurückkommt«, verkündete er. »Haben Sie bemerkt, daß ich mit Nachdruck unterstrich, wir würden mit dem nächsten Zug nach London zurückfahren? Sie haben doch nicht angenommen, daß das ernst gemeint war? Natürlich nicht, übrigens – haben Sie Mrs. Maltravers' Gesicht beobachtet, als sie des jungen Black ansichtig wurde? Sie war sichtlich bestürzt, und er – *eh bien,* er war ihr sehr zugetan, fanden Sie nicht auch? Und Dienstag nacht – am Tag bevor Mr. Maltravers starb, war er hier. Wir müssen herausfinden, was Captain Black hier gemacht hat, Hastings.«

Nach ungefähr einer halben Stunde beobachteten wir unser Opfer, das sich dem Gasthaus näherte. Poirot ging hinaus und sprach ihn an und brachte ihn gleich in das Zimmer hinauf, das wir gemietet hatten.

»Ich habe Captain Black erklärt, was uns hierherführt«, sagte er. Und sich dann an Black wendend, fuhr er fort: »Sie werden verstehen, *Monsieur le Capitaine,* daß mir sehr viel daran liegt, herauszufinden, in welchem Gemütszustand sich Mr. Maltravers unmittelbar vor seinem Tode befand. Gleichzeitig wollte ich Mrs. Maltravers nicht unnötig mit peinlichen Fragen belästigen. Nun, Sie waren kurz vor dem Ereignis hier und können uns sicher genauso wertvolle Informationen geben.«

»Ich bin Ihnen gerne behilflich, soweit es in meinen Kräften steht, aber ich fürchte, ich habe nichts Außergewöhnliches zu berichten. Sehen Sie, obwohl Maltravers ein alter Freund meiner Familie war, kannte ich ihn selbst nicht sehr gut.«

»Sie kamen hierher – an welchem Tag?«

»Dienstag nachmittag. Ich fuhr dann Mittwoch morgen früh wieder in die Stadt, da mein Schiff ungefähr um zwölf Uhr von Tilbury abfahren sollte. Aber einige Nachrichten, die ich erhielt, veranlaßten mich, meine Pläne zu ändern. Ich glaube, Sie hörten, daß ich es schon Mrs. Maltravers erklärte.«

»Sie wollten nach Ostafrika zurückkehren, nicht wahr?«

»Ja. Ich war seit dem Krieg immer dort – ein großartiges Land.«

»Ohne Zweifel. Nun, worüber wurde beim Dinner am Dienstag abend gesprochen?«

»Oh, ich weiß nicht mehr. Die üblichen Gespräche. Maltravers fragte mich nach meiner Familie – dann sprachen wir über Politik; danach fragte mich Mrs. Maltravers vielerlei über Ostafrika, und ich erzählte ihnen ein oder zwei Geschichten – das ist ungefähr alles, glaube ich.«

»Danke Ihnen.« Poirot schwieg einen Augenblick, dann sagte er vorsichtig:

»Ich würde mit Ihrer Erlaubnis gerne ein kleines Experiment versuchen. Sie haben uns alles erzählt, was Ihnen erinnerlich, also sozusagen in Ihrem Bewußtsein ist. Ich würde jetzt gerne

Fragen an Ihr Unterbewußtsein stellen.«
»Eine psychoanalytische Behandlung, nicht wahr?« sagte Black mit sichtbarer Besorgnis.
»O nein«, erwiderte Poirot beruhigend. »Sehen Sie, nur eine ganz einfache Sache. Ich sage Ihnen ein Wort, und Sie antworten mir mit einem anderen und so weiter. Sie sagen das erste Wort, das Ihnen dabei einfällt. Sollen wir anfangen?«
»Nur zu«, sagte Black langsam, aber er sah nicht sehr glücklich aus.
»Schreiben Sie die Worte mit, bitte, Hastings«, sagte Poirot. Dann nahm er aus seiner Tasche seine dicke, tulpenförmige Uhr und legte sie auf den Tisch neben sich. »Wir wollen anfangen: Tag.« Es war ein Moment Pause, und dann antwortete Black:
»Nacht.«
Dann kamen die Antworten und auch Poirots Stichworte schneller.
»Name«, sagte Poirot.
»Ort.«
»Bernard.«
»Shaw.«
»Dienstag.«
»Dinner.«
»Reise.«
»Schiff.«
»Land.«
»Uganda.«
»Geschichte.«
»Löwen.«
»Vogelflinte.«
»Farm.«
»Schuß.«
»Selbstmord.«
»Elefant.«
»Stoßzähne.«
»Geld.«
»Rechtsanwalt.«
»Vielen Dank, Captain Black. Vielleicht könnten Sie mir in un-

gefähr einer halben Stunde noch einmal ein paar Minuten zur Verfügung stehen?«

»Aber gerne.« Der junge Offizier blickte ihn neugierig an und wischte sich über die Stirn, als er aufstand.

»Und jetzt, Hastings«, sagte Poirot lächelnd, als sich die Tür hinter ihm schloß, »sehen Sie doch sicher klar. Nicht wahr?«

»Ich weiß nicht, was Sie meinen.«

»Sagt Ihnen die Liste der Worte gar nichts?«

Ich überlegte und schüttelte schließlich den Kopf.

»Ich will Ihnen helfen. Zuerst antwortete Black sicher und ohne zu zögern, daraus können wir schließen, daß er kein Schuldgefühl zu verbergen hatte. ›Nacht‹ auf ›Tag‹ und ›Ort‹ auf ›Name‹ sind ganz normale Assoziationen. Die Sache begann mit ›Bernard‹, was ihn auf den hiesigen Arzt gebracht haben müßte, wenn er ihn gekannt hätte. Anscheinend war das nicht der Fall. Entsprechend unserer Unterhaltung sagte er ›Dinner‹, als ich ›Dienstag‹ sagte, aber ›Reise‹ und ›Land‹ wurde mit ›Schiff‹ und ›Uganda‹ beantwortet, was klar zeigt, daß ihm die weite Reise wichtig war und ihn hierhergeführt hatte. ›Geschichte‹ erinnerte ihn an eine der Löwengeschichten, die er beim Essen erzählt hatte. Ich fuhr fort mit ›Vogelflinte‹, und er antwortete völlig unerwartet mit ›Farm‹. Als ich ›Schuß‹ sagte, antwortete er mit ›Selbstmord‹. Die Gedankenverbindung scheint klar. Ein Mann, den er kennt, verübte irgendwo auf einer Farm mit einer Vogelflinte Selbstmord. Offenbar denkt er noch immer an die Geschichten, die er beim Essen erzählt hat. Sie sind doch sicherlich damit einverstanden, wenn ich nun Captain Black wieder rufe und ihn bitte, die besondere Selbstmordgeschichte zu erzählen, die er am Dienstag abend beim Essen zum besten gab, ich glaube, ich bin mit meiner Annahme nicht weit von der Wahrheit entfernt.«

Black war ganz offen. »Jawohl, ich erzählte beim Dinner eine Geschichte, jetzt fällt es mir wieder ein. Ein Bursche erschoß sich auf einer Farm da draußen. Er tat es mit einer Vogelflinte durch die Mundhöhle, die Kugel drang ins Gehirn. Die Ärzte waren völlig ratlos – man sah gar nichts, nur ein wenig Blut auf den Lippen. Aber was . . .«

»Was das mit Mr. Maltravers zu tun hat? Sie wissen nicht, daß

man ihn mit einer Vogelflinte neben sich fand?«
»Glauben Sie, daß meine Geschichte ihn draufgebracht hat – oh, das ist ja entsetzlich!«
»Machen Sie sich keine Sorgen darüber – es wäre so oder so passiert. Ja – ich muß jetzt mit London telefonieren.«
Poirot führte ein längeres Gespräch mit London und kam sehr nachdenklich zurück. Er ging dann am Nachmittag alleine weg, kam zurück und verkündete gegen sieben Uhr, daß er es jetzt nicht länger aufschieben könne, der jungen Witwe die Nachrichten zu überbringen. Mrs. Maltravers hatte inzwischen meine ungeteilte Sympathie gefunden. Sie stand jetzt nicht nur ohne Geld da, sondern auch mit dem Bewußtsein, daß ihr Mann sich selbst getötet hatte. Das ist für keine Frau leicht. Ich hoffte, der junge Black würde sich fähig erweisen, sie zu trösten, nachdem der erste Kummer vorbei war. Es war offensichtlich, daß er sie sehr bewunderte.
Unsere Unterhaltung war für die junge Frau schmerzlich. Sie weigerte sich leidenschaftlich, die Tatsachen, die Poirot ihr unterbreitete, zu glauben, und als sie sich zuletzt überzeugen mußte, brach sie bitterlich weinend zusammen. Als wir die Leiche untersuchten, fanden wir unseren Verdacht bestätigt. Poirot tat die arme Frau sehr leid, aber letztlich arbeitete er im Auftrag der Versicherungsgesellschaft, und was blieb ihm übrig? Als er sich von Mrs. Maltravers verabschiedete, sagte er freundlich zu ihr:
»Madame, Sie müssen doch besser als alle anderen Leute wissen, daß die Toten nicht für immer ruhen!«
»Was meinen Sie damit?« stammelte sie und bekam große Augen.
»Haben Sie denn nie an spiritistischen Sitzungen teilgenommen? Sie sind doch ein gutes Medium, das wissen Sie doch.«
»Das hat man mir schon gesagt. Aber Sie glauben doch nicht etwa an Spiritismus?«
»Madame, ich habe manche seltsamen Dinge gesehen. Wissen Sie, daß man im Dorf sagt, in diesem Haus spuke es?«
Sie nickte. In diesem Augenblick meldete das Mädchen, das Essen sei angerichtet.
»Wollen Sie nicht dableiben und eine Kleinigkeit zu sich neh-

men?«
Wir nahmen dankbar an, und ich hoffte, unsere Anwesenheit würde dazu beitragen, sie etwas von ihrem Kummer abzulenken. Wir hatten gerade die Suppe gegessen, als vor der Tür ein Schrei ertönte, dem das Klirren von zerbrochenem Porzellan folgte. Wir sprangen auf. Das Mädchen erschien erschrokken und preßte die Hand aufs Herz.
»Ein Mann – er stand im Flur.«
Poirot rannte hinaus, kam aber sofort zurück.
»Ist da niemand, Sir?« sagte das Mädchen schwach. »Oh, ich habe so einen Schreck bekommen!«
»Aber warum?«
Sie flüsterte nur noch. »Ich dachte – ich dachte, es sei der gnädige Herr gewesen –, er sah aus wie er.«
Mrs. Maltravers bekam einen furchtbaren Schock, und ich erinnerte mich an den alten Aberglauben, daß Selbstmörder keine Ruhe finden. Sicherlich dachte sie auch daran, denn eine Minute später umkrampfte sie Poirots Arm.
»Haben Sie das gehört? Es klopfte dreimal am Fenster! So hat er immer geklopft, wenn er um das Haus ging.«
»Der Efeu«, rief ich. »Er schlägt gegen die Scheibe.«
Aber eine Art von Panik ergriff uns alle. Das Mädchen war offensichtlich ganz entsetzt, und als die Mahlzeit vorüber war, bat Mrs. Maltravers Poirot, doch noch zu bleiben. Sie fürchtete sich offensichtlich, allein bleiben zu müssen. Wir saßen in dem kleinen Frühstückszimmer. Wind war aufgekommen und heulte um das Haus. Zweimal ging die Tür von selbst auf – ganz langsam –, und jedesmal klammerte sich die junge Frau mit entsetztem Stöhnen an mich.
»Ah, diese Tür, die ist wie verhext!« rief Poirot ärgerlich. Er stand auf und schloß sie wieder, dann drehte er den Schlüssel im Schloß herum. »Ich werde sie zuschließen, so!«
»Tun Sie das nicht«, hauchte sie, »wenn sie jetzt wieder aufgeht . . .«
Und während sie noch sprach, ereignete sich das Unmögliche. Die verschlossene Tür ging ganz langsam auf. Ich konnte von meinem Platz aus nicht in den Gang hinaussehen, aber sie und Poirot sahen es. Sie schrie auf.

»Haben Sie ihn gesehen – dort im Gang?« rief sie.
Er starrte sie mit einem Blick an, als begriffe er nicht, dann schüttelte er den Kopf.
»Ich habe ihn gesehen – meinen Mann –; Sie müssen ihn auch gesehen haben.«
»Madame, ich habe nichts gesehen. Ist Ihnen nicht wohl – Sie sind verwirrt . . .«
»Mir ist ganz wohl, ich – o Gott!«
Plötzlich, ohne Warnung, flackerten die Lichter und gingen aus. Aus der Dunkelheit kamen drei laute Klopftöne. Ich konnte Mrs. Maltravers stöhnen hören.
Und dann – sah ich!
Der Mann, den ich oben auf dem Bett gesehen hatte, stand vor uns, und ihn strahlte ein schwaches geisterhaftes Licht an. Auf seinen Lippen war Blut, und er streckte seinen rechten Arm aus und deutete mit dem Finger. Plötzlich schien ein starkes Licht von ihm auszustrahlen. Er berührte Poirot und mich – dann verharrte er bei Mrs. Maltravers. Ich sah ihr schneeweißes, entsetztes Gesicht und dann noch etwas anderes.
»Mein Gott, Poirot!« rief ich. »Schauen Sie sich ihre Hand an, die rechte Hand. Es ist alles rot!«
Auch ihr Blick fiel darauf, und sie sank halb ohnmächtig zu Boden.
»Blut«, schrie sie hysterisch. »Ja, es ist Blut! Ich habe ihn umgebracht! Ich! Er hat mir gezeigt, wie man es machen soll, dann legte ich meine Hand auf den Abzug und drückte ab. Retten Sie mich vor ihm . . . retten Sie mich! Er ist zurückgekommen!«
Ihre Stimme erstarb gurgelnd.
»Licht«, sagte Poirot trocken.
Die Lichter gingen wie von Zauberhand wieder an.
»Nun, haben Sie es gehört, Hastings? Und Sie, Mr. Everett? Übrigens, das ist Mr. Everett, ein gutes Mitglied der Theatergruppe. Ich habe ihn heute nachmittag angerufen. Seine Maske ist gut, nicht wahr? Ganz wie der tote Mr. Maltravers – mit einer Taschenlampe und der nötigen Leuchtfarbe machte er einen tadellosen Eindruck. Wenn ich Sie wäre, würde ich die rechte Hand der Dame nicht anfassen, Hastings, rote Farbe

geht so schlecht weg. Als die Lichter ausgingen, umklammerte ich ihre Hand, sehen Sie. Übrigens dürfen wir unseren Zug nicht versäumen. Inspektor Japp ist draußen am Fenster. Eine böse Nacht – aber er hat sich die Zeit vertrieben, indem er ab und zu an das Fenster geklopft hat.«

»Sehen Sie«, fuhr Poirot fort, als wir durch Wind und Regen stapften. »Da waren ein paar Widersprüche. Der Doktor schien den Verstorbenen für einen Anhänger der Christian Science zu halten. Wer außer Mrs. Maltravers konnte ihn auf diese Idee gebracht haben? Und sie wiederum schilderte ihren Mann als einen Menschen, der von bösen Todesahnungen gequält wurde. Warum war sie beim Wiedererscheinen des jungen Black so erschüttert? Und schließlich – ich weiß natürlich, daß eine Frau, deren Mann gestorben ist, Trauer tragen muß, aber braucht sie deshalb die Augenlider mit Rouge beschmieren? Haben Sie das nicht bemerkt, Hastings? Nein? Ich sage ja immer, Sie sehen nichts!

Ja, so war es! Es gab zwei Möglichkeiten. Hatte Blacks Erzählung Mr. Maltravers auf die Idee gebracht, auf raffinierte Weise Selbstmord zu begehen, oder kam der andere Zuhörer dieses Abends, seine Frau, auf die Idee, einen raffinierten Mord zu begehen? Ich neigte zu der zweiten Version. Hätte er sich in der erwähnten Art erschießen wollen, hätte er, meiner Meinung nach, wahrscheinlich den Abzug mit seiner Zehe auslösen müssen. Aber dann wäre ein ausgezogener Schuh bei ihm gefunden worden, und das hätte jemand berichtet – so etwas fällt auf.

Nun, wie ich sagte, ich neigte zu der Ansicht, daß es Mord war, nicht Selbstmord. Ich war mir allerdings darüber im klaren, daß ich nicht den geringsten Beweis für meine Theorie hatte. Und daher die sorgfältige kleine Komödie, die Sie heute abend sahen.«

»Aber selbst jetzt sehe ich noch nicht alle Details des Verbrechens«, sagte ich.

»Lassen Sie uns von vorne beginnen. Da ist eine schlaue, raffinierte Frau, die den ältlichen Mann nur des Geldes wegen geheiratet hat. Sie erfährt von dem bevorstehenden finanziellen Zusammenbruch ihres Mannes und veranlaßt ihn, eine hohe

Lebensversicherung abzuschließen. Dann sucht sie einen Weg, um zum Ziel zu kommen. Ein Zufall zeigt ihn ihr – die sonderbare Erzählung des jungen Offiziers. Am nächsten Nachmittag, als sie *Monsieur le Capitaine* auf hoher See wähnt, gehen sie und ihr Mann spazieren. ›Eine merkwürdige Geschichte, die da der junge Black gestern abend erzählt hat!‹ bemerkt sie. ›Kann sich denn ein Mensch überhaupt auf diese Art erschießen? Zeig mir doch, ob das möglich ist!‹ Der arme Narr – er zeigt es ihr. Er legt das Ende des Gewehrs in seinen Mund. Sie beugt sich herunter, und ihre Finger umfassen den Abzug. Sie lacht ihn an. ›Und jetzt, mein Lieber‹, sagt sie höhnisch, ›was, wenn ich jetzt den Abzug durchdrücken würde?‹ Und dann – dann, Hastings, drückte sie ab!«

Die mysteriöse Wohnung

In den Fällen, die ich bis jetzt aufgezeichnet habe, fingen Poirots Untersuchungen – ob es nun Mord oder Raub war – immer an einem bestimmten Punkt an und entwickelten sich logisch bis zur erfolgreichen Endlösung. Der Fall, über den ich jetzt berichten will, war ganz ungewöhnlich. Zuerst erregten anscheinend triviale Ereignisse Poirots Aufmerksamkeit, später folgten recht düstere Begebenheiten.

Ich hatte den Abend mit einem alten Freund, Gerald Parker, verbracht. Es war ungefähr ein halbes Dutzend Leute da, und das Gespräch kam, wie es früher oder später immer geschah, wenn Parker dabei war, auf die Wohnungsnot in London. Häuser und Wohnungen waren Parkers spezielles Hobby. Seit Kriegsende zog er ständig um. Er hatte zumindest sechs bis acht verschiedene Etagen oder kleine Häuser bewohnt. Kaum war er irgendwo eingerichtet, stieß er unerwartet auf eine neue Wohnung und zog mit Sack und Pack wieder um. Seine Umzüge endeten meist mit einem kleinen pekuniären Gewinn, denn er war ein guter Geschäftsmann; aber letztlich war es pure Liebe zu seinem Hobby, die ihn dazu veranlaßte. Eine Weile hörten wir Parker respektvoll zu. Schließlich war er der Experte auf diesem Gebiet. Dann trugen auch andere zu diesem Thema bei, und schließlich sprach alles durcheinander. Zuletzt behielt Mrs. Robinson das Wort, eine kleine, reizende Person, die in Begleitung ihres Mannes da war. Ich hatte sie an diesem Abend zum erstenmal gesehen, da die Robinsons erst kurze Zeit mit Parker bekannt waren.

»Was Wohnungen anbelangt«, sagte sie, »haben Sie von unserm Glück gehört, Mr. Parker? Wir haben endlich eine Wohnung! In Montague Mansions.«

»Großartig«, sagte Parker, »ich habe ja immer gesagt, es gibt

genug Wohnungen – aber zu welchem Preis!«
»Ja, aber unsere ist nicht teuer, sie ist sogar spottbillig. Achtzig Pfund im Jahr!«
»Was ... aber, Montague Mansions. Das gehört doch zu Knightsbridge, nicht wahr? Ein großes, hübsches Gebäude. Oder gibt es außerhalb noch etwas mit ähnlichem Namen?«
»Nein, es ist das Haus im Knightsbridgeviertel. Das ist ja gerade das Herrliche daran!«
»Herrlich ist wirklich das richtige Wort dafür – es ist ein wahres Wunder. Aber ein Haken wird wohl dran sein? Müssen Sie eine hohe Mietvorauszahlung leisten?«
»Keine Vorauszahlung!«
»Keine Voraus ... Oh, Donnerwetter!« rief Parker.
»Lediglich die Einrichtung müssen wir kaufen«, fuhr Mrs. Robinson fort.
»Ah!« Parker blühte auf. »Ich wußte doch, daß die Sache irgendeinen Pferdefuß hat!«
»Aber nein! Die ganze Einrichtung kostet fünfzig Pfund. Und sie ist bezaubernd!«
»Ich geb's auf«, sagte Parker. »Die jetzigen Mieter müssen völlig verrückt sein oder – Angehörige der Heilsarmee.«
Mrs. Robinson sah ein bißchen beunruhigt aus. Eine kleine Falte erschien zwischen ihren hübschen Brauen.
»Sonderbar, nicht wahr? Sie glauben doch nicht etwa, daß ... daß ... es dort spukt?«
»Ich habe noch nie von einer Wohnung gehört, in der es spukt«, erklärte Parker entschieden.
»Nein –?« Mrs. Robinson schien gar nicht überzeugt zu sein. »Aber es waren da doch einige Dinge, die mir ziemlich sonderbar vorkamen.«
»Was zum Beispiel?« wollte ich wissen.
»Ah!« sagte Parker. »Die Aufmerksamkeit unseres Kriminalexperten ist erwacht! Erzählen Sie ihm alles, Mrs. Robinson! Hastings entwirrt die mysteriösesten Fälle.« Ich lachte etwas verlegen, aber doch etwas von der Rolle, die man mir zuschob, geschmeichelt.
»Oh, nicht richtig sonderbar, Mr. Hastings! Wir versuchten es bei der Maklerfirma Stosser & Paul – wir waren vorher nie

dortgewesen, weil sie nur die teuersten Mayfair-Wohnungen anboten, aber wir dachten, schließlich könne es ja nicht schaden. Doch alles, was sie uns anboten, kostete vier- oder fünfhundert Pfund im Jahr oder es wurde eine große Vorauszahlung verlangt, und dann – gerade als wir gehen wollten – erwähnten sie so nebenbei, sie hätten auch eine Wohnung zu achtzig Pfund, aber sie bezweifelten, ob es noch einen Sinn habe, hinzugehen. Wir erkundigten uns nach dem Grund des Zweifelns, und sie sagten uns, die Wohnung stünde schon eine ganze Weile in ihren Büchern, und sie hätten schon so viele Leute hingeschickt, so daß die Wohnung eigentlich längst vermietet sein müßte. Schließlich sehen sich viele Leute eine Wohnung an, nehmen sie und vergessen mitzuteilen, daß es geklappt hat.«
Mrs. Robinson machte eine offensichtlich schon seit langem benötigte Atempause und fuhr dann fort:
»Wir bedankten uns und sagten, wir wollten unser Glück versuchen und bäten sicherheitshalber um eine Zuweisung – nur für den Fall. So fuhren wir mit einem Taxi direkt hin. Die Wohnung Nummer vier lag im zweiten Stock, und als wir auf den Lift warteten, kam gerade Elsie Ferguson – sie ist eine meiner Freundinnen, Captain Hastings, und auch ewig auf der Wohnungssuche – eilig die Treppe herunter. ›Einmal bin ich früher dran als du, meine Liebe‹, sagte sie. ›Aber es hat nichts geholfen. Sie ist schon vermietet.‹ Damit schien unser Traum zu Ende. Aber John sagte, wenn wir schon da seien, wollten wir uns selbst überzeugen. Die Wohnung sei doch so billig, wir könnten es uns leisten, ein bißchen mehr zu bieten. Und wenn wir vielleicht eine Vorauszahlung anbieten würden ... Es ist natürlich sehr häßlich, so etwas zu tun, und ich schäme mich auch, es Ihnen zu erzählen – aber Sie wissen nicht, was es heißt, dringend eine Wohnung zu benötigen.«
Ich versicherte Mrs. Robinson, daß ich mir darüber klar sei, daß der Kampf um eine Wohnung die niedrigsten Seiten der menschlichen Natur zum Vorschein brächte.
»Daher gingen wir eben hinauf, und – ob Sie es glauben oder nicht – die Wohnung war gar nicht vermietet. Ein Mädchen führte uns hinein, wir lernten die Besitzerin kennen, und es

wurde alles gleich abgemacht. Sofortiges Einzugsrecht und fünfzig Pfund für die Möbel. Wir unterzeichneten den Vertrag am nächsten Tag, und schon morgen ziehen wir ein!« Mrs. Robinson hielt triumphierend inne.

»Und wie war das nun mit Mrs. Ferguson?« fragte Parker. »Wie kam sie zu ihrer Behauptung?«

»Wahrscheinlich, lieber Parker«, sagte ich leichthin, »ging sie in die falsche Wohnung.«

»Oh, Captain Hastings, wie klug von Ihnen!« rief Mrs. Robinson.

Ich bedauerte, daß Poirot das nicht hören konnte, denn manchmal habe ich das Gefühl, daß er meine Fähigkeiten unterschätzt. Ganz beiläufig erzählte ich Poirot am anderen Morgen die Geschichte. Sie schien ihn zu interessieren, und er quetschte mich über die Mieten in den verschiedenen Gegenden Londons aus.

»Komische Geschichte«, sagte er schließlich nachdenklich. »Entschuldigen Sie mich, Hastings, ich gehe ein wenig an die Luft.«

Als er ungefähr eine Stunde später zurückkam, glänzten seine Augen. Er legte seinen Stock auf den Tisch und bürstete seinen Hut mit Sorgfalt, ehe er zu sprechen anfing.

»Ich bin froh, mein Freund, daß wir im Augenblick keinen anderen Fall zu bearbeiten haben. So können wir uns ganz auf die aktuellen Untersuchungen konzentrieren.«

»Was für aktuelle Untersuchungen?«

»Über die bemerkenswert billige Wohnung Ihrer Freunde Robinson.«

»Poirot, das ist doch nicht Ihr Ernst?«

»Mein voller Ernst. Überlegen Sie mal, mein Freund. Die Wohnung müßte eigentlich dreihundertfünfzig Pfund kosten. Ich habe das gerade bei einem Häusermakler festgestellt. Trotzdem wird diese Wohnung für achtzig Pfund vermietet! Warum, frage ich mich.«

»Vielleicht ist doch etwas nicht in Ordnung. Vielleicht spukt es doch, wie Mrs. Robinson andeutete.«

Poirot schüttelte unbefriedigt den Kopf. »Äußerst merkwürdig, daß Mrs. Robinsons Freundin sagte, die Wohnung sei schon vermietet, und dann, als die Robinsons selbst hinaufgehen, stellt sich heraus – es stimmt gar nicht!«

»Wahrscheinlich ist die andere Dame einfach in eine falsche Wohnung gegangen. Das ist die einzige Erklärung.«

»Vielleicht haben Sie recht, Hastings. Aber die Tatsache bleibt bestehen, daß eine Menge anderer Bewerber dort hingeschickt worden sind, um sie anzusehen, und doch, trotz der auffallenden Preiswürdigkeit, war die Wohnung noch zu haben, als Mrs. Robinson hinkam.«

»Das deutet eben doch darauf hin, daß irgend etwas nicht in Ordnung ist.«

»Ist denn Mrs. Robinson gar nichts aufgefallen? Sehr sonderbar jedenfalls. Kam sie Ihnen wie eine wahrheitsliebende Frau vor, Hastings?«

»Sie ist ein reizendes Geschöpf!«

»Evidemment! Sie sind mal wieder unfähig, mir meine Frage zu beantworten. Beschreiben Sie mir die Dame.«

»Na schön, sie ist groß und hübsch; braunes Haar mit einem herrlich rötlichen Schimmer . . .«

»Sie haben immer eine Schwäche für Rotbraun gehabt«, murmelte Poirot. »Aber fahren Sie fort.«

»Blaue Augen und einen sehr schönen Teint und . . . ja, das ist alles, glaube ich«, sagte ich ziemlich lahm.

»Und ihr Mann?«

»Oh, der ist soweit ein ganz netter Kerl – nichts Besonderes.«

»Dunkel oder blond?«

»Das weiß ich nicht – so ein Mittelding, und ein ganz normales Gesicht.«

Poirot nickte.

»Ja, natürlich, es gibt Hunderte von Durchschnittsmännern – aber jedenfalls entwickeln Sie viel mehr Phantasie bei der Beschreibung von Frauen. Wissen Sie etwas über diese Leute? Kennt Parker sie gut?«

»Sie sind bis jetzt nur flüchtig bekannt, glaube ich. Aber hören Sie, Sie werden doch nicht denken . . .«

Poirot hob die Hand. *»Tout doucement, mon ami.* Wer hat denn gesagt, daß ich überhaupt denke? Alles, was ich sage, ist: Es ist eine merkwürdige Geschichte. Und ich finde keine Erklä-

rung; wie ist denn der Name der Dame, eh, Hastings?«
»Ihr Name ist Stella«, sagte ich, »aber ich sehe nicht ein ...«
Poirot unterbrach mich mit einem blödsinnigen Gekicher. Irgend etwas schien ihn zu amüsieren.
»Und Stella heißt ein Stern, nicht wahr? Famos!«
»Aber nun hören Sie mal ...«
»Und Sterne schimmern! *Voilà!* Beruhigen Sie sich, Hastings. Und spielen Sie nicht schon wieder die beleidigte Leberwurst. Kommen Sie, wir wollen zu den Montague Mansions gehen und dort ein bißchen schnüffeln.«
Ich ging ziemlich widerwillig mit. Die Mansions waren schöne Gebäude in tadellosem Zustand. Ein uniformierter Portier sonnte sich auf der Schwelle. »Verzeihen Sie, können Sie mir sagen, ob Mr. und Mrs. Robinson hier wohnen?« wandte sich Poirot an ihn. Der Portier war ein wortkarger Mann und anscheinend schlechter Laune. Er sah uns kaum an und brummte: »Nummer vier, zweiter Stock.«
»Danke Ihnen sehr. Können Sie mir sagen, wie lange sie schon hier wohnen?«
»Sechs Monate.«
Mir blieb vor Staunen der Mund offen.
»Unmöglich«, rief ich. »Sie müssen sich irren.«
»Sechs Monate.«
»Sind Sie sicher? Die Dame, die ich meine, ist groß und hat rotbraune Haare und ...«
»Die ist es«, sagte der Portier. »Eingezogen an Michaelis. Genau vor sechs Monaten.«
Er verlor jedes Interesse an uns und zog sich in die Halle zurück. Ich folgte Poirot nach draußen.
»Eh bien, Hastings?« fragte mich mein Freund verschmitzt. »Sind Sie jetzt immer noch so sicher, daß die reizende Dame die Wahrheit spricht?« Ich gab keine Antwort.
Poirot war schon in der Brompton Road, ehe ich ihn fragte, was er jetzt vorhabe.
»Wir gehen zu dem Häusermakler, Hastings. Ich habe den großen Wunsch, eine Etage in Montague Mansions zu mieten. Wenn ich mich nicht irre, werden dort verschiedene interessante Dinge passieren.«

Wir hatten mit unserer Nachfrage unerwartet Erfolg. Nummer acht im vierten Stock sollte für zehn Guineas die Woche möbliert vermietet werden. Poirot schloß sofort für einen Monat ab. Draußen auf der Straße beruhigte er mich.
»Aber es ist doch schließlich mein Geld! Warum soll ich mir nicht einen Spaß erlauben? Übrigens, Hastings, haben Sie einen Revolver?«
»Ja – irgendwo«, antwortete ich etwas gereizt. »Denken Sie etwa . . .«
»Daß Sie ihn brauchen werden? Schon möglich. Die Idee reizt Sie, wie ich sehe. Das Romantische gefällt Ihnen doch immer gut.«
Am nächsten Tag installierten wir uns in unserem neuen Heim. Die Wohnung war gut eingerichtet. Sie hatte dieselbe Lage in dem Gebäude wie die der Robinsons, nur lag sie zwei Stockwerke höher. Der Tag nach unserem Einzug war ein Sonntag. Am Nachmittag ließ Poirot die Wohnungstür angelehnt und rief mich hastig, als von unten ein Türschlagen zu hören war. »Sehen Sie doch mal über das Treppengeländer. Sind es Ihre Freunde? Passen Sie auf, daß man Sie nicht bemerkt.«
Ich streckte meinen Kopf über das Geländer.
»Sie sind's«, bestätigte ich flüsternd.
»Gut. Warten wir noch ein wenig.«
Nach ungefähr einer halben Stunde kam eine junge Frau in schicker und farbenfroher Kleidung heraus. Mit einem Seufzer der Erleichterung ging Poirot auf Zehenspitzen in die Etage zurück.
»*C'est ça.* Nach dem Herrn und der Gnädigen das Mädchen. Jetzt müßte die Wohnung eigentlich leer sein.«
»Was tun wir denn jetzt?« fragte ich unsicher.
Poirot war schnell in den Abstellraum gegangen und zog an dem Seil des Kohlenaufzugs.
»Wir lassen uns wie die Kohlenkästen hinunter«, erklärte er freundlich. »Wir werden ganz ungestört sein. Das Sonntagskonzert – der Sonntagsnachmittagsspaziergang und schließlich der Sonntagsschlaf nach dem Sonntagsmittagessen in England – *le rosbif* –, all das wird die Aufmerksamkeit von Her-

cule Poirots Unternehmungen ablenken. Kommen Sie, mein Freund.«
Er stieg in den hölzernen Aufzug. Ich folgte ihm eilig.
»Brechen wir in die Wohnung ein?« fragte ich zweifelnd.
»Nicht gerade heute«, lautete Poirots wenig tröstliche Antwort.
Am Seil hängend glitten wir langsam nach unten, bis wir den zweiten Stock erreichten. Poirot äußerte sich entzückt, als er bemerkte, daß dort die Tür in den Abstellraum offen war.
»Sehen Sie? Diese Türen werden am Tag nicht abgeschlossen, und dabei konnte jedermann, so wie wir, hinauf- oder hinuntersteigen. Bei Nacht schließt man sie vielleicht zu – ja – zwar auch nicht immer –, aber jedenfalls wollen wir dagegen Vorkehrungen treffen.«
Während er sprach, hatte er einige Werkzeuge aus seiner Tasche genommen und machte sich emsig an die Arbeit; sein Plan war, den Riegel so zu manipulieren, daß er vom Kohlenlift aus zurückgezogen werden konnte. Diese Operation dauerte nur drei Minuten. Dann steckte Poirot die Werkzeuge wieder ein, und wir stiegen hinauf in unsere Wohnung.

Den ganzen Montag war Poirot aus. Als er am Abend wiederkam, warf er sich mit einem Seufzer der Erleichterung in seinen Stuhl.
»Hastings, soll ich Ihnen eine kleine Geschichte erzählen? Eine Geschichte ganz nach Ihrem Geschmack, die Sie an Ihren Lieblingsfilm erinnern wird?«
»Los damit«, lachte ich. »Ich nehme ja an, daß es sich um eine wahre Geschichte und keines Ihrer Phantasiegebilde handelt.«
»Wahrer könnte Sie kaum sein. Inspektor Japp von Scotland Yard bürgt dafür, und durch seine freundliche Vermittlung kam sie mir zu Ohren. Hören Sie, Hastings! Vor etwas mehr als sechs Monaten wurden einige wichtige Marinepläne aus einer amerikanischen Dienststelle gestohlen. Sie waren einer Reihe ausländischer Regierungen wichtig – zum Beispiel der japanischen. Der Verdacht fiel auf einen jungen Mann namens Luigi Valdarno, ein Italiener von Geburt, der in der betreffenden Dienststelle einen unbedeutenden Posten innehat-

te; er verschwand zur gleichen Zeit wie die Pläne. Ob nun Luigi Valdarno der Dieb war oder nicht, jedenfalls wurde er zwei Tage später im Osten von New York erschossen aufgefunden. Die Pläne hatte er nicht bei sich. Nun war Luigi Valdarno in der letzten Zeit öfters mit einer Miss Elsa Hardt gesehen worden, einer jungen Konzertsängerin, die zusammen mit ihrem Bruder in Washington lebte. Über das Vorleben der Miss Elsa Hardt war nichts bekannt, aber auch sie verschwand plötzlich, ungefähr zu demselben Zeitpunkt, als Valdarno tot aufgefunden wurde. Es gibt Gründe, anzunehmen, daß sie in Wirklichkeit eine gerissene internationale Spionin war, die unter verschiedenen Decknamen gefährliche Aufgaben gelöst hatte. Sie wurde von der amerikanischen Abwehr gesucht, die außerdem einige unbedeutende japanische Herren, die in Washington lebten, beobachtete. Bei der Abwehr vermutete man, daß sich Elsa Hardt nach Verwischung ihrer Spuren diesen Herren nähern würde. Vor vierzehn Tagen nun reiste einer der Japaner plötzlich nach London. Daraus kann man den Schluß ziehen, daß auch Elsa Hardt in England ist.«
Poirot machte eine Pause, und dann fügte er sanft hinzu: »Die offizielle Beschreibung von Elsa Hardt lautet: Größe: einssiebzig, Augen: blau, Haare: rotbraun, schöner Teint, gerade Nase, keine besonderen Merkmale.«
»Mrs. Robinson!« japste ich.
»Zweifellos, möglich wäre es«, pflichtete er mir bei. »Außerdem habe ich gehört, daß ein dunkelhäutiger Mann, ein Unbekannter, erst heute morgen nach den Bewohnern von Nummer vier gefragt hat. Daher, *mon ami*, fürchte ich, daß Sie auf Ihren Beauty-Schlaf heute nacht verzichten müssen, um mir bei meiner Nachtwache Gesellschaft zu leisten, bewaffnet mit Ihrem ausgezeichneten Revolver – wohlverstanden!«
»Natürlich«, rief ich voller Begeisterung. »Wann soll es losgehen?«
»Ich glaube, Mitternacht wäre nicht nur ein feierlicher, sondern auch ein passender Zeitpunkt«, sagte Poirot. »Es ist nicht wahrscheinlich, daß vorher etwas passiert.«
Genau um zwölf Uhr kletterten wir vorsichtig in den Kohlenaufzug und ließen uns zum zweiten Stock hinunter. Unter

Poirots Händen öffnete sich die Tür schnell nach innen, und wir kletterten in die Wohnung. Aus dem Abstellraum gingen wir in die Küche und setzten uns dort bequem auf zwei Stühle. Die Tür zum Flur hatten wir leise geöffnet.
»Jetzt brauchen wir nur zu warten«, sagte Poirot zufrieden und schloß die Augen.
Das Warten erschien mir endlos. Ich hatte große Angst, einzuschlafen. Gerade als es mir so vorkam, als säße ich schon seit acht Stunden hier – dabei waren es, wie ich später feststellte, genau eine Stunde und zwanzig Minuten –, vernahm ich einen schwachen, kratzenden Laut. Poirots Hand berührte die meine. Ich stand auf, und wir bewegten uns vorsichtig in Richtung Flur. Das Geräusch kam von dort. Poirot legte seine Lippen an mein Ohr.
»Draußen die Eingangstür. Sie schneiden das Schloß heraus. Erst wenn ich es sage, nicht vorher, fallen Sie von hinten über ihn her und halten ihn fest. Seien Sie vorsichtig, er hat sicher ein Messer.«
Plötzlich hörte es sich an, als ob etwas nachgäbe, und ein kleiner Lichtschimmer drang durch die Tür! Es wurde sofort wieder dunkel, und die Tür wurde geöffnet. Ich hörte den Atem eines Mannes, der an uns vorbeiging. Während er die Taschenlampe anknipste, zischte Poirot mir ins Ohr:
»Allez.«
Wir sprangen gemeinsam auf den Eindringling los, und Poirot wickelte mit raschen Bewegungen ein wollenes Tuch um seinen Kopf, während ich ihm die Arme festhielt. Das Ganze ging schnell und lautlos vor sich. Ich entriß ihm einen Dolch, und Poirot zog das Tuch von seinen Augen herunter, ließ es aber fest um seinen Mund. Ich zog meinen Revolver, so, daß er ihn sehen konnte und sich klarwerden mußte, daß jeder Widerstand zwecklos war. Als er den Kampf aufgab, legte Poirot seinen Mund eng an sein Ohr und begann schnell zu flüstern. Nach einer Minute nickte der Mann. Dann machte Poirot mit der Hand ein Zeichen, verließ die Wohnung und ging die Treppe hinunter. Unser Gefangener folgte, und ich blieb mit meinem Revolver hinter ihm. Als wir auf der Straße waren, wandte sich Poirot an mich.

»Vorne an der Ecke steht ein Taxi. Geben Sie mir den Revolver, wir werden ihn jetzt nicht brauchen.«
»Aber wenn dieser Bursche versucht zu entfliehen?«
Poirot lächelte.
»Keine Sorge.«
Ich kam nach einer Minute mit dem Taxi zurück. Zum erstenmal sah ich jetzt das Gesicht des Fremden richtig, denn Poirot hatte ihm das Wolltuch abgenommen. Ich machte eine erstaunte Bewegung.
»Es ist ja gar kein Japaner«, wisperte ich Poirot zu.
»Beobachtung war immer Ihre starke Seite, Hastings! Ihnen entgeht auch gar nichts. Nein, dieser Mann ist kein Japs. Er ist Italiener.«
Wir stiegen in das Taxi ein, und Poirot gab dem Fahrer eine Adresse in St. John's Wood an. Jetzt war ich völlig durcheinander. In Anwesenheit unseres Gefangenen mochte ich Poirot nicht fragen, wohin wir fuhren. Vergeblich versuchte ich etwas Licht in die Sache zu bringen.
Wir hielten an der Tür eines kleinen Hauses, das etwas abseits von der Straße lag. Ein heimkehrender Bummler, leicht betrunken, schlurfte über das Pflaster und stieß fast mit Poirot zusammen, der ihn kurz anfuhr, doch vermochte ich dem Wortwechsel nicht zu folgen. Alle drei gingen wir die Stufen zum Haus hinauf. Poirot läutete und gab uns Zeichen, beiseite zu treten. Niemand kam, er läutete erneut, dann ergriff er den Türklopfer und pochte stürmisch.
Plötzlich ging ein Licht über der Tür an, und diese selbst wurde vorsichtig einen Spaltbreit geöffnet.
»Was, zum Teufel, wollen Sie?« hörte man eine ziemlich ungehaltene männliche Stimme fragen.
»Ich will den Arzt sprechen. Meine Frau ist krank.«
»Hier ist kein Arzt.«
Der Mann machte Anstalten, die Tür zu schließen, aber Poirot setzte schnell seinen Fuß dazwischen. Plötzlich wurde er wütend, so richtig französisch wütend.
»Was sagen Sie da, hier ist kein Doktor? Ich verlange Ihre gesetzliche Hilfe. Sie müssen kommen! Ich bleibe einfach hier und läute und klopfe die ganze Nacht.«

»Mein lieber Herr ...« Die Tür wurde wieder geöffnet, ein Mann in Morgenmantel und Pantoffeln kam heraus, um Poirot zu beruhigen, und warf einen unsicheren Blick um sich. »Ich rufe die Polizei.«

Poirot schickte sich an, die Treppe hinunterzugehen. »Nein, um Gottes willen, lassen Sie das!« Der Mann rannte hinter ihm her.

Poirot gab ihm einen kleinen Stoß, so daß er beinahe die Treppe hinunterfiel. In der nächsten Sekunde waren wir drei im Haus, schlugen die Tür zu und verriegelten sie.

»Schnell – hier herein.« Poirot führte uns in das nächste Zimmer und drehte das Licht an. »Und Sie –«, er deutete auf den Italiener, »hinter den Vorhang.«

»*Si, Signor*«, erwiderte dieser und glitt schnell hinter die Falten eines rosafarbenen Samtvorhanges vor dem Fenster. Keine Minute zu früh. Gerade als er dahinter verschwunden war, stürzte eine Frau ins Zimmer. Sie war groß mit rötlichem Haar und zog einen roten Kimono enger um ihre schlanke Gestalt.

»Wo ist mein Mann?« schrie sie und warf schnelle, furchtsame Blicke um sich. »Wer sind Sie?«

Poirot kam mit einer Verbeugung auf sie zu.

»Ich hoffe, Ihr Mann wird sich nicht erkälten. Immerhin hatte er Pantoffeln an den Füßen und einen warmen Morgenmantel an.«

»Wer sind Sie? Was tun Sie in meinem Haus?«

»Es ist leider, leider wahr, daß keiner von uns das Vergnügen hat, Sie zu kennen, Madame. Das ist um so bedauerlicher, weil einer von uns dreien speziell aus New York gekommen ist, um Sie zu treffen.«

Die Vorhänge wurden auseinandergeschlagen, und der Italiener kam heraus. Zu meinem Entsetzen hielt er meinen Revolver in der Hand, den Poirot ohne Zweifel im Taxi weggelegt haben mußte.

Die Frau stieß einen schrillen Schrei aus, drehte sich um und traf Anstalten zur Flucht; aber Poirot postierte sich vor der geschlossenen Tür.

»Lassen Sie mich vorbei«, schrie sie. »Er wird mich ermor-

den.«
»Wer hat Luigi Valdarno umgelegt?« fragte der Italiener heiser und fuchtelte mit der Waffe herum, daß mir ganz schlecht wurde. Wir wagten kaum, uns zu bewegen.
»Lieber Gott, Poirot, das ist ja schrecklich. Was sollen wir tun?« schrie ich.
»Sie würden mir einen großen Gefallen tun, wenn Sie aufhören wollten, so viel zu reden, Hastings. Ich versichere Ihnen, daß unser Freund nicht schießen wird, bevor ich es sage.«
»Sind Sie davon so überzeugt?« rief ich mit einem Kloß im Hals. Das war mehr, als ich ertragen konnte. Wieder wandte sich die Frau an Poirot.
»Was wollen Sie?«
Poirot verbeugte sich.
»Ich halte so viel von Miss Elsa Hardts Intelligenz, daß ich kaum glaube, darüber noch Worte verlieren zu müssen.«
Mit einer schnellen Bewegung ergriff die Frau eine große, schwarze Stoffkatze, die zum Zudecken des Telefons benützt wurde.
»Sie sind im Futter eingenäht.«
»Geschickt«, murmelte Poirot anerkennend. Er gab die Tür frei. »Guten Abend, Madame. Ich werde Ihren Freund aus New York hier festhalten, bis Sie sich davongemacht haben.«
»Idiot!« brüllte der Italiener, hob den Revolver und feuerte direkt auf die Frau, die hinauslief, während ich mich auf ihn warf. Aber die Waffe klickte nur harmlos, und Poirots Stimme ertönte in mildem Vorwurf.
»Nie werden Sie Ihrem alten Freund trauen, Hastings! Ich habe es nicht gern, wenn meine Freunde geladene Pistolen mit sich herumtragen, und einem zufälligen Bekannten würde ich es schon gar nicht erlauben. Nein, nein, mein Freund«, sagte er zu dem Italiener, der laut vor sich hin fluchte. »Sehen Sie jetzt ein, was ich alles für Sie getan habe? Ich habe Sie davor gerettet, gehängt zu werden. Und glauben Sie ja nicht, daß unsere schöne Frau entkommen kann. Nein, nein, das Haus wird von allen Seiten bewacht. Sie läuft geradeaus in die Arme der Polizei. Ist das denn nicht ein beruhigender Gedanke? Ja, Sie können das Zimmer jetzt vorsichtig verlassen. Aber seien Sie

vorsichtig – seien Sie sehr vorsichtig ... ich ... Ah, er ist schon fort. Und mein Freund Hastings sieht mich mit vorwurfsvollen Augen an. Dabei war doch alles so einfach! Von Anfang an war doch wohl klar, daß aus mehreren Hunderten von Bewerbern für Nummer vier Montague Mansions nur die Robinsons als passend angesehen wurden. Warum? Was unterschied sie von den anderen Wohnungssuchenden? Ihre Erscheinung? Vielleicht – aber so ungewöhnlich war sie wiederum auch nicht. Also mußte es ihr Name sein!«
»Aber es ist doch nichts Ungewöhnliches an dem Namen Robinson«, rief ich, »das ist doch ein ganz gewöhnlicher Name.«
»Ah! Sapristi! Das war doch gerade der springende Punkt. Elsa Hardt und ihr Mann oder Bruder oder was er nun wirklich ist, kommen von New York und nehmen eine Wohnung auf den Namen Mr. und Mrs. Robinson. Plötzlich erfahren sie, daß einer dieser Geheimbünde, die *Maffia* oder die *Camorra*, zu welchen ohne Zweifel auch Luigi Valdarno gehörte, ihnen auf der Spur ist. Was tun sie? Sie denken sich etwas ganz Einfaches aus. Natürlich wußten sie, daß ihre Verfolger keinen von ihnen persönlich kannten. Was kann nun einfacher sein: Sie bieten die Wohnung zu einem lächerlich niederen Mietpreis an. Unter Tausenden von jungen Paaren in London, die eine Wohnung suchen, müssen doch einige Robinsons sein. Man muß nur warten. Wenn Sie sich im Telefonbuch den Namen Robinson ansehen, wird Ihnen klarwerden, daß früher oder später eine rotbraune Mrs. Robinson daherkommen mußte. Und was passiert dann? Die Rächer erscheinen. Sie kennen den Namen, sie wissen die Adresse. Sie schlagen zu. Alles ist vorüber, die Rache ist befriedigt, und Miss Elsa Hardt ist um Haaresbreite davongekommen. Übrigens, Hastings, Sie müssen mich der wirklichen Mrs. Robinson vorstellen – dieser entzückenden und wahrheitsliebenden Person. Was werden sie denken, wenn sie merken, daß man in ihre Wohnung eingebrochen ist. Wir müssen eilig zurückfahren. Ah, das klingt nach Japp und seinen Freunden, die da kommen.«
Der Klopfer machte einen fürchterlichen Krach.
»Aber woher kannten Sie denn diese Adresse hier?« fragte ich, als ich Poirot auf den Flur folgte. »Oh, natürlich ließen Sie die

erste Mrs. Robinson beschatten, als sie die andere Wohnung verließ.«

»*A la bonne heure,* Hastings. Endlich machen Sie Gebrauch von Ihren grauen Gehirnzellen! So – und jetzt werden wir Japp eine kleine Überraschung bereiten.«

Sachte schloß er die Tür auf, streckte den Kopf der Katze um die Ecke und machte ein schrilles »Miau« nach.

Der Inspektor von Scotland Yard, der draußen stand, zuckte unwillkürlich zurück.

»Oh, das ist nur einer von Monsieur Poirots kleinen Witzen!« rief er aus, als Poirots Kopf hinter der Katze erschien. »Lassen Sie uns hinein, Monsieur!«

»Haben Sie unsere Freunde festgenommen?«

»Ja, wir haben die Vögel gefangen. Aber sie hatten die Ware nicht bei sich.«

»Ach so, und jetzt kommen Sie, um alles zu durchsuchen. Gut, ich bin im Begriff, mit Hastings wegzugehen, aber vielleicht sollte ich Ihnen doch eine kleine Vorlesung über das Leben und die Gewohnheiten der Hauskatze halten.«

»Um Gottes willen, sind Sie komplett verrückt geworden?«

»Die Katze wurde von den alten Ägyptern angebetet«, deklamierte Poirot. »Und es wird noch immer als ein glückliches Vorzeichen angesehen, wenn eine schwarze Katze über den Weg läuft. Diese Katze hier hat heute Ihren Weg gekreuzt, Japp. Von dem Inneren irgendeines Tieres oder einer Person zu reden, gilt, wie ich weiß, in England nicht für sehr anständig. Aber das Innere dieser Katze ist sehr delikat. Ich nehme Bezug auf ihr Innenleben.«

Mit einem plötzlichen Ausruf griff der Mann neben dem Inspektor nach der Katze.

»Oh, ich vergaß vorzustellen«, sagte Japp. »Mr. Poirot, das ist Mr. Burt vom amerikanischen Geheimdienst.«

Des Amerikaners erfahrene Finger tasteten die Katze ab, und seine Augen leuchteten auf, denn er hatte das, was er suchte, gefunden.

»Sehr erfreut, Ihre Bekanntschaft gemacht zu haben«, sagte Mr. Burt.

Das Mysterium von Hunter's Lodge

»Immerhin«, murmelte Poirot, »wäre es möglich, daß ich noch einmal mit dem Leben davonkomme.«
Diese Bemerkung des rekonvaleszenten Influenzapatienten schien mir als Zeichen wiedererwachender Lebensfreude begrüßenswert. Ich selbst war vor Poirot Opfer dieser Krankheit gewesen. Jetzt saß er aufrecht in seinem Bett, zahlreiche Kissen im Rücken, den Kopf in einen wollenen Schal gewickelt, und schlürfte einen ganz besonders scheußlich schmeckenden Kräutertee, den ich genau nach seinen Angaben bereitet hatte. Seine Wangen ruhten mit Vergnügen auf einer säuberlich ausgerichteten Reihe von Medizinflaschen, die das Kaminsims zierte.
»Ja, ja«, fuhr mein kleiner Freund fort. »Noch einmal bin ich von den Toten auferstanden, ich, der große Hercule Poirot, der Schrecken der Bösewichter! Nicht genug des Ruhms, *mon ami,* wie Sie wissen, widmet man mir eine Spalte in der Rubrik *Gesellschaftsklatsch.* Ja, so ist es, ihr Mädchen, Hercule Poirot – er ist ein wahrer Herkules! Wagt euch heraus, ihr Verbrecher, wißt ihr warum? Hercule Poirot, der beliebte Detektiv der vornehmen Gesellschaft, kann euch nicht fassen, er liegt mit Influenza im Bett.«
Ich lachte.
»Fein, Poirot! Sie werden noch ein großer Mann. Glücklicherweise haben Sie während Ihrer Krankheit nichts besonders Interessantes versäumt.«
»Das ist wahr. Die wenigen Fälle, die ich ablehnen mußte, habe ich nicht bedauert.«
Unsere Wirtin steckte ihren Kopf zur Tür herein.
»Da unten ist ein Herr, er sagte, er müsse Sie sehen, Monsieur Poirot, oder Sie, Captain. Da er sehr aufgeregt war und sich

trotzdem immer noch wie ein Gentleman benahm, habe ich seine Karte heraufgebracht.«
Sie gab mir die Visitenkarte. »Mr. Roger Havering«, las ich. Poirot deutete mit dem Kopf zum Büchergestell, und gehorsam zog ich *Who's Who* heraus. Poirot nahm es mir ab und blätterte schnell in den Seiten. »Zweiter Sohn des fünften Baron Windsor. Heiratete Zoe, vierte Tochter von William Crabbe.«
»Hm!« sagte ich. »Ich glaube eher, es ist das Mädchen, das am *Frivolity* spielte – nur nannte sie sich damals Zoe Carrisbrook. Ich erinnere mich, daß sie kurz vor dem Krieg heiratete.«
»Würden Sie, Hastings, liebenswürdigerweise hinuntergehen und hören, welches die besonderen Nöte und Sorgen unseres Besuchers sind. Sagen Sie ihm, ich bedaure tief . . .«

Roger Havering war ein Mann von ungefähr vierzig Jahren, gut gewachsen und von eleganter Erscheinung. Er sah jedoch aufgelöst aus, und er war unzweifelhaft sehr erregt.
»Captain Hastings? Sie sind Monsieur Poirots Partner, soviel ich weiß. Es ist dringend – er muß heute noch mit mir nach Derbyshire hinauskommen.«
»Ich fürchte, daß dies unmöglich ist«, antwortete ich. »Poirot liegt krank zu Bett – Influenza.«
In seinem Gesicht zeigte sich tiefe Niedergeschlagenheit.
»Lieber Gott, das ist ein schwerer Schlag für mich.«
»Ist die Angelegenheit sehr ernst?«
»Lieber Gott, ja! Mein Onkel, der beste Freund, den ich auf der Welt habe, ist letzte Nacht ermordet worden.«
»Hier in London?«
»Nein, in Derbyshire. Ich war in der Stadt und bekam heute morgen ein Telegramm von meiner Frau. Sofort, nachdem ich es erhalten hatte, beschloß ich, Monsieur Poirot zu bitten, den Fall zu übernehmen.«
»Wenn Sie mich einen Augenblick entschuldigen wollen«, sagte ich, denn ich hatte plötzlich eine Idee.
Ich stürzte hinauf und berichtete Poirot in wenigen Worten die Situation. Er schnitt mir jedes weitere Wort ab.
»Schon gut, schon gut. Sie möchten gerne selbst fahren, nicht

wahr? Gut, warum nicht? Sie sollten meine Methoden ja langsam kennen. Alles, was ich von Ihnen verlange, ist, daß Sie mir jeden Tag ausführlich Bericht erstatten und meine Anweisungen, die ich Ihnen telegrafieren werde, auf das genaueste befolgen.«

Eine Stunde später saß ich mit Mr. Havering in einem Erster-Klasse-Abteil der Midland-Eisenbahn. Der Zug fuhr schnell aus London hinaus.

»Zunächst, Captain Hastings, müssen Sie wissen, daß *Hunter's Lodge*, wo die Tragödie stattgefunden hat und wohin wir jetzt fahren, nur eine kleine Jagdhütte mitten im Herzen des Derbyshire-Moors ist. Unser eigentlicher Wohnsitz liegt nahe bei Newmarket, und für die Saison mieten wir gewöhnlich eine Etage in der Stadt. *Hunter's Lodge* wird von einer Haushälterin bewirtschaftet, die ihre Sache sehr gut macht. Wir fahren gelegentlich zum Weekend hinaus. Natürlich nehmen wir in der Jagdsaison außerdem immer noch einige unserer eigenen Dienstboten von Newmarket mit. Mein Onkel, Mr. Harrington Pace (wie Sie vielleicht wissen, ist meine Mutter eine geborene Miss Pace aus New York), hat die letzten drei Jahre mit uns zusammengelebt. Mit meinem Vater und meinem älteren Bruder kam er nie gut aus, und ich vermute, die Tatsache, daß ich ein Tunichtgut war, vergrößerte seine Zuneigung zu mir. Natürlich, ich bin ein armer Mann, und mein Onkel war reich – mit andern Worten, er bezahlte die Zeche! Wir verstanden uns gut, obwohl er in mancher Beziehung sehr pedantisch war, und lebten alle drei harmonisch zusammen. Vor zwei Tagen schlug mein Onkel vor, wir sollten für ein oder zwei Tage nach Derbyshire fahren. Der Aufenthalt in der Stadt paßte ihm nicht, da wir ihn etwas verärgert hatten. Meine Frau telegrafierte an Mrs. Middleton, unsere Haushälterin, und wir kamen am selben Nachmittag dort an. Gestern mußte ich nun in die Stadt zurückfahren, aber meine Frau und mein Onkel blieben dort. Heute morgen erhielt ich folgendes Telegramm.« Er reichte es mir herüber:

Komme sofort – Onkel Harrington letzte Nacht ermordet – bring einen guten Detektiv mit – wenn du kannst

Zoe.

»Dann sind Ihnen bis jetzt keinerlei Details bekannt?«
»Nein. Ich vermute, die stehen in den Zeitungen. Ohne Zweifel hat sich die Polizei der Sache bereits angenommen.«
Es war ungefähr drei Uhr, als wir auf der kleinen Station Elmer's Dale ankamen. Von dort fuhren wir fünf Meilen zu einem kleinen grauen Steingebäude mitten im düsteren Moor.
»Ein einsamer Ort«, bemerkte ich mit Unbehagen.
Havering nickte. »Ich werde versuchen, es zu verkaufen. Ich kann hier nicht mehr leben.«
Wir öffneten das zum Grundstück führende Tor und gingen den schmalen Pfad hinauf zu der Eichentür, als eine bekannte Gestalt aus dem Haus trat und uns entgegenging.
»Japp!« rief ich aus.
Der Inspektor von Scotland Yard grinste mich freundlich an, ehe er sich an meinen Begleiter wandte.
»Mister Havering, nehme ich an. Ich bin von London hierhergeschickt worden, um diesen Fall zu übernehmen. Ich würde Sie gern sprechen, wenn es möglich wäre, Sir.«
»Meine Frau . . .«
»Ich habe Ihre Frau gesprochen, Sir – und die Haushälterin. Ich werde Sie nicht lange aufhalten, denn ich möchte ins Dorf zurück, nachdem ich hier alles gesehen habe, was es zu sehen gibt.«
»Bis jetzt weiß ich nichts, was . . .«
»Natürlich«, sagte Japp beruhigend. »Aber da sind ein oder zwei kleine Punkte, zu denen ich gerne Ihre Ansicht gehört hätte. Captain Hastings kennt mich, er wird ins Haus gehen und sagen, daß Sie hier sind. Was haben Sie übrigens mit unserem kleinen Mann gemacht, Captain Hastings?«
»Er liegt mit Influenza im Bett.«
»Hat es ihn jetzt also auch gepackt? Das tut mir leid. Kommen Sie sich nicht etwas verloren vor, so ganz ohne ihn?«
Nach diesem faulen Witz ging ich verstimmt ins Haus. Ich läutete, da Japp die Tür hinter sich zugemacht hatte. Nach einigen Augenblicken wurde die Tür von einer Frau in mittleren Jahren geöffnet.
»Mr. Havering wird gleich hier sein«, erklärte ich. »Er wurde von Inspektor Japp zurückgehalten. Ich bin mit ihm aus Lon-

don hergekommen, um den Fall zu untersuchen. Vielleicht können Sie mir kurz erzählen, was sich letzte Nacht ereignet hat.«
»Kommen Sie herein, Sir.« Sie schloß die Tür hinter mir und führte mich in einen schlecht beleuchteten Vorraum. »Es war nach dem Dinner letzte Nacht, Sir, daß der Mann kam. Er wollte Mr. Pace sprechen, Sir, und da er genauso sprach wie Mr. Pace, dachte ich, er sei ein amerikanischer Freund von ihm. Ich führte ihn ins Jagdzimmer, und dann ging ich, Mr. Pace Bescheid zu sagen. Er hatte mir keinen Namen genannt, was, wenn ich es mir jetzt überlege, natürlich ein wenig sonderbar war. Ich meldete es dann Mr. Pace, und er schien darüber ein wenig verwirrt zu sein, aber er sagte zur gnädigen Frau: ›Entschuldige, Zoe, aber ich werde nachschauen, was der Bursche will.‹ Er ging ins Jagdzimmer und ich in die Küche zurück. Nach einer Weile hörte ich laute Stimmen, es klang wie Streit, und ich lief in den Vorraum hinaus. Zur gleichen Zeit kam auch die gnädige Frau heraus, und in diesem Moment fiel ein Schuß, und dann war es schrecklich still. Wir rannten beide zur Tür des Jagdzimmers, aber sie war verschlossen, und wir mußten ganz außen herumgehen, um ans Fenster zu kommen. Es stand offen, und wir sahen Mr. Pace erschossen in dem Zimmer liegen.«
»Was wurde aus dem Fremden?«
»Er muß durch das Fenster entkommen sein, Sir, ehe wir hinkamen.«
»Und dann?«
»Mrs. Havering schickte mich zur Polizei. Das ist ein Weg von fünf Meilen. Die Polizisten kamen mit mir zurück, und ein Beamter blieb die ganze Nacht hier. Heute morgen kam der Herr von der Polizei aus London.«
»Wie sah denn der Mann aus, der Mr. Pace besuchen kam?«
Die Haushälterin dachte nach.
»Er hatte einen schwarzen Bart, Sir, war in mittleren Jahren und trug einen leichten Mantel. Ich habe nichts Außergewöhnliches an ihm bemerkt, außer daß er einen amerikanischen Akzent hatte.«
»Vielen Dank. Ich würde nun jetzt gerne Mrs. Havering se-

hen.«
»Sie ist oben, Sir. Soll ich es ihr sagen?«
»Ja, bitte. Sagen Sie ihr, daß Mr. Havering und Inspektor Japp gleich nachkommen und daß der Herr, den Mr. Havering aus London mitgebracht hat, sie gerne so bald als möglich sprechen möchte.«
»Ja, Sir.«
Ich war voller Ungeduld, mehr zu erfahren. Japp hatte zwei oder drei Stunden Vorsprung, und seine Eile spornte mich an, ihm auf den Fersen zu bleiben.
Mrs. Havering ließ mich nicht lange warten. Einige Minuten später hörte ich einen leichten Schritt auf der Treppe und blickte auf. Ich sah mir eine sehr junge, hübsche Frau entgegenkommen. Sie trug eine flammendrote Jacke, welche die Knabenhaftigkeit ihrer Figur noch unterstrich. Auf ihrem dunklen Haar trug sie einen ebenso flammendroten Lederhut. Offensichtlich vermochte die scheußliche Situation ihre Vitalität nicht zu beeinträchtigen.
Ich stellte mich vor, und sie nickte freundlich. »Natürlich habe ich schon viel von Ihnen und Ihrem Kollegen gehört«, sagte sie. »Sie haben ja schon die unglaublichsten Sachen gemacht. Sehr klug von meinem Mann, Sie gleich mitzubringen. Ich glaube, der einfachste Weg, um alles zu erfahren, was Sie über diese traurige Angelegenheit wissen wollen, ist, mir Fragen zu stellen, nicht?«
»Besten Dank, Mrs. Havering. Ja. Also wieviel Uhr war es, als dieser Mann hier ankam? – wenn ich gleich mit Fragen beginnen darf.«
»Es muß kurz vor neun Uhr gewesen sein. Wir waren mit unserem Dinner fertig und saßen beim Kaffee.«
»Ihr Mann war schon nach London gereist?«
»Ja, er fuhr mit dem Sechs-Uhr-fünfzehn-Zug.«
»Fuhr er mit dem Wagen zur Bahn oder ging er zu Fuß?«
»Unser eigener Wagen ist nicht hier. Er ließ sich mit einem Wagen einer Garage in Elmer's Dale zum Bahnhof abholen.«
»Benahm sich Mr. Pace irgendwie ungewöhnlich?«
»Nein – er war wie immer.«
»Können Sie mir den Besucher beschreiben?«

»Nein, leider nicht. Ich habe ihn nicht gesehen. Mrs. Middleton führte ihn direkt in das Jagdzimmer und meldete ihn dann bei meinem Onkel an.«
»Was sagte Ihr Onkel?«
»Er schien etwas verärgert zu sein, aber er ging gleich ins Jagdzimmer hinüber. Ungefähr fünf Minuten später hörte ich die beiden laut und erregt sprechen. Ich rannte auf den Flur hinaus und stieß dabei fast mit Mrs. Middleton zusammen. Dann hörten wir den Schuß. Das Jagdzimmer war von innen abgeschlossen; wir mußten daher um das ganze Haus herum, um zum Fenster zu kommen. Natürlich verloren wir dadurch kostbare Zeit, die der Mörder ausnutzte, um zu fliehen. Mein armer Onkel ... Er war durch den Kopf geschossen worden.« Sie sprach ganz leise, und ihre Stimme zitterte. »Ich sah sofort, daß er tot war. Ich schickte Mrs. Middleton zur Polizei. Im Zimmer selbst rührte ich nichts an.«
Ich nickte.
»Und die Waffe?«
»Ja – ich habe lediglich eine Vermutung, Captain Hastings. An der Wand hingen zwei Revolver meines Mannes. Einer davon fehlt. Ich machte auch die Polizei darauf aufmerksam, und sie nahm dann den anderen Revolver mit. Wenn die Kugel gefunden worden ist, wird die Polizei wohl mehr wissen.«
»Kann ich mir das Jagdzimmer mal ansehen?«
»Aber natürlich. Die Beamten haben bereits alles durchsucht und die Leiche mitgenommen.«
Sie begleitete mich zu dem Schauplatz des Verbrechens. In diesem Moment betrat Havering die Halle, und mit einer kurzen Entschuldigung wandte sich seine Frau von mir ab und lief auf ihn zu. Ich mußte mir das Jagdzimmer allein ansehen. Das Ergebnis meiner Inaugenscheinnahme war enttäuschend. Ich betrachtete alles mit äußerster Sorgfalt, aber außer einem großen Blutfleck war nichts zu sehen. Mit dem kleinen Fotoapparat, den ich mitgebracht hatte, machte ich ein paar Aufnahmen von dem Zimmer. Dann ging ich hinaus in den Garten und suchte vor dem Fenster des Jagdzimmers nach Fußspuren. Es war völlig sinnlos, Zeit damit zu verlieren, denn der Boden war völlig zertrampelt. *Hunter's Lodge* hatte mir

nicht viel zu bieten. Ich mußte zurück nach Elmer's Dale und mit Japp Fühlung aufnehmen. Also verabschiedete ich mich und fuhr mit dem Wagen, der mich hergebracht hatte, wieder zurück.

Ich fand Japp in den *Matlock Arms*, so hieß das Gasthaus. Als er sich die Leiche ansehen ging, nahm er mich mit. Harrington Pace war ein kleiner, magerer, glattrasierter Mann von sehr amerikanischem Aussehen. Er war aus allernächster Nähe in den Hinterkopf geschossen worden.

»Er muß sich einen Augenblick umgedreht haben«, bemerkte Japp, »während der andere sich den Revolver schnappte und ihn erschoß. Der Revolver, den uns Mrs. Havering gegeben hat, war geladen, und ich vermute, der andere war es auch. Es gibt doch komische Leute – wer hängt sich schon zwei geladene Revolver an die Wand?«

»Was halten Sie von der Sache?« fragte ich ihn, als wir den Raum verließen.

»Um ehrlich zu sein, zuerst hatte ich Havering im Verdacht!« Als er mein Erstaunen bemerkte, sagte er: »Warum nicht? Es gibt nämlich zwei dunkle Punkte in Haverings Vergangenheit. Als er in Oxford studierte, passierte etwas Komisches mit der Unterschrift seines Vaters auf seinem Scheck. Die Angelegenheit wurde natürlich vertuscht. Ja, und dann, da ist noch etwas Schwerwiegenderes. Mr. Havering steckt bis über die Ohren in Schulden – Schulden, die er seinem Onkel mit gutem Grund verschwiegen hat. Dabei ist ziemlich sicher, daß das Testament des Onkels zu seinen Gunsten abgefaßt ist. Ja, mein Verdacht richtete sich auf ihn, und deswegen wollte ich ihn sprechen, bevor er seine Frau gesehen hatte. Aber ihre Aussagen widersprachen sich nicht. Nach den Auskünften der Bahnstation gibt es auch keinen Zweifel, daß er mit dem Sechs-Uhr-fünfzehn-Zug fuhr. Der Zug kommt um zehn Uhr dreißig in London an. Er behauptete, schnurstracks in seinen Klub gegangen zu sein, und wenn sich das bestätigt – ja, dann kann er unmöglich mit einem schwarzen Bart hier gewesen sein und um neun Uhr seinen Onkel erschossen haben.«

»Hm, ja, ich wollte Sie noch fragen – was halten Sie von dem Bart?«

Japp zwinkerte.
»Ich denke, der ist mächtig schnell gewachsen – in fünf Meilen – von Elmer's Dale bis *Hunter's Lodge.* Ich jedenfalls kenne nur glattrasierte Amerikaner. Und wir müssen wohl unter Mr. Paces amerikanischen Freunden suchen, wenn wir den Mörder finden wollen. Ich habe zuerst die Haushälterin und dann Mrs. Havering vernommen. Ihre Geschichten stimmen völlig überein. Zu schade, daß Mrs. Havering diesen Burschen nicht zu Gesicht bekam. Sie ist eine patente Frau und hätte uns sicher weiterhelfen können.«
Ich setzte mich hin und schrieb einen genauen und langen Bericht an Poirot. Bevor ich ihn zur Post brachte, fügte ich noch einige neue Informationen hinzu.
Die Kugel war untersucht worden, sie mußte von einem Revolver stammen, welcher der Waffe glich, die die Polizei in *Hunter's Lodge* mitgenommen hatte. Weiter prüfte man Mr. Haverings Angaben nach und stellte fest, daß er tatsächlich in London mit dem besagten Zug angekommen war. Außerdem war etwas Ungewöhnliches geschehen. Ein Mann aus der City, der in Ealing ausgestiegen war und nach Haven Grenn hinüberfuhr, um auf die *District Railway Station* zu kommen, hatte ein Paket gefunden, das zwischen den Schienen lag. Als er das braune Papier aufmachte, fand er einen Revolver darin eingewickelt. Er gab das Paket auf der dortigen Polizeistation ab, und in verhältnismäßig kurzer Zeit erwies sich, daß es sich um den gesuchten Revolver handeln mußte. Ein Schuß fehlte.
Dies alles fügte ich meinem Bericht an. Am nächsten Morgen, als ich beim Frühstück saß, kam ein Telegramm von Poirot:
»Natürlich war der schwarzbärtige Mann nicht Havering – nur Sie und Japp konnten auf solch eine Idee kommen – telegrafieren Sie mir eine Beschreibung der Haushälterin – wie waren sie und Mrs. Havering gekleidet – verschwenden Sie keine Zeit mit Fotografieren – Ihre Bilder sind unterbelichtet und nicht im mindesten künstlerisch.«
Ich fand Poirots Telegramm reichlich überheblich. Wahrscheinlich war er eifersüchtig auf die Handlungsfreiheit, die mir auf dem Schauplatz der Ereignisse natürlich erlaubte, nach meinem Gusto zu verfahren. Sein Wunsch nach einer Beschreibung der Kleider, die die beiden Frauen getragen hatten,

kam mir ziemlich lächerlich vor, aber ich entsprach seinem Ansinnen nach bestem Vermögen.
Um elf Uhr kam die telegrafische Antwort von Poirot.
»Raten Sie Japp, die Haushälterin zu verhaften, bevor es zu spät ist.«
Völlig ratlos brachte ich das Telegramm zu Japp. Der fluchte leise vor sich hin.
»Ein verrückter Bursche, dieser Mr. Poirot! Aber wenn er so etwas sagt, ist immer etwas dran. Dabei habe ich die Frau kaum beachtet. Ich sehe auch keine Möglichkeit, sie zu verhaften, aber ich werde sie überwachen lassen. Gehen wir doch sofort hin und sehen sie uns einmal genauer an.«
Aber es war zu spät! Mrs. Middleton, diese ruhige Frau mittleren Alters, die uns so nett und so respektabel erschienen war, hatte sich in Luft aufgelöst. Ihren Koffer hatte sie zurückgelassen. Er enthielt nur normale Kleidungsstücke. Keinen Hinweis über ihre Identität – keinen Aufschluß, woher sie kam.
Mrs. Havering teilte alle ihr bekannten Details mit.
»Ich habe sie vor ungefähr drei Wochen engagiert, als Mrs. Emery, unsere frühere Haushälterin, wegging. Sie wurde mir durch das Büro von Mrs. Selbourne in Mount Street – eine sehr bekannte Agentur – empfohlen. Bisher habe ich alle meine Dienstboten durch diese Agentur bekommen. Sie schickten mir verschiedene Bewerberinnen, aber diese Mrs. Middleton schien mir bei weitem die netteste; außerdem hatte sie blendende Zeugnisse. Ich engagierte sie und teilte das sofort der Agentur mit. Daß ich mich in dieser ruhigen und netten Frau so getäuscht haben soll, kann ich kaum glauben.«
Die Sache war mysteriös. Die Haushälterin konnte das Verbrechen nicht begangen haben, da sie in dem Augenblick, als der Schuß abgefeuert wurde, mit Mrs. Havering in der Halle war. Und doch mußte sie irgendeine Verbindung zu dem Mörder gehabt haben! Ich konnte mir nicht vorstellen, warum sie sonst so plötzlich verschwand.
Ich telegrafierte Poirot und schlug ihm vor, nach London zurückzukommen und bei der Agentur Selbourne nachzuforschen. Poirots Antwort kam umgehend:
»Nutzlos, bei der Agentur nachzufragen – sie ist dort unbekannt – stellen Sie fest, welchen Wagen sie benutzte, als sie sich vorstellte.«

Obwohl mir sein Ansinnen schleierhaft erschien, befolgte ich seinen Wunsch. Die Transportmöglichkeiten waren gering. Die örtliche Garage hatte zwei ramponierte Fords, und dann gab es noch zwei Taxis an der Bahnstation. An dem bewußten Tag war kein Wagen verlangt worden. Mrs. Havering, die wir befragten, erklärte, sie habe seinerzeit der Frau für die Fahrt nach Derbyshire so viel Geld gegeben, daß noch genug übrigblieb, um einen Wagen oder ein Taxi nach *Hunter's Lodge* zu mieten.

Die Tatsache, daß niemand die Ankunft eines Fremden mit schwarzem Bart oder ohne schwarzen Bart an dem Mordabend bemerkt hatte, ließ darauf schließen, daß der Mörder mit einem Wagen gekommen war, den er irgendwo in der Nähe abstellte. Dieser Wagen diente ihm und wahrscheinlich auch der Haushälterin nach dem Verbrechen zur Flucht.

Die Erkundigungen bei der Agentur in London bestätigten Poirots Voraussagen. Keine Frau namens Middleton war in ihren Büchern vermerkt. Sie hatten Mrs. Havering mehrere Bewerberinnen für den Posten zugewiesen. Als sie der Agentur die Vermittlungsgebühren überwies, vergaß sie aber anzugeben, welche Bewerberin sie genommen hatte.

Etwas mutlos fuhr ich nach London zurück. Ich fand Poirot in einen prunkvollen seidenen Schlafrock gehüllt vor dem Kamin sitzend. Er war sichtlich erfreut, mich wiederzusehen.

»*Mon ami* Hastings! Ich bin froh, daß Sie wieder da sind. Wirklich, ich habe eine große Schwäche für Sie! Haben Sie sich gut unterhalten? Haben Sie sich mit dem guten Japp ordentlich Bewegung gemacht? Haben Sie endlich einmal nach Herzenslust untersuchen und fragen können?«

»Poirot«, rief ich, »das ist eine ganz dunkle Affäre. Ich fürchte, sie wird nie aufgeklärt werden.«

»Ja, große Lorbeeren werden wir nicht ernten.«

»Nein, wirklich nicht. Eine harte Nuß!«

»Ach, was das anbelangt, aufs Nüsseknacken verstehe ich mich ganz gut. Wie ein richtiges Eichhörnchen! Das ist es nicht, was mich beschäftigt. Ich weiß wohl, wer Mr. Harrington Pace umgebracht hat.«

»Sie wissen es? Wie haben Sie das fertiggebracht?«

»Ich habe die Wahrheit Ihren erleuchteten Antworten auf meine Fragen entnommen. Sehen Sie mal, Hastings, lassen Sie uns die Fragen methodisch und der Reihenfolge nach prüfen. Mr. Harrington Pace war ein Mann mit beträchtlichem Vermögen. Ein Vermögen, das nach seinem Tod ohne Zweifel an seinen Neffen fällt. Das ist Punkt Nummer eins. Der Neffe ist dafür bekannt, daß er bis an den Hals in Schulden steckt. Das ist Punkt Nummer zwei. Sein Neffe ist außerdem noch dafür bekannt, daß er ... wie sollen wir sagen ... ein Mann mit recht lockeren Sitten ist. Das ist Punkt Nummer drei.«
»Aber es ist erwiesen, daß Roger Havering direkt nach London durchgefahren ist.«
»*Précisement* – und daher schließen wir folgerichtig: Mr. Havering hat seinen Onkel nicht erschossen. Da er Elmer's Dale um sechs Uhr fünfzehn verließ und nach den Angaben des Arztes der Tod von Mr. Pace erst nach diesem Zeitpunkt eingetreten sein kann, scheidet er aus. Aber es gibt da ja noch eine Mrs. Havering, Hastings.«
»Unmöglich! Die Haushälterin war ja bei ihr, als der Schuß fiel.«
»Ach ja – die Haushälterin. Aber sie ist verschwunden!«
»Man wird sie finden.«
»Ich glaub es nicht. Irgend etwas mit der Haushälterin stimmt nicht, finden Sie nicht auch, Hastings? Es ist mir sofort aufgefallen.«
»Sie meinen, sie spielte nur die ihr zugedachte Rolle und verschwand dann blitzschnell?«
»Und was für eine Rolle war ihr zugedacht?«
»Nun, wahrscheinlich den schwarzbärtigen Mann, ihren Mitverschwörer, ins Haus zu lassen.«
»Oh, nein, das war nicht ihre Aufgabe! Ihre Aufgabe war, Sie haben es gerade erwähnt, Mrs. Havering ein Alibi für den Augenblick zu verschaffen, in dem der Schuß abgefeuert wurde. Und niemand wird sie jemals finden, *mon ami,* weil sie gar nicht existiert! *Eine solche Person existiert nicht,* wie schon Ihr großer Shakespeare sagt.«
»Es war Dickens, der das sagte«, murmelte ich. »Aber wie meinen Sie das, Poirot?«

»Ich meine, Zoe Havering war vor ihrer Ehe Schauspielerin. Sie und Japp haben die Haushälterin nur in der dunklen Halle gesehen – eine Gestalt anscheinend mittleren Alters in Schwarz, mit einer schwachen, halblauten Stimme –, aber weder Sie noch Japp, noch die örtliche Polizei, die von der Haushälterin geholt wurde, sah jemals Mrs. Middleton mit ihrer Herrin zusammen. Das war doch ein Kinderspiel für diese couragierte Frau. Sie gibt vor, ihre Herrin holen zu gehen, läuft die Treppe hinauf, zieht eine grellfarbene Jacke über, stülpt sich den passenden Hut, an dem schwarze Locken befestigt sind, über ihre ›grauen‹ Haare. Einige schnelle Handgriffe, und das Make-up ist geändert, ein bißchen Rouge darüber, und die strahlende Zoe Havering kommt herunter mit ihrer klingenden Stimme. Keiner kam auf die Idee, sich die Haushälterin nochmals genauer anzusehen. Warum auch? Es bestand ja kein Verdacht gegen sie. Sie hatte ja ebenfalls ein Alibi.«
»Aber der Revolver, der in Ealing gefunden wurde? Mrs. Havering konnte ihn doch nicht dorthin gebracht haben?«
»Nein, das konnte sie nicht. Das war die Aufgabe von Roger Havering – aber dadurch beging er einen Fehler. Das hat mich auf die richtige Spur gebracht. Ein Mann, der einen Mord begeht und den Revolver bloß von der Wand nehmen mußte, um zu schießen, hätte die Waffe anschließend sofort weggeworfen, er hätte sie nicht bis nach London mitgenommen. Nein, das Motiv ist klar, die Verbrecher wollten die Aufmerksamkeit der Polizei auf einen von Derbyshire weit entfernten Ort lenken; sie wollten die Spuren so gut wie möglich verwischen. Natürlich war der Revolver, der bei Ealing gefunden wurde, nicht der, mit dem Mr. Pace erschossen worden war. Roger Havering schoß *pro forma* einmal mit der Waffe, nahm sie mit nach London, ging schnurstracks in seinen Klub, um ein Alibi zu haben, fuhr dann mit der Vorortbahn hinaus nach Ealing – eine Angelegenheit von etwa zehn Minuten –, legte das Paket dorthin, wo es später auch gefunden wurde, und kehrte in die Stadt zurück. Seine Frau, diese charmante Person, schoß seelenruhig nach dem Dinner auf Mr. Pace – Sie erinnern sich, daß er von hinten erschossen wurde? Übrigens

ein weiterer wichtiger Punkt! Dann lädt sie den Revolver wieder auf, hängt ihn zurück an seinen Platz und fängt an, ihre verzweifelte, kleine Komödie zu spielen.«
»Unglaublich«, murmelte ich fasziniert, »und doch . . .«
»Und doch ist es wahr. *Bien sure*, mein Freund, es ist wahr! Aber dieses reizende Paar vor Gericht zu bringen, ist eine andere Sache. Nun, Japp muß tun, was er kann – ich habe ihm alles aufgeschrieben –, aber ich fürchte sehr, Hastings, daß wir gezwungen sind, sie ihrem Schicksal zu überlassen –«
»Das Böse blüht wie ein grüner Lorbeerbaum«, warf ich ein.
»Aber zu welchem Preis, Hastings? Man muß für alles bezahlen, glauben Sie mir!«
Poirots Voraussage wurde bestätigt. Japp, von Poirots Theorie durchaus überzeugt, war nicht imstande, die zur Anklageerhebung notwendigen Tatbeweise beizubringen.
So erbten die Mörder das große Vermögen ihres Opfers. Doch die Nemesis erreichte auch sie. Als ich eines Tages las, daß sich Mr. Roger Havering und Mrs. Zoe Havering unter den Toten eines Flugzeugunglücks bei Paris befanden, wußte ich, daß der Justiz Genüge getan war.

Der raffinierte Aktiendiebstahl

»Unglaublich, wieviel Aktiendiebstähle in der letzten Zeit stattgefunden haben!« bemerkte ich eines Morgens, als ich die Zeitung weglegte. »Poirot, wie wär's, wenn wir auch mal auf Raub ausgingen?«

»Wollen Sie – wie soll ich sagen – schnell reich werden, mein Freund?«

»Nun, schauen Sie sich doch diesen letzten Coup an. Liberty-Staatsanleihen, im Wert von einer Million Dollar, die die *London and Scottish Bank* nach New York verschickten, sind auf merkwürdige Art und Weise von Bord der *Olympia* verschwunden.«

»Wenn ich nicht immer seekrank würde, müßte eine Seereise auf einem solch großen Schiff direkt herrlich sein«, murmelte Poirot träumerisch.

»Ja, wirklich!« sagte ich nicht weniger bewegt. »Einige dieser Schiffe sind wahre Paläste – die Schwimmbäder, die Liegehallen, die Restaurants –, manchmal vergißt man, daß man auf See ist.«

»Ich könnte nie vergessen, daß ich auf See bin«, sagte Poirot. »Alle diese Dinge, die Sie da anführen, bedeuten mir nichts; aber, *mon ami,* denken Sie doch einmal an die Menschen, die auf einem solchen Schiff zu finden sind. An Bord dieser schwimmenden Paläste, wie Sie so richtig sagen, kann man die Elite – die *Hautevolee* der kriminellen Welt antreffen!«

Ich lachte. »Also darauf wollen Sie hinaus! Sie hätten wohl gern den Degen mit dem Mann gekreuzt, der die Liberty-Staatsanleihen stibitzt hat?«

Unsere Wirtin unterbrach unser Gespräch.

»Eine junge Dame wünscht Sie zu sprechen, Mr. Poirot. Hier ist ihre Karte.«

Die Karte trug die Aufschrift: *Miss Esmée Farquhar.* Poirot, der sich unter den Tisch gebückt hatte, um einen herumliegenden Krümel in den Papierkorb zu werfen, nickte der Wirtin zu.
Im nächsten Augenblick wurde die reizendste junge Dame, die ich je gesehen hatte, ins Zimmer geführt. Sie war vielleicht fünfundzwanzig Jahre alt, hatte große, braune Augen und eine vollendet schöne Figur. Sie war sehr gut angezogen und machte einen tadellosen Eindruck. »Setzen Sie sich bitte, Mademoiselle. Dies ist mein Freund, Captain Hastings, der mir bei meinen kleinen Problemen hilft.«
»Ich fürchte, es ist ein großes Problem, mit dem ich heute zu Ihnen komme, Mr. Poirot«, sagte das Mädchen und nickte mir freundlich zu, als sie sich setzte. »Ich nehme an, Sie haben schon darüber in den Zeitungen gelesen. Es handelt sich um den Diebstahl der Liberty-Staatsanleihen auf der *Olympia.*«
Poirot mußte doch einiges Erstaunen gezeigt haben, denn sie fuhr schneller fort: »Wahrscheinlich fragen Sie sich, was ich mit der *London and Scottish Bank* zu tun habe. Einerseits gar nichts, andererseits gewissermaßen sehr viel. Verstehen Sie, Mr. Poirot, ich bin mit Mr. Philip Ridgeway verlobt.«
»Aha! Und Mr. Philip Ridgeway . . .«
». . . war das Paket der gestohlenen Staatsanleihen anvertraut. Natürlich kann man ihm keinen Vorwurf machen, denn ihn traf keine Schuld; aber trotzdem ist er über die Sache völlig niedergeschmettert, zumal sein Onkel – das weiß ich – behauptet, er müsse leichtsinnigerweise irgendwo erwähnt haben, daß er die Papiere bei sich hat. Seine Karriere ist ruiniert.«
»Wer ist sein Onkel?«
»Mr. Vavasour, einer der beiden Generaldirektoren der *London and Scottish Bank.*«
»Es wäre gut, Miss Farquhar, wenn Sie mir die ganze Geschichte erzählen würden.«
»Sehr gern. Wie Sie wissen, wollte die Bank für eine Transaktion in Amerika für eine Million Dollar Liberty-Staatsanleihen hinüberschicken. Mr. Vavasour beauftragte seinen Neffen, der seit vielen Jahren bei der Bank einen Vertrauensposten innehat und der mit allen Details der Bankgeschäfte in New York

vertraut war, mit dem Transport der Aktien. Die *Olympia* fuhr am Dreiundzwanzigsten von Liverpool ab, und die Staatsanleihen wurden Philip am Morgen dieses Tages durch Mr. Vavasour und Mr. Shaw übergeben. Sie wurden abgezählt, in ein Paket verpackt und in seiner Gegenwart versiegelt. Danach schloß er das Paket sofort in seinen Koffer ein.«

»Ein Koffer mit einem gewöhnlichen Schloß?«

»Nein, Mr. Shaw, der andere Generaldirektor der *London and Scottish Bank,* bestand darauf, daß ein Spezialschloß der Firma Hubbs angebracht wurde. Philip, wie ich schon sagte, legte das Paket unten in seinen Koffer. Wie Sie wissen, wurde es noch vor der Ankunft der *Olympia* in New York gestohlen. Das ganze Schiff wurde systematisch und genau, aber erfolglos durchsucht. Die Papiere hatten sich scheinbar in Luft aufgelöst.«

Poirot machte eine Grimasse.

»Wohl nicht ganz, denn wie ich gehört habe, wurden sie in kleinen Paketen innerhalb einer halben Stunde nach Ankunft der *Olympia* bereits verkauft. Als erstes müßte ich mit Mr. Ridgeway sprechen.«

»Ich wollte gerade vorschlagen, mit mir *im Cheshire Cheese* zu lunchen. Philip erwartet mich dort, aber er weiß nicht, daß ich Sie seinetwegen um Rat gefragt habe.« Wir waren mit ihrem Vorschlag einverstanden und fuhren mit einem Taxi hin.

Mr. Philip Ridgeway war schon dort und sah einigermaßen überrascht aus, als seine Braut mit zwei fremden Männern ankam. Er war ein großer, nett aussehender junger Mann, mit leicht ergrauten Schläfen, obwohl er nicht viel über dreißig Jahre alt sein konnte. Miss Farquhar ging auf ihn zu und legte ihre Hand auf seinen Arm. »Verzeih mir, Philip, ich habe ein bißchen eigenmächtig gehandelt. Darf ich vorstellen: Das ist Mr. Hercule Poirot, von dem du schon oft gehört haben mußt, und sein Freund, Captain Hastings.«

Ridgeway machte ein erstauntes Gesicht.

»Natürlich habe ich schon von Ihnen gehört, Mr. Poirot!« sagte er, als wir uns begrüßten. »Aber ich wußte nicht, daß Esmée auf die Idee kommen könnte, Sie wegen unserer Sorgen um Rat zu fragen.«

»Ich fürchtete, du hättest es nicht zugelassen, Philip«, sagte Miss Farquhar leise.
»Ich wünsche sehr«, bemerkte Ridgeway mit einem Lächeln, »Mr. Poirot wird in der Lage sein, etwas Licht in diese undurchsichtige Angelegenheit zu bringen. Ich verliere bald den Verstand.« Sein Gesicht sah tatsächlich verhärmt und schmal aus und ließ deutlich den seelischen Druck, unter dem er lebte, erkennen.
»Nun, lassen Sie uns erst einmal essen, und nach dem Lunch wollen wir unsere Köpfe zusammenstecken und sehen, was wir tun können. Ich möchte die ganze Geschichte von Mr. Ridgeway selbst hören«, sagte Poirot.
Während des ausgezeichneten Steaks und des nicht weniger trefflichen Nierenpuddings erzählte Philip Ridgeway die näheren Begleitumstände des Diebstahls. Seine Erzählung stand im völligen Einklang mit dem Bericht, den uns Miss Farquhar schon gegeben hatte. Als er geendet hatte, stellte Poirot seine erste Frage. »Und wie entdeckten Sie den Diebstahl, Mr. Ridgeway?«
Er lachte bitter.
»Das konnte man gar nicht übersehen, Mr. Poirot. Mein Kabinenkoffer war halb unter meinem Bett hervorgezogen und zerkratzt und beschädigt, da man versucht hatte, das Schloß mit Gewalt aufzubrechen.«
»Ach – ich hatte verstanden, der Koffer wäre mit einem Schlüssel geöffnet worden?«
»Das stimmt. Zuerst hat man versucht, das Schloß aufzubrechen, aber das mißlang wohl. Schließlich brachte der Dieb es auf irgendeine Art und Weise fertig, aufzuschließen.«
»Merkwürdig!« sagte Poirot, und seine Augen begannen grün zu glitzern. Ich kannte dieses Glitzern ganz genau. »Sehr merkwürdig! Da verschwendet man soviel Zeit, um das Schloß aufzubrechen, und dann – *sapristi* – fällt einem plötzlich ein, daß man ja einen Schlüssel hat. Aber von Hubbs' Schlössern gibt es doch keine Duplikate!«
»Das ist es ja gerade! Der Dieb konnte keinen Schlüssel haben. Ich hatte ihn Tag und Nacht bei mir.«
»Sind Sie ganz sicher?«

»Das kann ich beschwören! Ich frage mich nun auch, warum man soviel Zeit mit dem Versuch verschwendet, ein doch offensichtlich unbezwingbares Schloß aufzubrechen, wenn man ein Duplikat des Schlüssels oder den Schlüssel selbst hatte.«
»O ja, diese Frage ist wichtig; deswegen habe ich sie ja auch gestellt. Ich wage zu prophezeien, daß die Aufklärung, wenn sie uns je gelingen sollte, mit dieser merkwürdigen Tatsache zusammenhängt. Bitte erschlagen Sie mich nicht, wenn ich noch eine weitere Frage an Sie richte: Sind Sie absolut sicher, daß Sie den Koffer abgeschlossen hatten?«
Philip Ridgeway sah ihn nur an, und Poirot machte eine entschuldigende Geste. »Oh, so was kann passieren, glauben Sie mir. Nun gut, die Staatsanleihen wurden aus dem Koffer gestohlen. Und was tat der Dieb anschließend? Wie hat er es fertiggebracht, mit seiner Beute an Land zu kommen?«
»Das ist es ja gerade!« rief Ridgeway. »Wie hat er es angestellt? Die Zollbehörden waren unterrichtet. Jeder einzelne Mensch, der das Schiff verließ, wurde genauestens kontrolliert.«
»Und wenn ich richtig verstanden habe, waren die Aktien ein ganz hübsches, dickes Paket?«
»Natürlich. An Bord konnte das Paket überhaupt nicht versteckt werden – und das war anscheinend auch nicht der Fall, weil die Aktien eine halbe Stunde nach Ankunft der *Olympia* schon zum Verkauf angeboten wurden, lange bevor ich telegrafieren konnte und mir die Nummern übermittelt wurden. Einer der Makler schwört sogar, daß er mehrere Papiere gekauft hat, noch bevor die *Olympia* eingelaufen war. Aber man kann Aktien schließlich nicht drahtlos schicken . . .«
»Nein, das kann man nicht. Aber kann nicht irgendein Schnellboot auf offener See das Paket übernommen haben?«
»Wir kamen nur mit den offiziellen Booten der Behörden in Berührung, und das war nach dem Alarm, als das Schiff schon unter strenger Kontrolle stand. Ich habe auch sofort denselben Gedanken gehabt und genau aufgepaßt. Mein Gott, Mr. Poirot, diese Sache macht mich noch ganz wahnsinnig! Jetzt behauptet man schon, ich selbst hätte die Aktien gestohlen.«
»Aber Sie wurden doch genau untersucht, als Sie an Land

wollten, nicht wahr?« fragte Poirot freundlich.
»Ja.«
Der junge Mann starrte ihn verwirrt an.
»Sie verstehen scheinbar nicht ganz, was ich meine«, sagte Poirot und lächelte rätselhaft. »Ich würde jetzt gern zur Bank gehen und einige Auskünfte holen.«
Ridgeway holte eine Karte aus der Tasche und kritzelte ein paar Worte darauf.
»Geben Sie die Karte dort ab, und mein Onkel wird Sie sofort empfangen.«
Poirot dankte ihm und verabschiedete sich von Miss Farquhar. Wir fuhren zusammen in die Threadneedle Street, zum Hauptgebäude der *London and Scottish Bank*. Nach Vorzeigen von Ridgeways Karte wurden wir, vorbei an Einzahlungs- und Auszahlungsschaltern, in ein kleines Büro im ersten Stock geführt. Dort empfingen uns die beiden Generaldirektoren. Es waren zwei würdige Herren, die im Dienste der Bank ergraut waren. Mr. Vavasour trug einen kurzen weißen Bart. Mr. Shaw war glattrasiert.
»Sind Sie Privatdetektive?« fragte Mr. Vavasour. »Wir haben den Fall natürlich Scotland Yard übergeben. Inspektor McNeil hat den Fall übernommen. Ein sehr fähiger Mann, glaube ich.«
»Dessen bin ich sicher«, sagte Poirot höflich. »Würden Sie mir einige Fragen, die Ihren Neffen betreffen, gestatten? Außerdem würde ich gerne wissen, wer das Schloß bei Hubbs bestellt hat.«
»Ich selbst«, sagte Shaw. »Ich wollte diese Sache keinem Angestellten anvertrauen. Und was die Schlüssel betrifft, Mr. Ridgeway hat einen, Mr. Vavasour und ich.«
»Und kein Angestellter hatte Zugang zu den Schlüsseln?«
Mr. Shaw drehte sich fragend zu Mr. Vavasour um.
»Ich glaube, ich kann fest behaupten, daß sie im Safe geblieben sind, wo wir sie am Dreiundzwanzigsten deponiert hatten«, sagte Mr. Vavasour. »Mein Kollege wurde unglücklicherweise vor vierzehn Tagen krank – gerade an dem Tag, an dem Philip die Reise angetreten hatte. Er ist erst jetzt wieder gesund geworden.«
»Schwere Bronchitis ist für einen Mann in meinem Alter kein

Vergnügen«, sagte Mr. Shaw kläglich. »Ich fürchte, für Mr. Vavasour war die viele Arbeit, die sich durch meine Abwesenheit angehäuft hatte, kein Vergnügen. Und dann kamen auch noch diese unerwarteten Sorgen dazu.«
Poirot stellte noch ein paar Fragen. Ich vermutete, er wollte feststellen, wie das Verhältnis zwischen Onkel und Neffe war. Mr. Vavasours Antworten waren kurz und exakt. Sein Neffe sei ein vertrauenswürdiger Angestellter der Bank und ein gewissenhafter Mensch. Von irgendwelchen Schulden oder Geldschwierigkeiten sei ihm nichts bekannt. Man habe ihn schon öfter mit ähnlichen Missionen betraut. Schließlich wurden wir höflich hinauskomplimentiert.
»Ich bin enttäuscht«, sagte Poirot, als wir auf die Straße kamen.
»Sie haben wohl gehofft, mehr zu erfahren? Die alten Herren sind recht reserviert.«
»Es ist nicht ihre Reserviertheit, die mich enttäuscht hat, *mon ami.* Ich hatte ja nicht erwartet, in den Direktoren der Bank *kühne Finanziers mit Adlerblick* zu finden, wie es so schön in Ihren Lieblingsbüchern steht. Nein, ich bin von dem ganzen Fall enttäuscht – er ist zu einfach!«
»Einfach?«
»Ja, finden Sie die Sache nicht einfach, geradezu kindisch leicht?«
»Wissen Sie denn, wer die Staatsanleihen gestohlen hat?«
»Ja, ich weiß es.«
»Aber dann ... müssen wir ...«
»Machen Sie sich keine Gedanken, und regen Sie sich nicht auf, Hastings. Im Augenblick müssen wir gar nichts.«
»Aber warum denn? Worauf warten Sie?«
»Auf die *Olympia.* Sie legt am Dienstag wieder in England an.«
»Aber wenn Sie wissen, wer die Staatsanleihen gestohlen hat, warum dann noch warten? Kann der Täter nicht entkommen?«
»Auf eine Südseeinsel? Dort besteht für ihn keine Auslieferungsgefahr. Nein, *mon ami,* das Leben dort wird ihm nicht gefallen. Warum ich warte? *Eh bien,* für einen Hercule Poirot ist der Fall völlig klar, aber für andere, die vom lieben Gott nicht so reich mit Verstand bedacht worden sind – zum Beispiel für

Inspektor McNeil –, wäre es besser, noch einige Ermittlungen anzustellen, um Beweise zu bekommen. Man muß immer an seine weniger begabten Mitbürger denken.«

»Großer Gott, Poirot! Wissen Sie, ich würde viel Geld dafür ausgeben, nur um einmal zu erleben, daß Sie so richtig reinfallen – nur einmal! Sie sind so schrecklich von sich selbst überzeugt!«

»Regen Sie sich nicht so auf, Hastings. Ich weiß, daß Sie mich zeitweilig nicht ausstehen können! Ach, große Geister leiden viel.«

Der kleine Mann warf sich in die Brust und seufzte so komisch, daß ich lachen mußte.

Am Dienstag saßen wir in einem Erster-Klasse-Abteil nach Liverpool. Poirot hatte sich hartnäckig geweigert, mir auch nur Andeutungen zu machen. Er badete sich sozusagen in dem Vergnügen, weil ich noch immer völlig im dunkeln tappte. Ich hielt es für besser, keine Fragen mehr zu stellen, und verbarg meine Neugier hinter vorgespiegelter Gleichgültigkeit.

Am Kai, an dem das große Transatlantikschiff lag, angekommen, wurde Poirot hellwach. Wir interviewten hintereinander vier verschiedene Stewards und erkundigten uns nach einem angeblichen Freund Poirots, der am Dreiundzwanzigsten nach New York gefahren war.

»Ein ältlicher Herr, der eine Brille trug, ein Kranker, er konnte kaum die Kabine verlassen.«

Diese Beschreibung schien auf einen Mr. Ventnor zuzutreffen, der die Kabine C 24 gehabt hatte, direkt neben der von Philip Ridgeway. Obwohl ich nicht wußte, wie Poirot auf die Existenz und die Personalbeschreibung dieses Mr. Ventnor gekommen war, fühlte ich mich sehr aufgeregt.

»Sagen Sie«, rief ich, »war dieser Herr einer der ersten Passagiere, die in New York ausstiegen?«

Der Steward schüttelte den Kopf. »Nein, Sir, er war einer der letzten, die von Bord gingen.«

Ich schwieg mutlos und bemerkte, daß Poirot mich angrinste. Er dankte dem Steward; eine Banknote wechselte den Besitzer, und wir fuhren ab.

»Alles schön und gut«, bemerkte ich hitzig, »aber diese letzte

Antwort muß Ihre feine Theorie ganz schön über den Haufen geworfen haben, und wenn Sie noch so grinsen!«
»Wie immer sind Sie blind und taub, Hastings. Im Gegenteil, die letzte Antwort war ein Grundpfeiler meiner Theorie.«
Voller Verzweiflung hob ich die Arme.
»Ich gebe es auf«, sagte ich.

Wieder im Zug nach London, schrieb Poirot einige Minuten lang emsig und versiegelte das Resultat seiner Arbeit dann in einem Kuvert.
»Das ist für den guten Inspektor McNeil. Wir wollen es im Vorbeifahren bei Scotland Yard abgeben und dann in das Restaurant gehen, in das ich Miss Esmée zum Dinner eingeladen habe.«
»Und was ist mit Ridgeway?«
»Ja, was ist mit ihm?« fragte Poirot mit einem Zwinkern.
»Na, Sie werden doch nicht annehmen – Sie können nicht . . .«
»Sie verlieren immer mehr das Gefühl für die Zusammenhänge, Hastings. Selbst wenn Ridgeway der Dieb gewesen wäre – was durchaus im Bereich der Möglichkeit lag –, wäre das eine hübsche Sache gewesen; ein Stück sauberer, methodischer Arbeit.«
»Weniger hübsch für Miss Farquhar!«
»Damit haben Sie wahrscheinlich recht. Nun, jetzt ist ja alles gut. Kommen Sie, Hastings, gehen wir den Fall doch noch einmal durch. Ich sehe Ihnen ja an, daß sie vor Neugierde beinahe platzen. Also – das versiegelte Paket wird aus dem Koffer genommen und löst sich in Luft auf, wie sich Miss Farquhar ausgedrückt hat. Aber heutzutage löst sich nichts mehr in Luft auf; diese Theorie sollten wir deshalb aufgeben. Aber was ist aus dem Paket geworden? Jedermann versichert uns, daß es unmöglich an Land geschmuggelt werden konnte . . .«
»Ja, aber wir wissen . . .«
»Sie mögen wissen, Hastings. Ich nicht. Ich bin der Ansicht, da es unmöglich schien, war es unmöglich! Bleiben noch zwei Möglichkeiten: Es wurde an Bord versteckt – was sehr schwierig war –, oder es wurde über Bord geworfen.«
»Mit einem Schwimmer, meinen Sie?«

»Ohne Schwimmer.«
Ich starrte ihn an.
»Aber wenn die Papiere über Bord geworfen worden waren, konnten sie doch nicht in New York verkauft werden.«
»Ich bewundere Ihre Logik, Hastings. Aber die Staatsanleihen wurden in New York verkauft, also wurden sie nicht über Bord geworfen. Sehen Sie nun, wohin uns das führt?«
»Dahin, wo wir am Anfang waren.«
»*Jamais de la vie*! Wenn das Paket über Bord geworfen wurde, die Staatsanleihen aber in New York verkauft wurden, kann das Paket keine Staatsanleihen enthalten haben. Gibt es überhaupt einen Beweis dafür, daß die Papiere in dem Paket waren? Mr. Ridgeway hat es seit der Übergabe in London nicht geöffnet.«
»Ja, aber dann . . .«
Poirot machte eine ungeduldige Handbewegung.
»Erlauben Sie mir bitte, fortzufahren. Das letztemal wurden die Papiere in dem Büro der *London and Scottish Bank* gesehen. Sie tauchen eine halbe Stunde, nachdem die *Olympia* eingelaufen ist, in New York auf. Laut Angabe eines Mannes, dem kein Mensch Glauben schenkt, sogar schon bevor das Schiff einlief. Und wenn wir nun annehmen, daß die Staatsanleihen niemals auf der *Olympia* waren? Können sie mit einem anderen Schiff nach New York gekommen sein? Ja! Die *Gigantic* verläßt Southampton am selben Tag wie die *Olympia*, hält aber den Rekord über den Atlantik. Mit der *Gigantic* konnten sie einen Tag früher in New York sein. Alles klar – der Fall beginnt sich von selbst zu klären. Das versiegelte Paket ist nur eine Irreführung, und die Vertauschung muß im Büro der Bank stattgefunden haben. Für jeden der drei anwesenden Herren kann es nicht schwer gewesen sein, ein zweites, gleiches Paket vorzubereiten und es dann gegen das echte einzutauschen. *Très bien*, die Papiere wurden an einen Komplicen in New York geschickt mit der Instruktion, sie, sobald die *Olympia* eingelaufen war, zu verkaufen. Aber einer mußte auf der *Olympia* mitreisen, um den vorgetäuschten Raub in Szene zu setzen.«
»Aber warum?«
»Hätte Ridgeway das Paket geöffnet und festgestellt, daß ein

Betrug vorlag, wäre der Verdacht sofort auf London gefallen. Nein, der Mann in der Nebenkabine täuschte nur einen gewaltsamen Versuch, den Koffer zu sprengen, vor, um die Aufmerksamkeit auf den vermeintlichen Diebstahl zu lenken. In Wirklichkeit macht er das Schloß mit seinem Ersatzschlüssel auf, wirft das Paket über Bord, wartet und verläßt als letzter das Schiff. Natürlich trägt er eine dunkle Brille und mimt einen Invaliden, weil er nicht das Risiko eingehen will, Ridgeway zu begegnen. Er geht in New York an Land und fährt mit dem nächsten Schiff zurück.«

»Aber wer . . . war es dann?«

»Der Mann, der einen Doppelschlüssel hatte, der Mann, der das Schloß bestellt hatte, der Mann, der *nicht* schwer krank zu Hause auf dem Lande war – *enfin,* dieser ›reservierte‹ alte Bankdirektor –, Mr. Shaw! Mitunter gibt es auch in den höchsten Kreisen Verbrecher – *mon ami*!«

Unterdessen waren wir im Restaurant angelangt, und Poirot ging freudestrahlend auf Miss Farquhar zu. »*Bonjour,* Mademoiselle, da sind wir! Ich habe Erfolg gehabt! Sie erlauben doch?«

Und strahlend küßte Poirot das erstaunte Mädchen leicht auf die Wangen.

Das Abenteuer des ägyptischen Grabes

Eines der aufregendsten und dramatischsten Abenteuer, die ich mit Poirot zusammen erlebte, war die Untersuchung der merkwürdigen Todesfälle nach der Entdeckung und Eröffnung des Grabes König Men-her-Ras.

Einige Jahre nachdem das Grab Tut-ench-Amuns durch Lord Carnarvon entdeckt worden war, stießen Sir John Willard und Mr. Bleibner aus New York im Verlauf ihrer Ausgrabungen – nicht weit von Kairo, in der Nähe der Pyramiden von Gizeh – unerwartet auf eine Anzahl von Totenkammern. Diese Entdekkung rief großes Interesse in der Welt hervor. Es schien das Grab König Men-her-Ras zu sein, eines dieser Schattenkönige der achten Dynastie, aus der Zeit, in der das alte Königreich zu verfallen drohte.

Aber bald geschah etwas Bedeutsames. Sir John Willard starb ganz plötzlich an einem Herzschlag.

Die Zeitungen nahmen sensationslüstern die Gelegenheit wahr, die alten abergläubischen Vermutungen, die mit dem unglückbringenden Schicksal gewisser ägyptischer Schatzkammern zusammenhingen, wiederaufleben zu lassen. Die Unglücksmumie im Britischen Museum (diese staubige, alte Klamotte) wurde mit frischem Eifer wieder hervorgeholt; von dem Museum wurde alles abgeleugnet, aber trotzdem verfolgte alles die sensationellen Vermutungen.

Zwei Wochen später starb Mr. Bleibner an akuter Blutvergiftung, und Tage später erschoß sich ein Neffe von ihm in New York. Der *Fluch von Men-her-Ras* wurde Tagesgespräch.

Zu diesem Zeitpunkt erhielt Poirot eine kurze Notiz von Lady Willard, der Witwe des toten Archäologen, die ihn bat, sie in ihrem Hause in Kensington Square aufzusuchen. Ich begleitete ihn.

Lady Willard war eine große, schlanke Dame in tiefer Trauer. Aus ihrem schmalen Gesicht blickte der Kummer. »Sehr freundlich von Ihnen, Monsieur Poirot, so rasch zu kommen!«
»Ganz zu Ihrer Verfügung, Lady Willard. Sie wollten mich zu Rate ziehen?« sagte Poirot.
»Sie sind, wie ich weiß, Detektiv, aber ich brauche nicht nur in dieser Eigenschaft Ihren Rat. Ich weiß, daß Sie eigene Ansichten, Phantasie und Welterfahrung haben. Sagen Sie mir, Monsieur Poirot, was halten Sie von übernatürlichen Dingen?«
Poirot zögerte einen Augenblick. Er dachte. Schließlich sagte er: »Damit wir uns nicht mißverstehen, Lady Willard. Es handelt sich hier wohl nicht um eine allgemeine Frage? Ich nehme an, Ihre Frage nimmt auf den Tod Ihres verstorbenen Gatten Bezug?«
»Ja«, gab sie zu.
»Wünschen Sie, daß ich die näheren Umstände seines Todes untersuche?«
»Ich möchte, daß Sie feststellen, was davon Zeitungsgeschwätz ist und was davon durch Tatsachen belegt werden kann. Drei Todesfälle, Monsieur Poirot . . . jeder einzelne erklärlich, aber zusammengenommen sicherlich ein beinahe unglaubwürdiges Zusammentreffen. Und das alles innerhalb eines Monats nach der Öffnung des Grabes! Ist es Aberglaube? Oder ein Fluch, der sich auf ungewöhnlichen Wegen erfüllt? Die Tatsache bleibt – drei Todesfälle! Und ich habe große Angst – es könnte nicht bei drei bleiben.«
»Für wen fürchten Sie?«
»Für meinen Sohn. Die Nachricht vom Tod meines Mannes erreichte mich im Krankenbett. Mein Sohn, der gerade aus Oxford zurück war, reiste sofort nach Ägypten. Er brachte die – die Leiche heim, aber jetzt ist er trotz meiner inständigen Bitten wieder zurückgefahren. Er ist von der Arbeit so fasziniert, daß er die Absicht hat, seines Vaters Platz einzunehmen und die Ausgrabungen weiterzuführen. Sie mögen mich für eine törichte, abergläubische Frau halten, Monsieur Poirot, aber ich habe Angst! Angenommen, der Geist des toten Königs ist noch immer nicht zufrieden? Ihnen kommt es vielleicht unsinnig vor . . .«

»Nein, durchaus nicht, Lady Willard«, sagte Poirot schnell. »Ich selbst glaube an die Macht des Aberglaubens, eine der mächtigsten Kräfte, die unsere Welt kennt.«
Ich sah ihn überrascht an. Poirot abergläubisch? Das war mir neu. Aber der kleine Mann meinte es scheinbar völlig ernst.
»Ich soll also meine schützende Hand über Ihren Sohn halten? Ich werde mein möglichstes tun.«
»Auch gegen die okkulten Kräfte?«
»In den Büchern des Mittelalters, Lady Willard, werden Sie viele Wege finden, wie man der Schwarzen Magie entgegenarbeiten kann. Vielleicht waren die Menschen damals klüger als wir mit unserer aufgeblasenen modernen Weisheit. Aber kommen wir zur Sache. Ihr Gatte war seit jeher ein begeisterter Ägyptologe, nicht wahr?«
»Ja, seit seiner Jugend. Er war eine der größten lebenden Autoritäten auf diesem Gebiet.«
»Aber Mr. Bleibner war, soviel ich weiß, nur mehr oder weniger ein Amateur?«
»Ja. Er war ein sehr wohlhabender Mann, mit vielen Interessen. Nachdem es meinem Mann gelungen war, ihn für die Ägyptologie zu interessieren, finanzierte er das Ausgrabungsunternehmen.«
»Wie war das mit seinem Neffen? Wissen Sie überhaupt noch etwas von ihm? War er überhaupt ein Mitglied der Expedition?«
»Ich glaube nicht. Von seiner Existenz erfuhr ich überhaupt erst durch die Berichte über seinen Tod. Ich kann mir nicht vorstellen, daß Mr. Bleibner und er sehr viel Gemeinsames hatten. Er sprach auch nie davon, daß er Verwandte hatte.«
»Wer waren die anderen Mitglieder des Unternehmens?«
»Ja, da ist Dr. Tosswill, ein Angestellter des Britischen Museums; Mr. Schneider vom Metropolitan Museum in New York; ein junger amerikanischer Sekretär; Dr. Ames, der Arzt, und Hassan, der treue ägyptische Diener meines Mannes.«
»Können Sie sich an den Namen des amerikanischen Sekretärs erinnern?«
»Harper, glaube ich, aber ich bin nicht sicher. Ich weiß nur, daß er noch nicht lange bei Mr. Bleibner war. Ein sehr netter

junger Mann.«
»Vielen Dank, Lady Willard. Überlassen Sie das Weitere nur mir. Ich werde das menschenmöglichste tun, um Ihren Sohn zu schützen.«
Poirots Versicherungen klangen nicht gerade übermäßig beruhigend, und ich bemerkte, daß Lady Willard eine kummervolle Miene machte. Indessen schien es sie doch zu erleichtern, daß er ihre Sorgen sehr ernst genommen hatte. Als wir nach Hause gingen, zog ich Poirot, bei dem ich nie zuvor eine Ader für das Übersinnliche hatte entdecken können, ein bißchen damit auf. Aber er blieb ernst.
»Aber Hastings, ich glaube durchaus an diese Dinge. Sie sollten die Macht des Glaubens an überirdische Kräfte nicht unterschätzen.«
»Was haben Sie nun vor?«
»*Toujours pratique*, der gute Hastings! *Eh bien*, zunächst werden wir nach New York telegrafieren, um nähere Details über den Tod des jungen Mr. Bleibner zu bekommen.«
Er sandte das Telegramm ab. Die Antwort war ausführlich und präzise. Der junge Rupert Bleibner hatte schon einige Jahre in undurchsichtigen Verhältnissen gelebt. Er hatte dunkle Geschäfte auf verschiedenen Südsee-Inseln vermittelt; dann mehr oder weniger als *beachcomber* gelebt, war vor zwei Jahren nach New York zurückgekehrt und immer tiefer gesunken. Die wichtigste Frage war – nach meiner Ansicht –, wie er es fertiggebracht hatte, so viel Geld zu leihen, um nach Ägypten fahren zu können. »Ich habe dort einen guten Freund, der mir etwas Geld leihen wird«, hatte er erklärt. Seine Hoffnungen hatten sich jedoch nicht erfüllt. Enttäuscht und seinen Halsabschneider von Onkel verfluchend, der sich mehr für die Gebeine der toten Könige als für sein eigenes Fleisch und Blut interessierte, war der junge Rupert nach New York zurückgekehrt.
Dort hatte er sich erneut in ein wüstes Leben gestürzt, dann, ohne ersichtlichen Grund, Selbstmord begangen und einen Brief hinterlassen, der einige merkwürdige Sätze enthielt. Er schien in einem etwas sonderbaren Anfall von Reue geschrieben worden zu sein. Er nannte sich selbst einen Aussätzigen

und Ausgestoßenen, und der Brief endete mit der Erklärung, daß es besser sei, wenn Menschen wie er tot seien.

Eine schattenhafte Idee ging mir durch den Kopf. Ich hatte nie richtig an den Fluch eines längst verstorbenen ägyptischen Königs zu glauben vermocht. Vielmehr ahnte ich hier ein ganz modernes Verbrechen. Vielleicht hatte der junge Mann geplant, seinen Onkel zu beseitigen – wahrscheinlich durch Gift. Durch einen Irrtum bekommt Sir John Willard die tödliche Dosis. Von seinem Gewissen geplagt, kehrt der junge Mann nach New York zurück. Dort erreicht ihn die Nachricht von dem Tod seines Onkels, und er erkennt, wie unnötig sein Verbrechen war, und von Gewissensqualen gepeinigt, nimmt er sich das Leben. Ich teilte Poirot meine Theorie mit. Er hörte interessiert zu.

»Recht genial, was Sie sich da ausgedacht haben – wirklich recht genial! Vielleicht ist es so gewesen. Aber sollten Sie nicht doch auch den fatalen Einfluß des Grabes in Betracht ziehen?«

Ich zuckte die Schultern. »Glauben Sie denn immer noch, daß das etwas damit zu tun hat?«

»Ich bin sogar überzeugt davon, *mon ami,* so sehr, daß wir morgen nach Ägypten abreisen.«

»Was?« rief ich erstaunt.

»Ja, Sie haben richtig gehört.« Ein Ausdruck von betontem Heldentum breitete sich über Poirots Gesicht. Dann stöhnte er: »Wenn bloß dieses Meer nicht wäre! Dieses vermaledeite Meer!«

Eine Woche später: Unter unseren Füßen breitete sich der Sand der Wüste. Eine heiße, unbarmherzige Sonne schien auf unsere Köpfe. Poirot, ein Bild des Jammers, trottete an meiner Seite. Das Reisen bekam dem kleinen Mann ganz und gar nicht. Unsere viertägige Fahrt von Marseille aus war für ihn eine einzige Qual. Als er in Alexandria landete, war er nur noch ein Schatten seiner selbst. Sogar seine gewohnte Eitelkeit hatte ihn verlassen. In Kairo angekommen, waren wir sofort zum *Mena House Hotel* im Schatten der Pyramiden hinausgefahren.

Der Charme Ägyptens hatte mich sofort gefangen – nicht aber Poirot. Er zog sich genauso wie in London an. Wie immer trug er eine kleine Kleiderbürste in seiner Tasche und führte einen ebenso endlosen wie vergeblichen Krieg gegen den Staub.
»Meine Schuhe«, klagte er. »Sehen Sie sich doch meine Schuhe an, Hastings! Wohin ist ihr Glanz und ihr Chic? Ich darf gar nicht hinsehen! Und dazu die Hitze! Sogar mein Schnurrbart wird ganz schlapp!«
»Schauen Sie sich doch die Sphinx an«, suchte ich abzulenken. »Mir ist, als spürte ich das Geheimnis und den Charme, den sie ausstrahlt.«
Poirot sah sie unzufrieden an. »Sehr glücklich sieht sie nicht aus. Wie könnte sie auch, so unordentlich in den Sand eingegraben – dieser verfluchte Sand!«
»Was haben Sie gegen Sand? In Belgien gibt es auch eine Menge«, erinnerte ich ihn, eingedenk unserer Ferien, die wir in Knokke – inmitten der sanften, herrlichen Dünen – verbracht hatten.
»In Brüssel gibt's keinen«, entgegnete Poirot. Nachdenklich betrachtete er die Pyramide. »Es stimmt ja, ihre Form ist solide und geometrisch, aber die Oberfläche ist scheußlich uneben. Und auch die Palmen – mir können sie gestohlen bleiben. Sie sind nicht einmal in Reihen eingepflanzt.«
Ich unterbrach sein Gejammer mit dem Vorschlag, uns zum Ausgrabungsort zu begeben. Wir mußten auf Kamelen hinreiten. Ich will mich nicht lange bei der Beschreibung von Poirots Anblick auf einem Kamel aufhalten. Erst stöhnte und klagte er nur, dann stieß er schrille Schreie aus, gestikulierte wild und rief die Jungfrau Maria und alle Heiligen des Kalenders um Hilfe an. Schließlich stieg er schimpfend ab und setzte die Reise auf einem winzigen Esel fort. Leider muß ich zugeben, daß ein schaukelndes Kamel für einen Amateur kein Vergnügen ist. Ich war mehrere Tage lang wie zerschlagen.
Endlich gelangten wir an den Platz der Ausgrabung. Ein sonnenverbrannter Mann mit grauem Bart und in weißen Kleidern näherte sich uns.
»Monsieur Poirot und Captain Hastings? Wir erhielten Ihr Telegramm. Entschuldigen Sie, daß Sie niemand in Kairo abge-

holt hat. Unsere Pläne wurden durch ein unvorhergesehenes Ereignis völlig umgeworfen.« Poirot wurde blaß. Seine Hand, die sich zu seiner Kleiderbürste hingestohlen hatte, hielt inne.
»Doch kein weiterer Todesfall?« stieß er hervor.
»Doch.«
»Sir Guy Willard?« rief ich.
»Nein, Captain Hastings, mein amerikanischer Kollege, Mr. Schneider.«
»Woran starb er?« fragte Poirot.
»Tetanus.«
Wohl war mir nicht zumute. Alles um mich herum schien böse, drohend und unheimlich. »Wer wird der nächste sein?« fragte ich mich voller Schrecken. »Ich?«
»Mon Dieu«, sagte Poirot mit leiser Stimme. »Ich begreife das nicht. Schrecklich! Sagen Sie mir, Monsieur, eine andere Todesursache ist ausgeschlossen?«
»Ich glaube schon. Aber Dr. Ames wird Ihnen darüber mehr sagen können als ich.«
»Ah, Sie sind nicht der Doktor?«
»Mein Name ist Tosswill.«
Das war also der Angestellte des Britischen Museums, von dem uns Lady Willard berichtet hatte. Er machte einen ernsten und gesetzten Eindruck.
»Wenn Sie mit mir kommen wollen«, fuhr Dr. Tosswill fort, »Sir Guy Willard erwartet Sie. Er wollte gleich von Ihrer Ankunft verständigt werden.«
Wir wurden zu einem großen Zelt geführt. Dr. Tosswill hob die Eingangsplane hoch, wir traten ein. Dr. Tosswill stellte uns drei Herren vor, die im Zelt saßen
»Monsieur Poirot und Captain Hastings, Sir Guy.«
Der junge Mann sprang auf und kam auf uns zu. Seine impulsive Art erinnerte mich sofort an seine Mutter. Er war nicht annähernd so braungebrannt wie die anderen; seine blasse Haut und die tiefumschatteten Augen ließen ihn älter als zweiundzwanzig Jahre erscheinen. Man sah ihm an, daß er sich große Mühe gab, einen schweren seelischen Kummer zu verbergen. Er stellte seine zwei Kollegen vor, Dr. Ames, ein tüchtig aussehender Mann von ungefähr dreißig Jahren mit

grauen Schläfen, und Mr. Harper, der Sekretär, ein netter junger Mann, der eine Hornbrille trug.

Nach einigen Minuten allgemeiner Unterhaltung ging Mr. Harper hinaus; Dr. Tosswill folgte ihm. Wir waren allein mit Sir Guy und Dr. Ames.

»Bitte fragen Sie ruhig alles, was Sie zu wissen wünschen, Monsieur Poirot«, sagte Willard. »Wir sind über diese sonderbare Serie von Unglücksfällen völlig konsterniert, aber es ist – und kann nichts anderes sein als Zufall.«

Seine Nervosität strafte seine gleichmütigen Bemerkungen Lügen. Poirot beobachtete ihn scharf.

»Ihr Herz gehört ganz dieser Arbeit, Sir Guy?«

»Da haben Sie recht. Was auch immer geschehen mag, die Arbeit wird fortgesetzt.«

Poirot drehte sich zu Dr. Ames um. »Und was halten Sie von der Sache, *Monsieur le docteur*?«

»Ja –«, sagte der Arzt gedehnt, »ich bin auch nicht dafür, die Arbeit aufzugeben.«

Poirot machte eine seiner ausdrucksvollen Grimassen. »Dann müssen wir also herausfinden, was los ist. Wann ist Dr. Schneider gestorben?«

»Vor drei Tagen.«

»Sind Sie sicher, daß es Tetanus war?«

»Todsicher.«

»Könnte es zum Beispiel nicht eine Strychninvergiftung gewesen sein?«

»Nein, Monsieur Poirot. Ich sehe schon, worauf Sie hinauswollen. Aber es war ein klarer Fall von Tetanus.«

»Hatten Sie das Serum im Lager?«

»Nein, wir mußten es erst aus Kairo besorgen.«

»Gab es noch einen Tetanus-Fall im Lager?«

»Nein, nicht einen.«

»Sie sind also sicher, daß der Tod Mr. Bleibners durch Tetanus verursacht worden war?«

»Absolut und todsicher. Er hatte einen Kratzer an seinem Daumen, der sich infizierte und eine Sepsis zur Folge hatte.«

»Das bedeutet vier Todesfälle – mit total verschiedener Ursache: einmal Herzinfarkt, einmal Blutvergiftung, einmal Selbst-

mord und einmal Tetanus.«
»In der Tat, Monsieur Poirot.«
»Sie sind also sicher, daß kein Zusammenhang zwischen diesen vier Fällen besteht?«
»Ich verstehe Sie nicht ganz!«
»Ich will mich ganz klar ausdrücken. Hat einer dieser vier Männer eine Handlung ausgeführt, die den Geist von Men-her-Ra erzürnen mußte?«
Der Arzt sah Poirot erstaunt an. »Sie sprechen in Rätseln. Sie haben sich doch hoffentlich nicht verleiten lassen, dieses Narrengeschwätz zu glauben?«
»Absoluter Unsinn«, murmelte Willard ärgerlich.
Poirot blieb ungerührt und blinzelte nur ein wenig.
»Also, Sie glauben es nicht, Herr Doktor?«
»Nein, Sir, das tue ich nicht«, erklärte der Arzt mit Nachdruck. »Ich bin ein Mann der Wissenschaft und glaube nur das, was die Wissenschaft lehrt.«
»Gab es im alten Ägypten keine Wissenschaft?« fragte Poirot sanft. Er verzichtete auf die Antwort, die Dr. Ames im Augenblick schwerzufallen schien. »Nein, nein, antworten Sie mir jetzt nicht, aber sagen Sie mir doch, was denken die ägyptischen Arbeiter darüber?«
»Ich glaube«, sagte Dr. Ames, »wenn wir den Kopf verlieren, verlieren ihn die Ägypter auch. Ich gebe zu, daß sie – nun sagen wir – bestürzt und ängstlich sind, aber es besteht kein Anlaß dazu.«
»Das wundert mich«, sagte Poirot unverbindlich.
Sir Guy lehnte sich nach vorne.
»Aber Mr. Poirot«, rief er ungläubig, »das glauben Sie doch nicht im Ernst – das wäre ja absurd! Wer so denkt, weiß nichts über das alte Ägypten.«
Als Antwort zog Poirot ein kleines Buch aus seiner Tasche – einen alten abgegriffenen Band. Er hielt ihn so, daß ich den Titel lesen konnte: *Die Magie der Ägypter und Chaldäer.* Dann drehte er sich um und ging aus dem Zelt. Der Doktor starrte mich an.
»Hat er wieder eine kleine Idee?«
Ich mußte über die Phrase, die mir von Poirot her so bekannt

war, lächeln. »Ich weiß nicht«, sagte ich. »Ich glaube, er geht mit irgend etwas schwanger, um die bösen Geister zu vertreiben.«

Ich ging hinaus, um Poirot zu suchen, und fand ihn im Gespräch mit dem jungen Mann, der Mr. Bleibners Sekretär gewesen war.

»Nein«, sagte Mr. Harper gerade, »ich war nur sechs Monate bei der Expedition. Ja, ich kenne die Privatangelegenheiten von Mr. Bleibner ziemlich gut.«

»Könnten Sie mir etwas über seinen Neffen erzählen?«

»Eines Tages erschien der junge Mann hier, kein schlecht aussehender Bursche. Ich hatte ihn nie zuvor gesehen, aber einige der anderen Herren kannten ihn – Ames, glaube ich, und Schneider. Der alte Herr war alles andere als erfreut, ihn zu sehen. Schon in ganz kurzer Zeit gerieten sie aneinander. ›Keinen Pfennig‹, schrie der alte Mann. ›Nicht einen Pfennig, weder jetzt noch nach meinem Tode. Das Geld, das ich hinterlasse, soll der Förderung meines Lebenswerkes dienen. Ich habe es heute mit Mr. Schneider schon besprochen.‹ Und so ging es Tag für Tag. Der junge Bleibner verduftete schnellstens nach Kairo.«

»War er damals völlig gesund?«

»Der alte Herr?«

»Nein, der junge.«

»Ich glaube, er erwähnte, daß ihm etwas fehle, aber es kann nichts Ernsthaftes gewesen sein, sonst würde ich mich daran erinnern.«

»Noch eine Frage, hat Mr. Bleibner ein Testament hinterlassen?«

»Soviel wir wissen, nein.«

»Werden Sie denn bei der Expedition bleiben, Mr. Harper?«

»Nein, Sir, ich werde nicht bleiben. Ich will so schnell wie möglich hier noch alles ordnen und nach New York zurückfahren; Sie mögen über mich lachen, aber ich habe nicht die Absicht, das nächste Opfer dieses verdammten alten Men-her-Ra zu sein. Und er wird mich kriegen, wenn ich bleibe.«

Der junge Mann wischte sich den Schweiß von der Stirn.

Poirot drehte sich um. Über seine Schulter hinweg sagte er mit

einem sonderbaren Lächeln:
»Denken Sie daran, eines seiner Opfer holte er sich in New York.«
»Hören Sie bloß auf damit«, sagte Mr. Harper wütend.
»Recht nervös, dieser junge Mann«, sagte Poirot nachdenklich. »Er ist am Ende, aber absolut am Ende seiner Nerven!«
Ich blickte Poirot neugierig an, aber sein rätselhaftes Lächeln verriet mir nichts. Zusammen mit Sir Guy Willard und Dr. Tosswill wurden wir über das Ausgrabungsfeld geführt. Die wichtigsten Funde waren nach Kairo gebracht worden, aber einige der Gegenstände aus dem Grab, die sich noch hier befanden, waren außerordentlich interessant. Die Begeisterung des jungen Barons war deutlich zu spüren, aber ich glaubte einen Anflug von Nervosität auch bei ihm zu bemerken.
Als wir vor dem Abendessen das Waschzelt betraten, stand eine große, dunkle, in weiße Gewänder gehüllte Gestalt am Eingang. Mit einer würdevollen Bewegung wurden wir auf arabisch begrüßt. Poirot hielt an.
»Sie sind Hassan, der Diener des verstorbenen Sir John Willard?«
»Ich diente meinem Herrn Sir John, jetzt diene ich seinem Sohn.«
Er trat einen Schritt näher und senkte seine Stimme. »Sie sind ein Mann, sagen die andern, der gelernt hat, mit den bösen Geistern fertig zu werden. Lassen Sie den jungen Herrn nicht hierbleiben. Böses liegt hier in der Luft.«
Ohne eine Antwort abzuwarten, drehte er sich um und ging weg.
»Böses in der Luft«, murmelte Poirot. »Ja, ich fühle es direkt.«
Unsere Mahlzeit war nicht sehr angeregt. Die Unterhaltung wurde Mr. Tosswill überlassen, der ausführlich über ägyptische Antiquitäten sprach. Gerade als wir uns zur Ruhe setzen wollten, ergriff Sir Guy Poirot beim Arm und zeigte auf eine schattenhafte Gestalt, die sich mitten im Zelt bewegte. Es war keine menschliche Gestalt. Ich erkannte deutlich die hundeköpfige Figur, die ich auf den Mauern des Grabes gesehen hatte.
Mir gefror buchstäblich das Blut bei diesem Anblick. *»Mon*

Dieu!« murmelte Poirot und bekreuzigte sich lebhaft.
»Anubis, der Schakalköpfige, der Gott der verstorbenen Seelen!«
»Irgend jemand foppt uns«, rief Dr. Tosswill und sprang wütend auf.
»Sie ging in Ihr Zelt, Harper«, murmelte Sir Guy. Sein Gesicht war erschreckend bleich.
»Nein«, sagte Poirot, »in das Zelt Dr. Ames'.«
Der Doktor starrte ihn ungläubig an, und die Worte von Dr. Tosswill wiederholend, rief er:
»Irgend jemand hält uns zum besten! Kommt, wir werden den Burschen schon fassen.«
Mutig folgte ich der schattenhaften Erscheinung, aber soviel wir auch suchten, wir konnten keine Spur dieses merkwürdigen Wesens finden. Etwas verstört kamen wir zurück und fanden Poirot dabei, sein kostbares Leben durch allerhand Sicherheitsmaßnahmen zu schützen. Er umgab unser Zelt mit verschiedenen Figuren und Inschriften, die er in den Sand zeichnete. Ich erkannte den fünfzackigen Stern oder das Pentagramm, das er immer wiederholte. Wie es so seine Art war, hielt Poirot gleichzeitig eine improvisierte Vorlesung über Zauberei und Magie im allgemeinen, Weiße Magie im Gegensatz zur Schwarzen, mit Bezugnahme auf *Ka* und das *Buch der Toten.* Sein Tun erregte scheinbar den lebhaftesten Ärger bei Dr. Tosswill, der mich auf die Seite zog und beinahe vor Wut geplatzt wäre.
»Hokuspokus, Sir«, rief er ärgerlich aus, »reiner Hokuspokus! Der Mann ist ja ein Betrüger. Er kennt ja nicht einmal den Unterschied zwischen der Magie des Mittelalters und der Magie der alten Ägypter.«
Ich beruhigte den aufgeregten Experten und ging zu Poirot ins Zelt. Mein kleiner Freund strahlte freudig.
»Jetzt können wir endlich in Frieden schlafen«, erklärte er glücklich. »Ich kann's weiß Gott sehr nötig brauchen. Mein Kopf schmerzt schauderhaft. Ah, jetzt einen guten Kamillentee!«
Wie als Antwort auf ein Gebet wurde die Klappe des Zeltes hochgehoben, und Hassan erschien und trug eine dampfende

Tasse, die er Poirot anbot. Es zeigte sich, daß es Kamillentee war, ein Getränk, das er leidenschaftlich gern mochte. Nachdem er Hassan gedankt hatte und sein Angebot, mir auch eine Tasse zu bringen, abgelehnt war, ließ uns Hassan wieder allein. Nachdem ich mich ausgezogen hatte, stand ich noch eine Weile am Eingang des Zeltes und sah in die Wüste hinaus.

»Ein wunderbarer Fleck«, sagte ich laut, »und eine wunderbare Arbeit, ich bin fasziniert. Dieses Leben in der Wüste, dieses Eindringen in das Herz einer vergangenen Zivilisation – Poirot, Sie müssen den Zauber doch auch verspüren?«

Ich bekam keine Antwort und drehte mich ein wenig verärgert um. Was ich sah, ließ mich erstarren. Poirot lag quer über dem primitiven Bett, sein Gesicht war schrecklich verzogen. Neben ihm stand die leere Tasse. Ich stürzte zu ihm, dann raste ich hinüber zu Dr. Ames' Zelt.

»Dr. Ames!« rief ich. »Kommen Sie sofort!«

»Was ist denn los?« sagte der Doktor und erschien im Pyjama.

»Mein Freund ... er ist krank ... er stirbt ... der Kamillentee! Behalten Sie Hassan im Auge!«

»Eigenartig«, rief Ames. »Das sieht ganz nach einem Krampf aus – oder – was haben Sie gesagt, hat er für ein Zeug getrunken?« Er nahm die leere Tasse hoch.

»Nichts habe ich getrunken!« sagte eine ruhige Stimme. Wir drehten uns überrascht um. Poirot saß auf dem Bett und lächelte. »Nein«, sagte er sanft. »Ich habe wirklich nicht getrunken. Während mein guter Freund Hastings sich in lyrischen Betrachtungen über die Nacht erging, benützte ich die Gelegenheit, die Tasse zu leeren – aber nicht in meine Kehle, sondern in eine kleine Flasche. Diese kleine Flasche werden wir chemisch untersuchen lassen. Halt!« Der Doktor machte eine plötzliche Bewegung. »Als Mann mit Verstand müßten Sie eigentlich wissen, daß Sie mit Gewalt jetzt nichts mehr erreichen. Ich benützte die kurze Abwesenheit von Hastings, um die Flasche an einen sicheren Ort zu bringen! Schnell, Hastings, halten Sie ihn fest!«

Ich verstand Poirots Besorgnis falsch und stürzte mich auf ihn. Aber die rasche Bewegung des Doktors hatte eine andere

Bedeutung. Seine Hand fuhr zum Mund, der Geruch von Mandeln erfüllte die Luft, er schwankte und fiel um.
»Ein weiteres Opfer«, sagte Poirot ernst, »aber das letzte. Vielleicht ist es so am besten. Er hat drei Tote auf seinem Gewissen.«
»Dr. Ames?« rief ich entgeistert. »Und ich dachte, Sie glauben an okkulte Einflüsse?«
»Da haben Sie mich mißverstanden, Hastings. Ich glaube nicht an okkulte Einflüsse, sondern an die Macht des Aberglaubens. Wenn die Menschen einmal vom Aberglauben gepackt sind und eine Reihe von Todesfällen übernatürlichen Dingen zuschreiben, kann man einen Mann am hellichten Tag erstechen, und auch das würde auf den Fluch zurückgeführt werden. So stark ist der Aberglaube auch heute noch. Ich vermutete von Anfang an, daß sich jemand diesen Aberglauben zunutze macht. Mit dem Tod von Sir John Willard fing es an. Soweit ich mich überzeugt habe, konnte niemand einen besonderen Vorteil aus seinem Tod ziehen. Mr. Bleibners Fall lag ganz anders. Er war ein Mann mit großem Vermögen. Die Nachrichten aus New York erhielten verschiedene Andeutungen. Zu Anfang wurde erzählt, daß der junge Bleibner sich eines guten Freundes in Ägypten gerühmt habe, von dem er borgen könne. Die meisten Leute unterstellten, er habe seinen Onkel gemeint, aber mir schien es wahrscheinlicher, daß er dann auch von einem Onkel gesprochen hätte. So dachte man an einen lustigen Kameraden. Jedenfalls – er kratzte genug Geld zusammen, um nach Ägypten zu fahren. Sein Onkel weigerte sich glatt, ihm auch nur einen Pfennig zu geben – trotzdem konnte er die Rückfahrt nach New York bezahlen. Irgend jemand mußte ihm also das Geld geliehen haben.«
»Das ist aber vorläufig alles sehr dünn«, wandte ich ein.
»Aber ich bin noch nicht am Ende. Der junge Bleibner schrieb klar und eindeutig *Ich bin ein Leprakranker,* aber niemand hielt diese Krankheit für die Ursache seines Selbstmords.«
»Was?« rief ich aus.
»So etwas konnte nur ein diabolisches Hirn erfunden haben. Der junge Bleibner litt an einer harmlosen Hautkrankheit, er hatte lange Zeit auf Südsee-Inseln gelebt; dort sind diese

harmlosen Hautleiden sehr verbreitet. Ames war ein früherer Freund von ihm und ein bekannter Mediziner, Bleibner hätte nie an seiner Diagnose gezweifelt. Als ich hierherkam, verdächtigte ich Harper und Dr. Ames, aber bald stellte ich fest, daß nur der Arzt die Verbrechen ausgeführt haben konnte, und ich erfuhr von Harper, daß er von früher her mit dem jungen Bleibner bekannt gewesen sei. Ohne Zweifel hatte der letztere zu irgendeiner Zeit ein Testament gemacht oder hatte sein Leben zugunsten des Arztes versichert. Der Arzt sah eine Chance, reich zu werden. Es war ihm ein leichtes, Mr. Bleibner die tödliche Krankheit einzureden. Dann erschoß sich der junge Mann, überwältigt von der entsetzlichen Diagnose, die ihm sein Freund gestellt hatte. Sein Onkel hatte noch kein Testament gemacht, er hatte es lediglich ins Auge gefaßt. Sein Vermögen mußte so auf den Neffen übergehen und von diesem auf den Doktor.«

»Und Mr. Schneider?«

»Da läßt sich nichts Eindeutiges sagen. Auch er kannte den jungen Bleibner. Erinnern Sie sich? Vielleicht hatte er seine Vermutungen, oder aber der Doktor hoffte, ein weiterer grundloser Mord würde die Macht des Aberglaubens weiter stärken. Übrigens muß ich Ihnen eine interessante psychologische Tatsache erzählen, Hastings. Ein Mörder hat immer den starken Wunsch, seinen perfekten Mord zu wiederholen, mit der Zeit wird der Wunsch in ihm übermächtig. Daher auch meine große Angst um den jungen Willard. Die Gestalt Anubis', die Sie heute abend gesehen haben, war Hassan, der sich auf meinen Wunsch verkleidet hatte. Ich wollte sehen, ob ich den Doktor erschrecken könnte. Aber er war ein hartgesottener Kerl und ließ sich von solchen Erscheinungen nicht erschrecken. Es fiel mir auch auf, daß er von meinem Glauben an das Übersinnliche nicht ganz überzeugt war. Die kleine Komödie, die ich für ihn spielen ließ, täuschte ihn nicht. Ich vermutete, ich sei als sein nächstes Opfer ausersehen. Aber trotz der vermaledeiten Seereise, der schauerlichen Hitze und dem widerlichen Sand hat Poirots Köpfchen doch funktioniert!«

Poirot hatte sich mit seiner Prophezeiung nicht geirrt. Einige Jahre zuvor hatte der junge Bleibner in trunkener Heiterkeit einen letzten Willen abgefaßt, der mehr ein Ulk war: *»Meine Zigarettendose, die er so bewundert, und alles andere, was ich besitze, wenn ich sterbe – wahrscheinlich in der Hauptsache Schulden –, hinterlasse ich meinem guten Freund Robert Ames, der mich einmal vom Tode des Ertrinkens gerettet hat.«*

Die Affäre wurde so gut wie möglich vertuscht. Noch heute sprechen die Leute von der bemerkenswerten Serie von Todesfällen im Zusammenhang mit dem Grab von Men-her-Ra, der sich in erfolgreicher Weise an den Entweihern seines Grabes gerächt hatte. Ein Glaube, der, wie Poirot mir erklärte, im Widerspruch zu dem Glauben und Denken der Ägypter steht.

Der Juwelenraub im Grand Hotel

»Poirot«, sagte ich, »ein Luftwechsel könnte Ihnen nicht schaden.«
»Glauben Sie, *mon ami?*«
»Ganz bestimmt.«
»So so?« sagte mein Freund lächelnd. »Sie haben also schon alles arrangiert?«
»Sie kommen also mit?«
»Wohin wollen Sie mich bringen?«
»Nach Brighton. Ein Freund hat mich auf diese gute Idee gebracht. Und – im Augenblick habe ich so viel Geld, daß ich damit ein Feuerchen machen könnte, wie man so schön sagt. Ich glaube, ein Wochenende im *Grand Metropolitan* würde uns guttun.«
»Besten Dank, ich nehme an. Sie haben ein gutes Herz für einen alten Mann. Und das gute Herz wiegt am Ende sogar den Verstand auf. Selbst ich vergesse das von Zeit zu Zeit.«
Ich fand diese Bemerkung zwar etwas deplaciert, denn ich bilde mir ein, Poirot neigt dazu, meine geistigen Fähigkeiten etwas zu unterschätzen, aber seine Freude war so sichtbar, daß ich meine kleine Verstimmung beiseite schob.
»Also ausgemacht«, sagte ich schnell.
Am Samstag abend saßen wir beim Dinner im *Grand Metropolitan* inmitten froher Menschen. Alle Welt – vor allem schöne Frauen – schien in Brighton versammelt zu sein. Die Toiletten waren wunderbar, und die Juwelen – manchmal mehr zur Schau gestellt als mit Geschmack getragen – waren geradezu hinreißend.
»Donnerwetter, das ist ein Anblick, was!« murmelte Poirot. »Hier scheinen die ganzen Kriegsgewinnler zu Hause zu sein, glauben Sie nicht auch, Hastings?«

»Man sagt es«, antwortete ich.
»Beim Anblick so herrlicher Juwelen kann ich nur bedauern, daß ich mein Hirn dazu verwende, die Verbrecher aufzuspüren; es wäre viel amüsanter, selbst unter die Verbrecher zu gehen. Welch herrliche Gelegenheit für einen Dieb von Distinktion! Schauen Sie dorthin, Hastings. Diese korpulente Dame an der Säule. Sie ist, wie man sagt, mit Juwelen behangen wie ein Christbaum.«
Ich folgte seinen Augen.
»Aber«, rief ich aus, »das ist ja Mrs. Opalsen!«
»Sie kennen die Dame?«
»Flüchtig. Ihr Mann ist ein reicher Börsenmakler.«
Nach dem Dinner liefen wir in der Halle den Opalsens in die Finger, und ich stellte ihnen Poirot vor. Wir sprachen ein paar Minuten miteinander und entschlossen uns dann, gemeinsam Kaffee zu trinken.
Poirot sagte ein paar freundliche Worte und lobte die wunderschönen Juwelen, die auf dem ausladenden Busen der Dame prangten. Sie war sehr empfänglich für Komplimente.
»Es ist eben mein Hobby, Mr. Poirot. Ich liebe Juwelen einfach. Mein Mann kennt meine Schwäche, und nach jedem erfolgreichen Geschäft bringt er mir etwas Neues mit. Interessieren Sie wertvolle Steine?«
»Ich hatte schon gelegentlich mit Steinen zu tun, Madame. Mein Beruf hat mich mit einigen der berühmtesten Juwelen der Welt in Berührung gebracht.«
Poirot fuhr fort – sehr diskret –, die Geschichte vom Familienschmuck eines regierenden Hauses zu erzählen. Mrs. Opalsen lauschte mit verhaltenem Atem.
»Völlig richtig!« rief sie aus, als er geendet hatte. »Es ist keineswegs nur eine Spielerei! Auch ich besitze einige Perlen, die eine historische Geschichte haben. Ich glaube, es ist eines der schönsten Perlenhalsbänder der Welt. Es sind wunderbar ausgesuchte Perlen von ganz herrlichem Schmelz. Wollen Sie es sehen – ich zeige es Ihnen gerne –«
»Oh, Madame«, protestierte Poirot, »zu liebenswürdig. Ich bitte Sie, machen Sie sich doch nicht die Mühe!«
»O ja, aber es macht mir Spaß, sie Ihnen zu zeigen.«

Die freundliche Dame lief geschäftig zum Lift. Ihr Mann, der sich mit mir unterhalten hatte, sah Poirot fragend an.
»Monsieur, Ihre Frau Gemahlin will uns ihr Perlenhalsband zeigen«, sagte Poirot.
»Ach ja, die Perlen!« Opalsen lächelte zufrieden. »Wirklich, sie verdienen es, angesehen zu werden. Kosten ja auch eine schöne Stange Geld! Aber das Geld ist gut angelegt; den Anschaffungspreis kann ich jeden Tag wiederbekommen – wahrscheinlich sogar noch mehr. Wer weiß, ob wir das nicht tun müssen, wenn die Geschäfte weiterhin so wie im Augenblick laufen. Geld ist verflixt rar in der City.«
Er plapperte immer weiter und schmiß mit Börsenausdrücken nur so um sich. Ich konnte ihm nicht ganz folgen.
Ein Page unterbrach seinen Redefluß und flüsterte ihm etwas ins Ohr.
»He, was ist los? Ich komme sofort. Sie ist doch nicht krank? Entschuldigen Sie mich, Gentlemen.«
Er stand hastig auf und ging. Poirot setzte sich bequem in seinen Sessel und zündete sich eine seiner kleinen russischen Zigaretten an. Dann ordnete er sorgfältig und mit Hingabe die leeren Kaffeetassen und stellte sie in eine gerade Reihe. Strahlend betrachtete er sein Werk.
Minuten vergingen – die Opalsens kamen nicht zurück.
»Komisch«, bemerkte ich schließlich. »Wo bleiben die so lange?«
Poirot betrachtete nachdenklich die aufsteigenden Rauchringe seiner Zigarette und sagte: »Die werden kaum zurückkommen.«
»Warum?«
»Weil irgend etwas passiert ist, *mon ami.*«
»Was soll denn passiert sein?« fragte ich neugierig.
Poirot lächelte.
»Vor einem Augenblick kam der Manager aus seinem Büro und rannte die Treppe hinauf. Er schien sehr aufgeregt zu sein. Dort sehen Sie den Liftboy in aufgeregtem Gespräch mit einem Pagen. Die Liftglocke hat schon dreimal geläutet, aber er reagiert nicht. Sogar die Kellner sind zerstreut – und um einen Kellner aus der Ruhe zu bringen . . .« Poirot schüttelte

entschlossen seinen Kopf. »Die Sache muß wohl recht wichtig sein. Ah! Sehen Sie! Da kommt die Polizei schon!«
Zwei Männer betraten das Hotel, einer in Uniform, der andere in Zivil. Sie sprachen mit einem Pagen und wurden sofort hinaufgeführt. Ein paar Minuten später kam derselbe Page die Treppe wieder herunter und auf uns zu.
»Mr. Opalsen schickt Ihnen seine Empfehlungen und bittet Sie, hinaufzukommen.«
Poirot sprang auf. Seine Erwartungen hatten sich ohne Zweifel bestätigt. Ich folgte ihm schnell nach. Das Appartement der Opalsens lag im ersten Stock. Der Page klopfte kurz an die Tür und zog sich zurück. Wir traten ein. Eine sonderbare Szene erwartete uns. Mrs. Opalsen lag in ihrem Schlafzimmer hingegossen in einem großen Lehnstuhl und weinte heftig. Sie bot einen ziemlich komischen Anblick; große Tränen bahnten sich Straßen in die dicke Puderschicht ihres Gesichtes. Mr. Opalsen marschierte ärgerlich auf und ab. Die beiden Polizeibeamten standen im Zimmer, der eine hielt ein Notizbuch in der Hand. Ein Zimmermädchen mit blassem, erschrecktem Gesicht stand hilflos am Kamin, ihr gegenüber weinte eine Französin – anscheinend ein privates Mädchen von Mrs. Opalsen. In dieses Tohuwabohu schritt Poirot, adrett und lächelnd.
Mit einer für eine so korpulente Dame erstaunlichen Schnelligkeit sprang Mrs. Opalsen sofort von ihrem Lehnstuhl hoch und rannte auf ihn zu.
»Gott sei Dank! Er kann sagen, was er will, aber ich glaube an mein Glück. Das Schicksal wollte es, daß ich Sie heute abend treffen sollte. Wenn Sie mir meine Perlen nicht wiederbeschaffen können, kann es niemand!«
»Beruhigen Sie sich, ich bitte Sie, Madame.« Poirot tätschelte besänftigend ihre Hand. »Es wird schon alles werden. Hercule Poirot wird Ihnen helfen!«
Mr. Opalsen wandte sich an den Polizeiinspektor. »Sie haben doch nichts dagegen, daß ich . . . eh . . . diesen Herrn zuziehe, nicht wahr?«
»Nein, Sir«, erwiderte der Mann höflich, aber uninteressiert. »Vielleicht fühlt sich die Dame jetzt in der Lage, uns die Ereig-

nisse zu erzählen?«
Mrs. Opalsen sah Poirot hilflos an. Er führte sie zu ihrem Stuhl.
»Setzen Sie sich, Madame, und erzählen Sie uns die Geschichte ganz ruhig.«
Mrs. Opalsen trocknete sich umständlich die Augen. »Ich kam nach dem Dinner herauf, um meine Perlen, die ich Mr. Poirot zeigen wollte, zu holen. Das Zimmermädchen und Céléstine waren beide im Zimmer wie gewöhnlich . . .«
»Entschuldigen Sie bitte, Madame, aber was meinen Sie mit *wie gewöhnlich*?«
Mrs. Opalsen erklärte es.
»Ich habe angeordnet, daß niemand dieses Zimmer betreten darf, solange nicht meine Zofe Céléstine dabei ist. So macht das Zimmermädchen morgens das Zimmer nur in Anwesenheit Céléstines und kommt dann erst nach dem Dinner wieder, um die Betten unter derselben Bedingung abzudecken. Sonst kommt sie nie in diesen Raum.«
»Wie ich sagte«, fuhr Mrs. Opalsen fort, »ich kam herauf, ging an diese Schublade hier« – sie zeigte auf die oberste rechte Schublade des Frisiertisches –, »nahm meine Juwelenkassette und schloß sie auf. Alles war an seinem Platz, nur die Perlen fehlten!«
Der Inspektor hatte eifrig Notizen gemacht. »Wann haben Sie die Perlen das letztemal gesehen?« fragte er.
»Sie waren noch da, als ich zum Dinner hinunterging.«
»Wissen Sie das bestimmt?«
»Ganz bestimmt. Ich war mir nicht schlüssig, was ich tragen sollte, aber schließlich entschied ich mich für die Smaragde und legte die Perlen in die Kassette zurück.«
»Wer verschloß die Kassette?«
»Ich. Ich trage den Schlüssel an einer Kette um meinen Hals.«
Sie hielt den Schlüssel hoch, während sie sprach.
Der Inspektor sah ihn an und zuckte die Schultern.
»Offenbar hat der Dieb einen zweiten Schlüssel. Das ist gar nicht so schwierig; es ist ein ganz einfaches Schloß. Was taten Sie, nachdem Sie die Juwelenkassette abgeschlossen hatten?«
»Ich stellte sie zurück in die oberste Schublade, wo sie immer

steht.«
»Die Schublade haben Sie nicht abgeschlossen?«
»Nein, das tue ich nie. Meine Zofe bleibt im Zimmer, bis ich wieder heraufkomme.«
Das Gesicht des Inspektors wurde ernster.
»Die Juwelen waren also noch da, als Sie zum Essen hinuntergingen. Und die Zofe verließ das Zimmer von diesem Zeitpunkt ab nicht mehr?«
Ganz plötzlich stieß Céléstine einen leichten Schrei aus, als begriffe sie jetzt erst ihre schreckliche Lage, klammerte sich an Poirot und überschüttete ihn mit unzusammenhängenden französischen Worten.
Was für infame Andeutungen! Man verdächtige sie, Madame bestohlen zu haben! Man wisse ja, daß die Polizei unerhört dumm sei! Aber Monsieur, als Franzose . . .!
»Belgier«, warf Poirot ein, ohne daß Céléstine diesem Einwand Beachtung schenkte.
Monsieur würde doch nicht zusehen, wie man sie zu Unrecht beschuldigte. Warum beschäftigte man sich nicht mit dem Zimmermädchen? Sie hätte sie nie leiden können – dieses freche, rotbackige Ding –, eine geborene Diebin. Von Anfang an habe sie gewußt, daß dieses Mädchen nicht ehrlich sei. Und wie sie sie immer beim Zimmermachen beobachtet habe. Warum durchsuchten diese Idioten von Polizeibeamten das junge Ding nicht! Sie würde sich wundern, wenn sich Madames Perlen nicht bei diesem Flittchen finden würden!
Trotz dieses in schnellstem und virtuosestem Französisch hervorgebrachten Redeschwalls – Céléstine hatte ihn noch mit lebhaften Gesten untermalt – begriff das Zimmermädchen doch allmählich, wovon die Rede war. Das Blut schoß ihm in den Kopf.
»Wenn diese ausländische Person behauptet, ich hätte diese Perlen genommen, so ist das eine Lüge!« rief sie heftig. »Ich habe sie überhaupt nie gesehen!«
»Durchsuchen Sie sie doch!« kreischte die Französin. »Sie werden sehen, sie hat sie.«
»Lügnerin!« schrie das Zimmermädchen und ging auf sie zu. »Sie haben sie selbst gestohlen, und nun wollen Sie es auf

mich abwälzen. Ich war doch erst drei Minuten im Zimmer, ehe die Gnädige heraufkam, und Sie saßen hier die ganze Zeit wie eine Katze vor dem Mauseloch.«
Der Inspektor schaute Céléstine fragend an. »Ist das wahr? Haben Sie das Zimmer überhaupt nicht verlassen?«
»Ich habe sie nicht allein gelassen«, gab Céléstine widerwillig zu, »aber ich ging zweimal in mein Zimmer – einmal um Faden zu holen und einmal wegen der Schere. Die Zeit muß sie ausgenützt haben.«
»Sie waren ja nicht einmal eine Minute weg«, warf das Zimmermädchen wütend ein. »Sie sind ja nur rausgegangen und sofort wieder reingekommen. Ich wäre sehr froh, wenn die Polizei mich durchsuchen würde. Ich habe nichts zu befürchten!«
In diesem Augenblick klopfte es an die Tür. Der Inspektor öffnete, und sein Gesicht erhellte sich. »Ah!« sagte er. »Vorzüglich! Ich habe für die Durchsuchung eine Polizistin angefordert. Da ist sie. Vielleicht gehen Sie ins nächste Zimmer.«
Das Zimmermädchen ging mit hocherhobenem Kopf voran. Die Polizistin folgte ihr.
Die französische Zofe schluchzte auf einem Stuhl. Poirot sah sich im Zimmer um. Ich versuchte, eine genaue Skizze des Zimmers zu machen.

»Wohin führt diese Tür?« fragte Poirot und deutete auf die Tür neben dem Fenster.
»Zum nächsten Appartement«, sagte der Inspektor. »Sie ist auf dieser Seite verschlossen.«
Poirot ging hinüber zur Tür, drückte die Klinke nieder, aber die Tür blieb zu. Dann zog er den Riegel zurück und versuchte es erneut.
»Und auf der andern Seite auch«, bemerkte er. »Gut, das scheint in Ordnung zu sein.«
Er ging zu den Fenstern und untersuchte jedes einzelne. »Nichts! Nicht einmal ein Balkon.«
»Selbst wenn einer da wäre, würde uns das wohl kaum weiterhelfen, da ja die Zofe das Zimmer nicht verlassen hat«, sagte der Inspektor ungeduldig.

»Evidemment«, sagte Poirot, ohne sich aus der Ruhe bringen zu lassen. »Da Mademoiselle mit Bestimmtheit sagt, sie hätte das Zimmer nicht verlassen ...«
Er wurde unterbrochen. Die Beamtin kam mit dem Zimmermädchen zurück. »Nichts«, sagte sie lakonisch.
»Das möchte ich auch gehofft haben!« sagte das Stubenmädchen. »Dieses französische Luder sollte sich schämen, einem anständigen Mädchen die Ehre abzuschneiden!«
»Schon gut, schon gut«, sagte der Inspektor und machte ihr die Tür auf. »Niemand verdächtigt Sie. Sie können jetzt gehen. Wir brauchen Sie vorläufig nicht mehr.«
Das Zimmermädchen ging sehr ungern. »Wird sie auch durchsucht?« Sie deutete auf Céléstine.
»Aber natürlich!« Der Inspektor schloß die Tür und drehte den Schlüssel um. Die Beamtin nahm Céléstine am Arm und ging mit ihr in den kleinen Raum nebenan. Ein paar Minuten später kamen sie zurück. Ohne Erfolg.
Das Gesicht des Inspektors wurde ernster.
»Ich bedaure sehr, aber ich muß Sie bitten, mitzukommen, Miss.« Er wandte sich an Mrs. Opalsen. »Es tut mir leid, Madame, aber ich muß allen Möglichkeiten nachgehen. Wenn sie die Perlen nicht bei sich hat, so sind sie wahrscheinlich irgendwo im Zimmer versteckt.«
Céléstine stieß einen Schrei aus und klammerte sich an Poirots Arm. Er beugte sich zu ihr hinunter und flüsterte ihr etwas ins Ohr. Sie sah ihn zweifelnd an.
»*Si, si mon enfant* – ich versichere Ihnen, es ist besser, keinen Widerstand zu leisten.« Dann drehte er sich zu dem Inspektor um.
»Erlauben Sie, Monsieur? Ein kleines Experiment – nur zu meiner Beruhigung.«
»Hängt ganz davon ab –«, erwiderte der Polizeioffizier unfreundlich.
Poirot wandte sich noch einmal an Céléstine.
»Sie erzählten uns, daß Sie in Ihr Zimmer gingen, um dort Faden zu holen. Wo lag der Faden?«
»Oben auf der Kommode, Monsieur.«
»Und die Schere?«

»Auch dort.«
»Würde es Sie sehr stören, Mademoiselle, wenn ich Sie bitte, diese zwei Handlungen zu wiederholen? Sie saßen doch mit Ihrer Arbeit hier, sagten Sie?«
Céléstine setzte sich hin. Auf ein Zeichen von Poirot stand sie auf, ging in das anschließende Zimmer, nahm den Gegenstand von der Kommode und kam zurück. Poirot teilte seine Aufmerksamkeit zwischen dem, was sie tat, und einer Zwiebel von Uhr, die er in der Hand hielt. »Bitte noch einmal, Mademoiselle!«
Nachdem die Sache wiederholt worden war, schrieb er eine Notiz in sein Taschenbuch und steckte die Uhr wieder ein.
»Vielen Dank, Mademoiselle. Auch Ihnen, Monsieur, für Ihre Liebenswürdigkeit.« Er verbeugte sich gegen den Inspektor.
Den Inspektor schien diese übertriebene Liebenswürdigkeit zu amüsieren. Tränenüberströmt verließ Céléstine, begleitet von der Beamtin und dem Polizisten, das Zimmer.
Nach einer Entschuldigung bei Mrs. Opalsen fing der Inspektor an, das Zimmer gründlich zu durchsuchen. Er zog die Schubladen heraus, machte die Schränke auf, riß das ganze Bett auseinander und klopfte den Fußboden ab. Mrs. Opalsen sah skeptisch zu.
»Glauben Sie denn wirklich, Sie werden die Perlen finden?«
»Ja, ich bin überzeugt. Ihre Zofe hatte ja nicht die Zeit, sie aus dem Zimmer zu bringen. Daß Sie so bald den Diebstahl entdeckten, hat alle ihre Pläne über den Haufen geworfen. Nein, sie müssen hier sein! Eine von beiden muß sie versteckt haben – aber es ist sehr unwahrscheinlich, daß es das Zimmermädchen war.«
»Mehr als unwahrscheinlich – unmöglich!« sagte Poirot ruhig.
»Eh?« Der Inspektor starrte ihn an.
Poirot lächelte bescheiden.
»Ich werde es Ihnen beweisen. Hastings, mein Guter, nehmen Sie meine Uhr in die Hand, aber vorsichtig. Sie ist ein Familienerbstück! Eben habe ich festgestellt, wie lange Mademoiselle beim erstenmal aus dem Zimmer blieb: zwölf Sekunden. Das zweitemal fünfzehn Sekunden. Jetzt beobachten Sie bitte, was ich tue. Madame wird so gut sein, mir die Schlüssel zum

Schmuckkassette zu geben. Ich danke Ihnen, Madame. Mein Freund Hastings wird so freundlich sein und ›los‹ sagen.«
»Los!« sagte ich.
Mit beinahe unglaublicher Schnelligkeit zog Poirot die Schublade des Toilettentisches auf, öffnete die Kassette, wählte ein Schmuckstück aus, stellte die Kassette wieder zurück und schob die Schublade wieder zu. Seine Bewegungen waren blitzartig.
»Nun, *mon ami*?« fragte er mich atemlos.
»Sechsundvierzig Sekunden«, antwortete ich.
»Sehen Sie?« Er sah sich um. »Die Zeit hätte dem Mädchen nie genügt, das Halsband auch nur herauszunehmen, geschweige denn, es zu verstecken.«
»Das schließt das Mädchen aus!« sagte der Inspektor zufrieden, suchte weiter und ging dann in das Schlafzimmer der Zofe.
Poirot runzelte nachdenklich die Stirn. Plötzlich überfiel er Mr. Opalsen mit einer Frage.
»Dieses Halsband – war doch bestimmt versichert?«
Mr. Opalsen sah etwas überrascht aus.
»Ja«, sagte er zögernd.
»Was will das schon heißen?« sagte Mrs. Opalsen, den Tränen nahe. »Ich will mein Halsband wiederhaben. Es war einzigartig! Geld ist kein Ersatz dafür.«
»Ich verstehe, Madame«, sagte Poirot tröstend. »Ich verstehe Sie sehr gut. Eine Frau liebt ihren Schmuck! Aber für Monsieur wird es doch sehr tröstlich sein, daß er versichert ist.«
»Natürlich, natürlich«, sagte Mr. Opalsen unsicher. »Jedoch . . .«
Er wurde von einem Freudenschrei des Inspektors unterbrochen, der hereinstürzte und triumphierend seine Hand hochhielt. Freudig erhob sich Mrs. Opalsen aus ihrem Stuhl.
Sie war völlig verändert.
»Mein Halsband! Mein Halsband!«
Sie preßte es mit beiden Händen an ihren Busen. Alles stand um sie herum.
»Wo war es?« fragte Mr. Opalsen.
»Im Bett der Zofe. In den Sprungfedern der Matratze. Sie muß

es dort versteckt haben, bevor das Stubenmädchen ins Zimmer kam.«
»Erlauben Sie, Madame?« sagte Poirot sanft. Er nahm ihr das Halsband aus der Hand, besah es sich ganz genau und gab es ihr dann mit einer Verbeugung zurück.
»Es tut mir leid, Madame, Sie werden es uns überlassen müssen«, sagte der Inspektor. »Wir brauchen es für die Anklage. Aber Sie erhalten es so bald wie möglich zurück.«
Mr. Opalsen verzog sein Gesicht.
»Muß das sein?«
»Ich fürchte ja, Sir. Es ist nur eine Formalität.«
»Oh, gib es ihm doch, Ed!« rief seine Frau. »Ich fühle mich viel sicherer, wenn er es hat. Ich könnte keine Minute schlafen, aus Angst, daß es wieder gestohlen wird. Oh, dieses schreckliche Mädchen! Nie hätte ich das von ihr gedacht!«
»Komm, komm, meine Liebe, nimm es nicht so tragisch«, sagte Mr. Opalsen.
Ich fühlte einen leichten Druck an meinem Arm. Es war Poirot.
»Sollen wir uns nicht davonmachen, mein Freund? Ich glaube, unsere Dienste werden nicht länger benötigt.«
Aber als wir draußen waren, blieb er plötzlich stehen und bemerkte – sehr zu meinem Erstaunen:
»Ich würde mir so gern das Zimmer daneben ansehen.«
Die Tür war nicht abgeschlossen, und wir traten ein. Der Raum – ein großes Doppelzimmer – war unbewohnt. Auf den Möbeln lag dicker Staub. Mein pedantischer Freund zog eine charakteristische Grimasse und zeichnete mit dem Finger ein Rechteck auf den Tisch.
»Die Hotelführung läßt zu wünschen übrig«, bemerkte er trokken. Er starrte gedankenvoll aus dem Fenster.
»Nun?« fragte ich ungeduldig. »Wozu sind wir eigentlich hier hereingegangen?«
Er schreckte auf.
»Je vous demande pardon, mon ami. Ich wollte nur sehen, ob die Tür auf dieser Seite wirklich verschlossen ist.«
»Sie ist verschlossen«, sagte ich.
Poirot nickte.

Er schien immer noch nachzudenken.
»Es spielt ja auch keine Rolle mehr«, sagte ich. »Der Fall ist erledigt. Ich hätte gewünscht, Sie hätten mehr Gelegenheit bekommen, zu glänzen. Aber es war eine so einfache Sache, daß selbst ein so primitiver Mensch wie der Inspektor gleich richtig tippte.«
Poirot schüttelte den Kopf.
»Die Sache ist keineswegs erledigt, mein Freund. Sie wird auch nicht erledigt sein, bevor wir nicht herausgefunden haben, wer die Perlen gestohlen hat.«
»Aber es war doch die Zofe!«
»Wieso war es die Zofe?«
»Wieso?« stammelte ich. »Die Kette wurde doch gefunden – in ihrem Zimmer unter ihrer Matratze.«
»Tja, tja, tja!« sagte Poirot ungeduldig. »Das waren sie doch nicht!«
»Wie?«
»Imitation, *mon ami.*«
Diese Feststellung verschlug mir den Atem. Poirot lächelte milde. »Der gute Inspektor versteht offensichtlich nicht viel von Perlen. Aber bald wird das große Geschrei beginnen!«
»Kommen Sie!« rief ich und zog ihn am Arm.
»Wohin?«
»Wir müssen das doch den Opalsens sofort sagen.«
»Besser nicht.«
»Aber diese arme Frau ...«
»*Eh bien,* diese arme Frau, wie Sie so schön sagen, wird eine viel bessere Nacht haben, wenn sie glaubt, mit ihrer Kette steht alles zum besten.«
»Aber wenn der Dieb damit flüchtet?«
»Wie gewöhnlich reden Sie, ohne nachzudenken, mein Freund. Woher wollen Sie denn wissen, daß die Perlen, die Mrs. Opalsen so sorgfältig verschlossen hatte, nicht schon die falschen waren, und daß der wirkliche Diebstahl nicht schon an einem früheren Tag stattgefunden hat?«
»Oh!« sagte ich verwirrt.
»Ja, oh!« sagte Poirot strahlend. »Wir fangen wieder von vorne an.«

Wir verließen das Zimmer und gingen dann bis ans Ende des Korridors. Dort hatten sich die Stubenmädchen und Diener des Stockwerks versammelt, anscheinend, um einen kleinen Vortrag unseres Stubenmädchens über seine Erlebnisse anzuhören. Sie brach mitten im Satz ab. Poirot verbeugte sich höflich wie immer. »Entschuldigen Sie mich bitte, aber ich wäre Ihnen sehr verbunden, wenn Sie mir das Zimmer von Mr. Opalsen aufschließen würden.«

Das Mädchen stand auf und führte uns den Korridor entlang. Mr. Opalsens Zimmer war auf der anderen Seite des Flurs, gegenüber dem seiner Frau. Das Zimmermädchen schloß auf, und wir traten ein. Als das Mädchen gehen wollte, hielt Poirot sie auf.

»Einen Moment, bitte. Haben Sie unter Mr. Opalsens Sachen je eine Karte wie diese gesehen?«

Er hielt ihr eine einfache weiße Karte aus glänzendem Papier hin. Das Mädchen betrachtete sie aufmerksam.

»Nein, Sir, eine solche Karte habe ich nicht gesehen. Aber der Diener hat mehr im Zimmer des Herrn zu tun.«

»Ach so. Vielen Dank.«

Poirot nahm die Karte wieder an sich. Das Mädchen ging hinaus. Er schien immer noch scharf nachzudenken, dann nickte er kurz und sagte: »Läuten Sie bitte dreimal für den Diener, Hastings.«

Ich läutete, die Neugier fraß mich beinahe auf. Inzwischen hatte Poirot den Papierkorb ausgeleert und sah schnell den Inhalt durch. Einen Augenblick später kam auch schon der Diener. Poirot zeigte auch ihm die Karte und richtete dieselbe Frage an ihn. Nein, der Diener hatte nie eine derartige Karte bei Mr. Opalsen gesehen. Poirot bedankte sich bei ihm für die Auskunft, und der Diener zog sich etwas unwillig zurück, nicht ohne einen fragenden Blick auf den umgestülpten Papierkorb zu werfen. Er hörte auch noch Poirots gedankenvolle Bemerkung:

»Und das Halsband war hoch versichert . . .«

»Poirot!« rief ich. »Ich sehe . . .«

»Gar nichts sehen Sie«, erwiderte er ruhig. »Wie gewöhnlich sehen Sie gar nichts, mein Freund! Es klingt unglaublich –

aber es ist so. Lassen Sie uns jetzt in unser eigenes Appartement zurückkehren.«

Dort angekommen, zog sich Poirot in Windeseile um.

»Ich fahre heute nacht nach London«, erklärte er. »Es ist sehr wichtig!«

»Was?«

»Absolut. Die wirkliche Denkarbeit (ah, diese tapferen kleinen grauen Gehirnzellen) ist getan. Ich fahre, um mir die Bestätigung zu beschaffen. Ich werde sie finden! Hercule Poirot zu täuschen, ist unmöglich!«

»Manchmal kommen Sie mir vor wie ein Pfau«, bemerkte ich bissig.

»Warum so böse, ich bitte Sie, *mon ami?* Ich hoffe sehr, daß Sie mir einen Freundschaftsdienst erweisen werden.«

»Natürlich«, sagte ich, schon wieder versöhnt. »Was kann ich für Sie tun?«

»Würden Sie mir bitte den Ärmel des Jacketts, das ich gerade ausgezogen habe, ausbürsten? Er hat etwas weißen Puder abgekriegt. Sie haben doch sicher bemerkt, daß ich mit meinen Fingern die Schublade des Toilettentisches abgetastet habe.«

»Nein, das ist mir entgangen.«

»Sie sollten mich immer genau beobachten, mein Freund. Dabei bekam ich den weißen Puder an meine Finger, und da ich ein wenig aufgeregt war, habe ich sie an meinem Ärmel abgewischt; normalerweise passiert mir so etwas nicht.«

»Aber was war denn das für ein Puder?«

»Nicht das Gift der Borgias«, erwiderte Poirot mit einem Augenzwinkern. »Ich sehe, Ihre Phantasie wird reger. Ich würde sagen, es war französischer Kalk.«

»Französischer Kalk?«

»Ja, Kunstschreiner benützen ihn, um die Schubladen leiser laufen zu lassen.«

Ich lachte.

»Sie alter Sünder! Ich dachte schon, es wäre etwas Aufregendes.«

»*Au revoir,* mein Freund. Ich verschwinde jetzt. Ich fliege!«

Die Tür schloß sich hinter ihm. Mit einem Lächeln, halb Spott und halb Zuneigung, holte ich die Kleiderbürste und nahm

das Jackett zur Hand.
Da ich am nächsten Morgen von Poirot nichts hörte, entschloß ich mich, einen kleinen Spaziergang zu machen. Unterwegs traf ich einige alte Freunde und lunchte mit ihnen im Hotel. Am Nachmittag unternahmen wir eine Fahrt. Durch eine Panne kamen wir etwas verspätet zurück, und es war schon acht Uhr vorbei, als ich das *Grand Metropolitan* Hotel betrat.
Das erste, was ich sah, war Poirot. Er wirkte noch kleiner als gewöhnlich. Saß aber strahlend vor Zufriedenheit zwischen den Opalsens.
»*Mon ami* Hastings!« rief er und sprang auf, um mich zu begrüßen.
»Umarmen Sie mich, mein Freund; alles hat wunderbar geklappt.«
Glücklicherweise war die Umarmung nur angedeutet – bei seinem Temperament mußte man auf alles gefaßt sein.
»Wollen Sie sagen . . .«, begann ich.
»Es grenzt ans Wunderbare!« sagte Mrs. Opalsen und strahlte übers ganze Gesicht. »Habe ich dir nicht immer gesagt, Ed, wenn Poirot es nicht schafft, schafft es keiner?«
»Das hast du gesagt, meine Liebe, und du hattest recht.«
Ich sah Poirot hilfesuchend an, und er zwinkerte mir zu.
»Mein Freund Hastings hat aufs falsche Pferd gesetzt. Nehmen Sie doch bitte Platz, und dann werde ich Ihnen in Ruhe erzählen, wie sich alles abgespielt hat. Alles ist jetzt in Butter.«
»In Butter?«
»Aber ja. Sie sind verhaftet.«
»Wer ist verhaftet?«
»Nun, das Zimmermädchen und der Diener, *parbleu!* Das haben Sie wohl nicht vermutet? Auch nicht nach meiner letzten Bemerkung von dem französischen Kalk?«
»Sie sagten, Kunstschreiner benützten den.«
»Sicher tun sie das, um die Schubladen besser aufziehen zu können. Irgend jemand wollte, daß die Schublade sich ohne Geräusch öffnen läßt. Wer konnte das sein? Natürlich das Zimmermädchen. Der Plan war so raffiniert ausgedacht, daß man zunächst gar nicht darauf kam – nicht einmal Hercule

Poirot.
Hören Sie zu! Der Diener war im Nebenzimmer und wartete. Die französische Zofe verließ das Zimmer. Schnell wie der Blitz zog das Stubenmädchen die Schublade heraus, nahm die Juwelenkassette, schob den Riegel der Tür zurück und reichte die Kassette durch die Tür. Der Diener öffnete sie in aller Ruhe mit dem Doppelschlüssel, den er sich besorgt hatte, nahm das Halsband heraus und wartete. Céléstine geht wieder aus dem Zimmer und – husch wie der Wind – wird die Kassette wieder an den alten Platz gestellt.
Madame kam, und der Diebstahl wurde entdeckt. Das Stubenmädchen verlangte, rechtschaffen empört, durchsucht zu werden, und verließ wie ein Unschuldslamm das Zimmer. Das imitierte Halsband hatte sie schon am Morgen im Bett der Französin versteckt – ein Meisterstück!«
»Aber warum sind Sie nach London gefahren?«
»Erinnern Sie sich an die weiße Karte?«
»Ja sicher, sie hat mich sehr beschäftigt und beschäftigt mich noch immer. Ich dachte . . .«
Ich zögerte etwas und sah die Opalsens an.
Poirot lachte verschmitzt.
»Es war eine Falle für den Diener. Die Karte hatte eine speziell präparierte Oberfläche – für Fingerabdrücke. Ich fuhr schnurstracks nach Scotland Yard und fragte dort nach unserm alten Freund, Inspektor Japp, und erklärte ihm den Sachverhalt. Wie ich vermutet hatte, stammten die Fingerabdrücke von zwei bekannten Juwelendieben, die schon seit längerem gesucht wurden. Japp kam mit mir her und verhaftete die Diebe. Das Halsband wurde bei dem Diener gefunden. Ein kluges Paar, aber sie haben keine ›Methode‹. Habe ich Ihnen nicht schon mindestens sechsunddreißigmal gesagt, daß man ohne Methode . . .«
»Wenigstens sechsunddreißigmal!« unterbrach ich ihn. »Aber was haben sie falsch gemacht?«
»*Mon ami,* der Plan, eine Stellung als Zimmermädchen und Diener anzunehmen, ist nicht schlecht – aber dann darf man nicht arbeitsscheu sein. Sie hielten es nicht für nötig, das leerstehende Zimmer in Ordnung zu halten und abzustauben. Als

der Diener die Juwelenkassette auf den kleinen Tisch nahe an der Verbindungstür abstellte, ließ sie eine rechteckige Spur zurück ...«

»Ich erinnere mich!« rief ich aus.

»Zuerst war ich meiner Sache noch nicht ganz sicher – aber von diesem Augenblick an wußte ich Bescheid!«

Einen Augenblick herrschte Schweigen.

»Und ich habe meine Perlen wieder!« sagte Mrs. Opalsen triumphierend.

»Gut«, sagte ich, »ich würde jetzt gerne etwas essen.«

Poirot begleitete mich.

»Das bringt Ihnen wieder neuen Ruhm ein«, bemerkte ich.

»Pas de tout«, erwiderte Poirot ruhig. »Japp und der hiesige Inspektor werden sich den Ruhm teilen. Aber ...«, er klopfte auf seine Tasche, »ich habe hier einen Scheck von Mr. Opalsen. Was sagen Sie dazu, mein Freund? Dieses Wochenende ist nicht ganz planmäßig verlaufen. Was halten Sie davon, wenn wir nächstes Wochenende wiederkommen – aber dann auf meine Kosten?«

Der entführte Premierminister

Jetzt, da der Krieg und die Probleme des Krieges der Vergangenheit angehören, glaube ich, daß ich es wagen kann, die Rolle, die mein Freund Poirot im Augenblick einer nationalen Krise spielte, der Welt zu enthüllen. Das Geheimnis ist gut gewahrt worden. Nicht eine Silbe erschien in der Presse. Aber jetzt, da es nicht mehr notwendig ist, das Geheimnis zu wahren, habe ich das Gefühl, daß England erfahren muß, was es meinem sonderbaren kleinen Freund schuldet, dessen Fähigkeiten eine große Katastrophe verhinderten.

Eines Abends nach dem Dinner – das Datum möchte ich nicht genau angeben – saßen mein Freund und ich in seinem Wohnzimmer. Nachdem ich wegen einer Verwundung nicht mehr frontdienstfähig war, hatte man mir ein Ausbildungskommando übertragen. Es war mir zur Gewohnheit geworden, abends nach dem Dinner bei Poirot hereinzuschauen und mit ihm über Fälle zu diskutieren, die er gerade gearbeitete.

Ich unterhielt mich mit ihm über die letzte sensationelle Neuigkeit – es handelte sich immerhin um den Versuch, Englands Premierminister David McAdam zu ermorden. Die Berichte in den Zeitungen waren offensichtlich sorgfältig zensiert worden. Keine Details wurden bekanntgegeben; es wurde nur berichtet, daß der Premierminister wie durch ein Wunder verschont geblieben war und die Kugel ihn nur ganz leicht an der Wange gestreift hatte.

Ich fand es beschämend für unsere Polizei, daß so etwas überhaupt passieren konnte. Es war mir klar, daß die feindlichen Spione alles aufs Spiel setzen würden, um so etwas fertigzubringen. Der kämpfende Mac, wie seine eigene Partei ihn nannte, war nicht nur Englands Premierminister – er war England! Ihn zu verlieren wäre ein lähmender Schlag für das gan-

ze Land gewesen.
Poirot war eifrig damit beschäftigt, einen grauen Anzug mit einem winzigen Schwamm zu reinigen. Es gab keinen größeren Dandy als Hercule Poirot. Reinlichkeit und äußerste Sorgfalt waren seine Passion. Im Augenblick war der ganze Raum mit Benzingeruch erfüllt, und Poirot war außerstande, mir seine volle Aufmerksamkeit zu schenken.
»Nur noch eine Minute, und ich bin für Sie da, mein Freund. Ich bin gleich fertig. Dieser Fettfleck – er ist geradezu degoutant –, ich muß ihn entfernen!« Er fuchtelte mit dem Schwamm.
Lächelnd steckte ich mir eine neue Zigarette an.
»Gibt es etwas Interessantes?« fragte ich nach einer Weile.
»Ich helfe einer – wie soll ich sagen? – ›Waschfrau‹, ihren Mann wiederzufinden. Eine schwierige Sache, erfordert viel Takt. Ich habe so das Gefühl, er wird sich nicht freuen, wenn er gefunden wird. Aber was wollen Sie? Ich für meinen Teil sympathisiere mit ihm. Er war zu vernünftig, um aus Versehen verlorenzugehen.«
Ich lachte. »Endlich! Der Fettfleck ist weg! Ich stehe zu Ihrer Verfügung.«
»Ich wollte Sie fragen, was Sie von dem Mordversuch an McAdam halten.«
»Kindisch!« erwiderte Poirot. »Das ist doch nicht ernst zu nehmen. Man schießt doch nicht – das verspricht doch keinen Erfolg. Das ist altmodisch.«
»Aber beinahe wäre es gelungen«, erinnerte ich ihn.
Poirot schüttelte ungeduldig den Kopf. Er wollte gerade antworten, als seine Wirtin den Kopf zur Tür hereinsteckte und uns mitteilte, daß zwei Herren unten seien, die Monsieur Poirot zu sehen wünschten.
»Sie wollten ihren Namen nicht nennen, Sir, aber sie sagten, es sei sehr wichtig.«
»Führen Sie die Herren herauf«, sagte Poirot und faltete vorsichtig seine grauen Hosen.
Wenige Minuten später wurden die beiden Besucher hereingeführt, und mein Herz machte einen Sprung, als ich in dem ersten Lord Estaire, den Führer des Unterhauses, erkannte;

sein Begleiter, Mr. Bernard Dodge, war auch ein Mitglied des Kriegskabinetts und – wie ich wußte – ein persönlicher Freund des Premierministers.

»Monsieur Poirot?« sagte Lord Estaire fragend. Mein Freund verbeugte sich. Der kräftige Mann sah mich an und zögerte. »Meine Angelegenheit ist privat.«

»Sie können offen vor Captain Hastings sprechen«, sagte mein Freund und nickte mir zu. »Sehr begabt ist er zwar nicht, aber für seine Diskretion stehe ich ein.«

Lord Estaire zögerte noch immer, aber Mr. Dodge sagte hastig: »Oh, machen Sie doch nicht solche Umstände! Die Zeit drängt. Bald wird ganz England wissen, in welch schrecklicher Situation wir uns befinden.«

»Bitte setzen Sie sich, meine Herren«, sagte Poirot höflich. »Wollen Sie nicht den großen Sessel nehmen, Mylord?«

Lord Estaire starrte ihn an. »Sie kennen mich?«

Poirot lächelte. »Gewiß, ich lese die Zeitungen mit den Bildern. Warum sollte ich Sie nicht kennen?«

»Monsieur Poirot, ich bin gekommen, um Sie in einer sehr dringenden Angelegenheit um Rat zu fragen. Ich muß Sie um absolute Diskretion bitten.«

»Sie haben das Wort von Hercule Poirot – mehr kann ich nicht sagen.«

»Es handelt sich um den Premierminister. Wir sind in großer Sorge.«

»Wir sitzen bös in der Klemme!« fügte Mr. Dodge bei.

»Die Verletzung ist also doch ernster Natur?«

»Welche Verletzung?«

»Die Verletzung durch die Kugel.«

»Oh, das meinen Sie!« rief Mr. Dodge verächtlich. »Das ist eine alte Sache.«

»Wie mein Kollege sagte«, fuhr Lord Estaire fort, »diese Sache ist erledigt. Glücklicherweise verfehlte die Kugel ihr Ziel. Ich wünschte, man könnte ähnliches vom zweiten Versuch auch sagen.«

»Ein zweiter Versuch?«

»Ja. Aber auf andere Art. Monsieur Poirot, der Premierminister ist verschwunden.«

»Was?«
»Er ist entführt worden!«
»Unmöglich!« rief ich bestürzt. Poirot warf mir einen Blick zu – ich wußte genau, er wollte damit sagen, ich solle den Mund halten.
»Unglücklicherweise ist es nur zu wahr!« fuhr Seine Lordschaft fort.
Poirot sah Mr. Dodge an. »Sie sagten, Monsieur, die Zeit drängt. Was haben Sie damit gemeint?«
Die zwei Herren wechselten Blicke, dann sagte Lord Estaire: »Monsieur Poirot, Sie haben sicher schon von der bevorstehenden Konferenz der Alliierten gehört?«
Mein Freund nickte.
»Aus begreiflichen Gründen wurden keine Details bekanntgegeben, wann und wo sie stattfinden soll. Aber obwohl es nicht in den Zeitungen gestanden hat, ist das genaue Datum in diplomatischen Kreisen bekannt. Die Konferenz soll morgen stattfinden – Donnerstag abend in Versailles. Jetzt werden Sie den furchtbaren Ernst der Lage verstehen. Ich brauche Ihnen nicht zu sagen, daß die Anwesenheit des Premierministers unbedingt notwendig ist. Es ist allgemein bekannt, daß die starke Persönlichkeit des Premierministers von ausschlaggebender Bedeutung ist. Seine Abwesenheit könnte die ernstesten Folgen haben. Niemand, der an seiner Stelle fahren könnte. Er allein kann England repräsentieren.«
Poirots Gesicht wurde sehr ernst. »Demnach betrachten Sie die Entführung des Premierministers als einen direkten Versuch, ihn an der Teilnahme der Konferenz zu hindern?«
»Natürlich betrachte ich das so. Er war ja auf dem Weg nach Frankreich, als das Unglück passierte.«
»Und die Konferenz wird stattfinden?«
»Morgen abend um neun Uhr.«
»Vierundzwanzig Stunden«, sagte Dodge nachdenklich.
»Und eine Viertelstunde«, verbesserte ihn Poirot. »Vergessen Sie ja nicht die Viertelstunde, Monsieur – sie kann vielleicht sehr nützlich sein. Jetzt zu den Details – hat die Entführung in England oder in Frankreich stattgefunden?«
»In Frankreich. Mr. McAdam fuhr heute morgen mit einem

Zerstörer über den Kanal. In Boulogne wurde er von einem Wagen des Hauptquartiers abgeholt mit einem Adjutanten des Höchstkommandierenden.«

»Eh bien?«

»Ja, sie fuhren von Boulogne ab – aber sie kamen nie an.«

»Was?«

»Monsieur Poirot, es war ein falscher Wagen und ein falscher Adjutant. Der richtige Wagen wurde in einer Seitenstraße gefunden, der Chauffeur und der Adjutant säuberlich geknebelt und gefesselt.«

»Und der falsche Wagen?«

»Ist immer noch nicht gefunden.«

Poirot machte eine ungeduldige Bewegung. »Unglaublich! Der muß doch gefunden werden.«

»Das dachten wir auch. Wir starteten eine großangelegte Suchaktion. Dieser Teil Frankreichs steht unter militärischer Kontrolle. Wir waren überzeugt, daß der Wagen nicht lange unbemerkt bleiben würde. Die französische Polizei, unsere Scotland-Yard-Leute und das Militär setzten alle Hebel in Bewegung. Es ist, wie Sie sagen, unglaublich – aber der Wagen wurde nicht gefunden!«

In diesem Augenblick klopfte es an der Tür, und ein junger Offizier trat ein. Er übergab Lord Estaire einen versiegelten Umschlag.

»Das ist gerade aus Frankreich angekommen, Sir. Ich bringe es auftragsgemäß hierher.«

Der Minister riß ihn hastig auf und stieß einen Ausruf des Erstaunens aus. Der Offizier zog sich zurück.

»Endlich eine Nachricht! Man hat den zweiten Wagen gefunden, den Sekretär Daniels, betäubt, geknebelt und gefesselt auf einer abgelegenen Farm in der Nähe von C ... Er erinnert sich nur, daß ihn jemand rücklings angefallen und ihm etwas auf den Mund gepreßt hat. Er hatte vergeblich versucht, sich zu befreien.«

»Und weiter wurde nichts gefunden?«

»Nein.«

»Nicht die Leiche des Premierministers? Dann besteht ja noch Hoffnung. Aber es ist sonderbar. Nachdem man heute mor-

gen versucht hat, ihn zu erschießen, macht man sich jetzt so viel Mühe, ihn am Leben zu halten?«
Dodge schüttelte den Kopf. »Eines steht fest: Die Entführer sind entschlossen, mit allen Mitteln zu verhindern, daß er an der Konferenz teilnimmt.«
»Wenn es menschenmöglich ist, wird der Premierminister an der Konferenz teilnehmen«, sagte Poirot. »Gebe Gott, daß es nicht schon zu spät ist. Jetzt, meine Herren, erzählen Sie mir alles – von Anfang an. Ich muß auch über diese Attentatsgeschichte Bescheid wissen.«
»Letzte Nacht ist der Premierminister, begleitet von einem seiner Sekretäre, Captain Daniels . . .«
»Demselben, der ihn nach Frankreich begleitet hat?«
»Ja. Wie ich sagte, fuhren sie mit dem Auto nach Windsor – der Premierminister hatte eine Audienz im königlichen Schloß. Heute früh kehrte er in die Stadt zurück, und unterwegs fand der Mordversuch statt.«
»Einen Augenblick, bitte. Wer ist dieser Captain Daniels? Haben Sie seine Personalakten?«
Lord Estaire lächelte. »Ich dachte mir, daß Sie mir die Frage stellen würden. Wir wissen nicht sehr viel von ihm. Er stammt aus keiner besonderen Familie. Er hat in der englischen Armee gedient und ist ein außergewöhnlich tüchtiger Sekretär und außergewöhnlich sprachbegabt. Ich glaube, er spricht sieben Sprachen. Aus diesem Grund hat ihn der Premierminister für die Fahrt nach Frankreich ausgewählt.«
»Hat er irgendwelche Verwandte in England?«
»Zwei Tanten. Eine Mrs. Everard, die in der Nähe von Hampstead, und eine Miss Daniels, die bei Ascot lebt.«
»Ascot, das ist doch nahe bei Windsor?«
»Dieser Punkt ist schon geprüft worden. Aber ohne greifbares Ergebnis.«
»Sie betrachten also Captain Daniels als über jeden Verdacht erhaben?«
Eine gewisse Bitterkeit war in Lord Estaires Stimme, als er erwiderte: »Nein, Monsieur Poirot. Heutzutage muß man leider zögern, ehe man irgend jemand als *über jeden Verdacht erhaben* bezeichnen kann.«

»Très bien. Ich verstehe, Mylord. Der Premierminister steht im allgemeinen unter so scharfem polizeilichen Schutz, daß jeder Angriff auf ihn ausgeschlossen erscheint.«
Lord Estaire neigte den Kopf. »Hinter dem Wagen des Premierministers folgte ein anderer Wagen, in dem Detektive in Zivil saßen. Mr. McAdam wußte nichts von dieser Vorsichtsmaßnahme. Er ist ein äußerst furchtloser Mann und würde diese Maßnahme kategorisch ablehnen. Aber natürlich trifft die Polizei ihre eigenen Anordnungen. Der Chauffeur des Premiers, O'Murphy, ist ein Mann vom C.I.D.«
»O'Murphy? Das ist ein irischer Name?«
»Ja, er ist Ire.«
»Aus welchem Teil von Irland?«
»Grafschaft Clare, glaube ich.«
»Tiens! Aber fahren Sie fort, Mylord.«
»Der Premier fuhr nach London. Es war ein geschlossener Wagen. Der zweite Wagen folgte wie gewöhnlich. Aber unglücklicherweise und aus unbekannter Ursache wich der Wagen des Ministers von der Hauptstraße ab . . .«
»Die Straße machte eine Kurve?« unterbrach ihn Poirot.
»Ja – aber woher wissen Sie das?«
»Oh, *c'est évident!* Fahren Sie fort!«
»Der Polizeiwagen, der nicht bemerkt hatte, daß der Wagen des Premiers von der Hauptstraße abgebogen war, fuhr brav weiter. Schon nach kurzer Fahrt auf der unbelebten Straße wurde der Wagen des Premierministers von einer Bande maskierter Männer aufgehalten. Der Chauffeur . . .«
»Dieser brave O'Murphy«, murmelte Poirot gedankenvoll.
»Der Chauffeur, der einen Moment den Kopf verloren hatte, trat auf die Bremsen. Der Premierminister steckte seinen Kopf aus dem Fenster. Sofort fiel ein Schuß – und dann noch einer. Der erste streifte seine Wange, und der zweite ging glücklicherweise daneben. Der Chauffeur, der die Gefahr jetzt begriff, gab Gas und zwang die Bande dadurch, die Straße freizugeben.«
»Das hätte aber bös ausgehen können!« rief ich schaudernd.
»Mr. McAdams machte nicht viel Aufhebens von der leichten Wunde, die er hatte. Es sei nur ein Kratzer, sagte er. Er ließ

sich in einem ländlichen Krankenhaus verbinden – ohne seine Identität zu enthüllen – und fuhr von dort aus sofort nach dem Bahnhof Charing-Cross, wo ihn ein Sonderzug nach Dover erwartete. Nachdem Captain Daniels der Polizei einen genauen Bericht erstattet hatte, reiste der Premier nach Frankreich ab. In Dover ging er an Bord des wartenden Zerstörers. In Boulogne, wie Sie ja wissen, wartete der falsche Wagen.«

»Ist das alles, was Sie mir berichten können?«

»Ja.«

»Und Sie haben nichts vergessen, Mylord?«

»Da ist noch eine etwas sonderbare Sache . . .«

»Ja?«

»Der Wagen des Premierministers kehrte vom Bahnhof Charing-Cross nicht zurück. Die Polizei wollte O'Murphy verhören und leitete sofort eine Suchaktion ein. Man fand den Wagen; er stand vor einem kleinen Restaurant in Soho, das als Treffpunkt feindlicher Agenten bekannt ist.«

»Und der Chauffeur?«

»Der Chauffeur konnte nirgends gefunden werden. Auch er ist verschwunden.«

»Also«, sagte Poirot nachdenklich, »es gibt zwei Verschwundene: den Premierminister in Frankreich und O'Murphy in London.« Er sah Lord Estaire scharf an.

Der Lord machte eine verzweifelte Geste.

»Ich kann nur sagen, Monsieur Poirot, wenn mir gestern irgend jemand gesagt hätte, O'Murphy sei ein Verräter, ich hätte ihn glatt ausgelacht.«

»Und heute?«

»Heute weiß ich nicht mehr, was ich davon denken soll.«

Poirot nickte ernsthaft. Er warf einen Blick auf seine alte Uhr.

»Habe ich völlig freie Hand? Messieurs – ich meine, in jeder Beziehung? Ich muß unbehindert überall Zutritt haben, wenn es mir wichtig erscheint.«

»Natürlich. In einer Stunde verläßt ein Sonderzug Dover mit Scotland-Yard-Leuten. Ein Offizier und einige C.I.D.-Beamte werden zu Ihrer Verfügung stehen. Ist das genügend?«

»Ja. Noch eine Frage, bevor Sie gehen, meine Herren: Was veranlaßte Sie, ausgerechnet zu mir zu kommen? Ich bin in

London doch kaum bekannt.«

»Wir kamen auf die ausdrückliche Empfehlung und den Wunsch eines sehr bedeutenden Mannes Ihres eigenen Landes.«

»Wie? Mein alter Freund, der Präfekt ...?«

Lord Estaire schüttelte den Kopf.

»Er ist noch bedeutender als der Präfekt.«

»Nun, Poirot, was halten Sie von der Sache?« rief ich ungeduldig, nachdem sich die Tür hinter den hohen Herren geschlossen hatte.

Mein Freund war eifrig beschäftigt, mit schnellen Bewegungen einen winzigen Koffer zu packen. Er schüttelte gedankenvoll den Kopf. »Ich weiß nicht, was ich davon halten soll. Mein Gehirn scheint zu versagen.«

»Warum ihn entführen, wenn ein Schlag auf den Kopf auch genügt hätte?« überlegte ich laut.

»Entschuldigen Sie, *mon ami,* da bin ich anderer Ansicht. Ich glaube beinahe, sie wollten ihn von vornherein entführen.«

»Aber warum?«

»Weil Unsicherheit Panik erzeugt. Das ist der eine Grund. Wäre der Premierminister tot, müßte man sich mit der Situation abfinden. Aber so lebt man in der Ungewißheit. Wird der Premierminister wiedererscheinen oder nicht? Ist er tot, oder lebt er noch? Niemand weiß es, und ehe sie es nicht wissen, kann nichts Definitives getan werden. Ich sage Ihnen noch einmal, Unsicherheit erzeugt Panik, und das ist es, was unsere Gegner wollen. Zweitens haben die Entführer den Vorteil, nach beiden Seiten Bedingungen stellen zu können. Die feindlichen Regierungen zahlen zwar gewöhnlich nicht gut, aber in diesem Fall kann man sie zwingen, große Zugeständnisse zu machen. Drittens brauchen sie den Henker nicht zu fürchten. Eine Entführung ist dieses Mal entschieden der richtige Coup gewesen.«

»Aber warum haben sie dann versucht, ihn zu erschießen?«

Poirot machte eine ärgerliche Bewegung. »Ach, das ist es ja gerade, was ich nicht verstehe! Es ist unerklärlich – töricht! Sie haben für die Entführung alle Vorkehrungen getroffen – und sehr gute Vorkehrungen dazu. Es ist mir unverständlich, war-

um sie ein solches Theater inszeniert haben – eine Bande maskierter Männer, und das zwanzig Meilen von London entfernt!«
»Vielleicht stehen die beiden Anschläge in keinerlei Zusammenhang«, sagte ich.
»Nein, an solche Zufälle glaube ich nicht! Schließlich – wer ist der Verräter? Es muß einen Verräter gegeben haben – jedenfalls bei der ersten Geschichte. Aber wer, Daniels oder O'Murphy? Einer der beiden muß es wohl gewesen sein! Warum hat sonst der Wagen die Hauptstraße verlassen? Man kann ja nicht annehmen, daß der Premierminister bei seiner eigenen Ermordung mitgeholfen haben soll! Ist O'Murphy von sich aus von der Hauptstraße abgezweigt, oder hatte Daniels es ihm befohlen?«
»Sicher war es O'Murphy.«
»Ja, denn wenn es Daniels gewesen wäre, hätte der Premierminister diesen Befehl gehört und nach dem Grund gefragt. Es sind überhaupt zu viele *Warums* in dieser Angelegenheit, und sie widersprechen sich gegenseitig. Wenn O'Murphy ein ehrlicher Mann ist, *warum* hat er dann die Hauptstraße verlassen? Aber wenn er nicht ehrlich ist, *warum* hat er dann, obwohl erst zwei Schüsse gefallen waren – den Wagen wieder gestartet, und dadurch höchstwahrscheinlich das Leben des Premierministers gerettet? Und wiederum, wenn er ehrlich ist, *warum* ist er, gleich nachdem er Charing-Cross verlassen hatte, zu einem bekannten Treffpunkt der Spione gefahren?«
»Es sieht schlecht aus«, sagte ich.
»Lassen Sie uns den Fall methodisch durchgehen: Was haben wir für und was haben wir gegen diese Männer? Nehmen wir zuerst O'Murphy. Gegen ihn spricht: daß er von der Hauptstraße abzweigte; daß er ein Ire aus der Grafschaft Clare ist; daß er auf mysteriöse und verdächtige Art verschwunden ist. Für ihn spricht: die Schnelligkeit, mit der er das Auto wieder gestartet hat und dadurch das Leben des Premierministers rettete; daß er ein Scotland-Yard-Mann ist, und nach dem Posten zu schließen, den man ihm anvertraute, ein guter Detektiv. Jetzt zu Daniels. Gegen ihn ist nicht viel zu sagen, außer daß man nichts von seiner Abstammung weiß und daß er für ei-

nen guten Engländer zu viele Sprachen spricht. Entschuldigen Sie, mein Freund, aber in Fremdsprachen seid ihr Engländer kläglich! Für ihn spricht: daß er geknebelt, chloroformiert und gefesselt aufgefunden wurde – das sieht nicht so aus, als ob er mit der Sache etwas zu tun haben könnte.«

»Er könnte sich selbst gefesselt und geknebelt haben, um jeden Verdacht abzulenken.«

Poirot schüttelte den Kopf. »Die französische Polizei würde keine solchen Fehler machen. Was hätte es für ihn für einen Sinn gehabt zu bleiben, nachdem das Ziel der Aktion erreicht und der Premierminister entführt worden war? Natürlich hätten ihn seine Komplicen knebeln und chloroformieren können, aber ich kann nicht sehen, was sie damit zu erreichen hofften. Jetzt kann er ihnen nicht mehr nützlich sein, denn er wird bestimmt scharf bewacht, bis alle Umstände, die den Premierminister angehen, aufgeklärt sind.«

»Vielleicht hoffte er, die Polizei auf eine falsche Spur zu bringen?«

»Aber warum hatte er es dann nicht getan? Er kann sich nur erinnern, daß etwas auf seine Nase und seinen Mund gepreßt wurde. Das ist keine falsche Spur. Das klingt verdächtig nach Wahrheit.«

»Gut«, sagte ich und sah auf die Uhr. »Ich vermute, wir sollten zum Bahnhof fahren. In Frankreich werden sich vielleicht weitere Indizien finden.«

»Möglich, *mon ami,* aber ich bezweifle es. Es ist mir noch immer unerklärlich, daß der Premierminister in dem begrenzten Bezirk unauffindbar blieb; die Schwierigkeit, ihn verborgen zu halten, muß ungeheuer groß sein. Wenn die Polizei und das Militär zweier Länder ihn nicht gefunden haben, wie soll ich ihn finden?«

In Charing-Cross wurden wir von Mr. Dodge erwartet.

»Das ist Detektiv Barnes von Scotland Yard und Major Norman. Beide stehen ausschließlich zu Ihrer Verfügung. Viel Glück für Sie! Es ist eine böse Sache, aber ich habe die Hoffnung noch nicht aufgegeben. Entschuldigen Sie, ich muß jetzt gehen.«

Der Minister entfernte sich eilig.

Wir unterhielten uns oberflächlich mit Major Norman. Auf dem Bahnsteig, inmitten einer kleinen Gruppe, erkannte ich einen kleinen Mann mit einem Frettchengesicht, der sich mit einem großen, blonden Herrn unterhielt. Es war ein alter Bekannter von Poirot – Detektivinspektor Japp, der als einer der fähigsten Beamten von Scotland Yard galt. Er kam zu uns und begrüßte meinen Freund.
»Ich habe gehört, Sie arbeiten auch an dieser Sache. Tolles Ding! Bis jetzt sind die ja mit ihrem Fang gut weggekommen. Aber ich kann nicht glauben, daß sie ihn lang versteckt halten können. Unsere Leute und die Franzosen werden Frankreich mit einem Kamm durchgehen. Ich kann mir nicht helfen, ich vermute, es ist nur noch eine Frage von Stunden, bis er gefunden wird.«
»Vorausgesetzt, daß er noch lebt«, bemerkte der blonde Detektiv düster.
Japp zog ein Gesicht. »Ja – aber irgendwie habe ich das Gefühl, daß er noch lebt.«
Poirot nickte. »Ja, ja – er lebt noch. Aber wird er rechtzeitig gefunden werden? Auch ich glaube nicht, daß sie ihn lange versteckt halten können.«
Das Signal zur Abfahrt wurde gegeben, und wir setzten uns alle in den Pullmanwagen. Mit einem langsamen Ruck fuhr der Zug aus dem Bahnhof.
Es war eine sonderbare Reise. Scotland-Yard-Leute gruppierten sich, breiteten Landkarten von Nordfrankreich aus und zeichneten mit den Fingern Linien über Wege und Dörfer. Jeder verfocht seine Lieblingstheorie. Poirot war weniger lebhaft als gewöhnlich. Er saß und starrte versonnen vor sich hin. Ich unterhielt mich mit Norman, den ich ganz amüsant fand. Als wir in Dover ankamen, erregte Poirots Benehmen große Heiterkeit bei mir. Der kleine Mann klammerte sich verzweifelt an meinen Arm, als wir an Bord gingen. Der Wind blies ganz lustig.
»Mon Dieu!« murmelte er. »Das ist ja schrecklich!«
»Seien Sie mutig, Poirot«, sagte ich. »Sie werden Erfolg haben, Sie werden ihn finden. Ich bin ganz sicher!«
»Oh, *mon ami,* Sie mißverstehen meine Aufregung. Es ist nur

das gräßliche Meer, das mich ängstigt. Die Seekrankheit ... ein fürchterliches Leiden!«

»Ja«, sagte ich mitfühlend.

Das Schiff bebte – die Maschinen liefen an, Poirot stöhnte und schloß die Augen.

»Major Norman hat eine Karte von Nordfrankreich, wollen Sie sie sehen?«

Poirot schüttelte ungeduldig den Kopf.

»Aber nein, aber nein! Lassen Sie mich in Ruhe, mein Freund! Glauben Sie mir, um denken zu können, müssen Magen und Hirn harmonieren. Es gibt eine ausgezeichnete Methode gegen die Seekrankheit. Man atmet ein – und aus –, ganz langsam, und dreht dabei so den Kopf von rechts nach links; zwischen jedem Atemzug zählt man bis sechs.«

Ich überließ Poirot seinen gymnastischen Atemübungen und ging an Deck. Kurz bevor wir den Hafen von Boulogne anliefen, erschien Poirot lächelnd und flüsterte mir ins Ohr, die Methode hätte ihm »ganz wunderbar« geholfen.

Japps Finger zeichneten noch immer imaginäre Linien auf seine Karte.

»Unsinn! Das Auto startete von Boulogne – hier bogen sie ab. Meiner Ansicht nach zwangen sie den Premierminister, in einen anderen Wagen umzusteigen.«

Der blonde Detektiv sagte: »Ich werde mich um die Seehäfen kümmern. Zehn zu eins haben sie ihn schon an Bord eines Schiffes geschmuggelt.«

Japp schüttelte den Kopf. »Das glaube ich nicht. Laut Befehl sind alle Häfen geschlossen worden.«

Als wir anlegten, brach gerade der Tag an. Major Norman berührte Poirots Arm. »Ein Militärauto wartet hier auf Sie.«

»Danke Ihnen, Monsieur. Aber im Augenblick habe ich nicht die Absicht, Boulogne zu verlassen.«

»Waas?«

»Nein. Wir wollen zuerst in dieses Hotel hier am Kai gehen.«

Wir drei folgten ihm verwirrt. Wir verstanden ihn nicht. Er fragte nach einem Privatzimmer und bekam es.

Er sah uns mit einem schnellen Blick an. »Ich weiß, was Sie denken, meine Herren. Ein guter Detektiv sollte handeln, nicht wahr? Er sollte voller Energie sein. Er sollte hierhin und dorthin stürzen, er sollte sich auf die staubige Straße legen und mit einem Vergrößerungsglas die Spuren der Autoreifen untersuchen. Er sollte die Zigarettenkippen aufsammeln und die weggeworfenen Streichhölzer. So sieht Ihre Vorstellung aus, nicht wahr?«

Er blickte uns herausfordernd an. »Aber ich – Hercule Poirot – sage Ihnen, das ist die falsche Methode! Der Schlüssel zum Erfolg ist *hier*!« Er tippte an seine Stirn. »Ich hätte London nicht zu verlassen brauchen. Es wäre besser gewesen, dort still in meiner Wohnung zu sitzen. Mehr als die kleinen grauen Gehirnzellen hier drin ist nicht nötig. Heimlich und still tun sie ihre Arbeit und veranlassen mich, plötzlich nach einer Karte zu greifen und zu sagen: Der Premierminister ist *hier*! Mit Methode und Logik muß man arbeiten! Diese wilde Fahrt nach Frankreich war ein Unsinn. Wir spielen doch nicht wie die Kinder ›Hasch mich‹! Aber jetzt, obwohl es vielleicht schon zu spät sein mag, werde ich mich auf die richtige Weise an die Arbeit machen. Ich werde denken. Ich brauche Ruhe, meine Freunde! Ich bitte Sie darum.«

Fünf lange Stunden saß der kleine Mann bewegungslos; er blinzelte mit den Augenlidern wie eine Katze, seine grünen Augen flackerten und wurden ständig grüner. Der Scotland-Yard-Mann verachtete ihn sichtlich. Major Norman war gelangweilt und ungeduldig, und mir selbst kam es vor, als schliche die Zeit unendlich langsam. Schließlich stand ich auf und ging so leise wie möglich ans Fenster. Die Angelegenheit begann mulmig zu werden. Im geheimen war ich um meinen Freund besorgt. Wenn er schon Schiffbruch erlitt, wäre mir das auf eine weniger lächerliche Art lieber gewesen. Durchs Fenster beobachtete ich die am Kai liegenden Boote. Plötzlich erschreckte mich Poirots Stimme.

»Meine Freunde, es geht los!«

Ich drehte mich um. Poirot hatte sich ungewöhnlich verändert. Seine Augen glänzten erregt, und er atmete heftig.

»Oh, was für ein Dummkopf war ich doch! Endlich ist mir ein Licht aufgegangen.«

Major Norman ging zur Tür. »Ich werde den Wagen bestel-

len.«
»Das ist nicht nötig. Ich werde ihn nicht brauchen. Gott sei Dank ist der Wind abgeflaut.«
»Wollen Sie etwa sagen, daß Sie zu Fuß gehen wollen?«
»Nein, mein junger Freund. Ich bin nicht der heilige Petrus. Ich möchte die See lieber auf einem Schiff befahren.«
»Die See befahren?«
»Ja. Um methodisch zu arbeiten, muß man am Ausgangspunkt beginnen. Und der Ausgangspunkt der Geschichte lag in England. Daher kehren wir jetzt nach England zurück.«

Um drei Uhr standen wir wieder auf dem Bahnhof von Charing-Cross. Für unser Jammern und Klagen hatte Poirot auf der Fahrt nur taube Ohren gehabt. Immer wieder hatte er beteuert, es wäre kein Zeitverlust, sondern der einzig richtige Weg, wenn man am Ausgangspunkt anfinge. Unterwegs hatte er sich mit leiser Stimme mit Norman unterhalten, und dieser hatte von Dover eine Menge Telegramme abgesandt. Auf Grund unserer besonderen Papiere, die Norman vorzeigte, kamen wir überall in Rekordzeit durch. In London erwarteten uns ein großer Polizeiwagen und einige Beamte in Zivil. Einer von ihnen übergab meinem kleinen Freund ein engbeschriebenes Blatt. Ich sah Poirot fragend an. »Ein Verzeichnis der Landkrankenhäuser westlich von London. Ich forderte es telegrafisch aus Dover an.«
Wir sausten durch die Straßen Londons. Jetzt waren wir auf dem Weg nach Bath. Wir fuhren weiter durch Hammersmith, Chiswick und Brentford. Langsam begriff ich, wohin die Reise ging. Durch Windsor und weiter nach Ascot. Mein Herz machte einen Sprung. In Ascot lebte die Tante von Daniels. Also verfolgten wir *ihn* und nicht O'Murphy.
Wir hielten am Tor einer hübschen Villa an. Poirot sprang aus dem Wagen heraus und läutete. Seine Miene verdüsterte sich; er sah unzufrieden aus. Schließlich wurde die Tür aufgemacht, und er verschwand. Wenige Augenblicke später erschien er wieder, kletterte in den Wagen und schüttelte mißmutig den Kopf. Meine Hoffnungen schwanden. Es war vier Uhr vorbei. Selbst wenn er bestimmte Beweise für die Schuld Daniels'

fand, würde ihm das nichts nützen, wenn er nicht in Erfahrung bringen konnte, wo man den Premierminister versteckt hielt.

Auf der Rückfahrt nach London hielten wir oft an, meistens abseits von der Hauptstraße vor kleinen Krankenhäusern. Jedesmal, wenn Poirot aus einem der kleinen Krankenhäuser herauskam, erschien er mir selbstsicherer und strahlender.

Er flüsterte mit Norman, worauf der letztere sagte:

»Ja. Drehen Sie nach links. Sie warten an der Brücke.«

Wir fuhren in einen Seitenweg. Dort wartete ein Wagen mit zwei Männern in Zivil auf uns. Poirot stieg aus, sprach kurz mit ihnen, und dann fuhren wir in nördlicher Richtung weiter. Der andere Wagen folgte uns.

Unser Ziel war scheinbar einer der nördlichen Vororte von London. Schließlich hielten wir vor der Tür eines großen Hauses, das etwas vom Weg zurücklag.

Norman und ich blieben im Wagen sitzen, während Poirot und einer der Detektive zur Tür gingen und läuteten. Ein nettes Stubenmädchen öffnete. Der Detektiv sagte:

»Ich bin Polizeioffizier und habe einen Durchsuchungsbefehl für dieses Haus.«

Das Mädchen stieß einen Laut aus. Hinter ihr erschien eine große, bildhübsche Dame mittleren Alters.

»Machen Sie die Tür zu, Edith. Wahrscheinlich sind es Bettler.«

Aber Poirot schob schnell seinen Fuß zwischen die Tür und pfiff gleichzeitig mit einer Pfeife. Sofort stürzten die anderen Detektive herbei, rannten ins Haus und machten die Tür hinter sich zu.

Norman und ich saßen vielleicht fünf Minuten im Auto und verfluchten unsere Untätigkeit, bis die Tür wieder geöffnet wurde. Die Detektive kamen heraus und führten drei Gefangene – eine Frau und zwei Männer – in ihrer Mitte. Die Frau und ein Mann wurden in den zweiten Wagen gesetzt. Der andere Mann wurde von Poirot selbst zu unserem Wagen gebracht.

»Ich muß mit den anderen Herren fahren, mein Freund«, sagte Poirot zu mir. »Passen Sie gut auf diesen Herrn hier auf. Sie

kennen ihn nicht, nein? *Eh bien,* lassen Sie mich vorstellen: Das ist Monsieur O'Murphy!«
O'Murphy? Ich gaffte ihn mit offenem Mund an. Er trug keine Handschellen, aber er machte auch nicht den Eindruck, als würde er versuchen zu fliehen. Er saß da und starrte wie betäubt vor sich hin.
Zu meiner Überraschung fuhren wir noch weiter in nördlicher Richtung. Also keine Rückkehr nach London. Plötzlich, als der Wagen langsamer fuhr, merkte ich, wo wir waren. Vor uns lag der Flugplatz von Hendon. Jetzt begriff ich Poirot. Er wollte nach Frankreich fliegen.
Die Absicht erwies sich bei näherer Betrachtung als unpraktisch. Ein Telegramm ging schneller. Die Zeit drängte!
Wir hielten, Major Norman sprang aus dem Wagen, und ein Zivilbeamter nahm seinen Platz ein. Norman sprach einige Minuten mit Poirot und lief dann schnell weg.
Auch ich sprang aus dem Wagen. Ich ergriff Poirot am Arm und sagte: »Gratuliere, alter Bursche! Haben Sie das Versteck gefunden? Sie müssen schnell nach Frankreich telegrafieren. Wenn Sie selbst fliegen, werden Sie zu spät kommen.«
Poirot sah mich eindringlich an.
»Unglücklicherweise, mein Freund, gibt es Dinge, die man nicht per Telegramm schicken kann.«
In diesem Augenblick kehrte Major Norman zurück, begleitet von einem jungen Fliegeroffizier in Uniform.
»Das ist Captain Lyall, der Sie nach Frankreich hinüberfliegen wird. Er kann sofort starten.«
Poirot sah auf seine altmodische Uhr. Er murmelte vor sich hin: »Ja, es ist noch Zeit – gerade genug Zeit.« Dann blickte er auf und verbeugte sich höflich vor dem jungen Fliegeroffizier.
»Ich danke Ihnen, Monsieur. Aber nicht ich bin Ihr Passagier. Es ist dieser Herr dort.«
Er trat einen Schritt zur Seite und ließ eine große Gestalt aus der Dunkelheit auf uns zukommen. Es war der zweite männliche Gefangene, der mit Poirot in dem anderen Wagen gesessen hatte. Als das Licht auf sein Gesicht fiel, blieb mir vor Überraschung die Luft weg.

»Um alles in der Welt, erzählen Sie mir«, rief ich ungeduldig, als Poirot, Norman und ich zurück nach London fuhren. »Wie um Himmels willen haben Sie es fertiggebracht, ihn nach England zurückzuschmuggeln?«

»Das war gar nicht notwendig«, sagte Poirot trocken. »Der Premierminister hat England nie verlassen. Er wurde schon auf dem Weg von Windsor nach London entführt.«

»Wie?«

»Ich werde Ihnen alles erklären. Der Premierminister saß in seinem Auto, neben ihm sein Sekretär. Plötzlich wird ihm ein chloroformiertes Tuch vor das Gesicht gehalten . . .«

»Aber von wem?«

»Von dem klugen, sprachgewandten Captain Daniels. Als der Premierminister bewußtlos ist, nimmt Daniels das Sprechrohr und weist O'Murphy an, die nächste Abzweigung nach rechts zu nehmen. Der völlig ahnungslose Chauffeur tut das auch. Auf diesem unbefahrenen Weg steht ein großes Auto, das anscheinend eine Panne hat. Sein Fahrer macht O'Murphy Zeichen, anzuhalten. Es fängt schon an zu dämmern. O'Murphy fährt ganz langsam. Der Fremde kommt näher. Daniels lehnt sich zum Fenster hinaus. Und nun wird – wahrscheinlich mit Hilfe eines schnell wirkenden Betäubungsmittels – zum Beispiel Äthylchlorid – der Chloroformtrick wiederholt. Wenige Minuten später werden die bewußtlosen Männer aus dem Wagen gezerrt und in den anderen Wagen gebracht. Zwei andere Männer nehmen ihre Plätze ein.«

»Unmöglich!«

»*Pas du tout!* Haben Sie noch nie in einer Musikhalle einen Imitator gesehen, der berühmte Leute nachmacht? Der Premierminister von England ist viel leichter zu imitieren als, sagen wir mal Mr. John Smith aus Clapham. Niemand beachtete O'Murphys Double, und zum Zeitpunkt der Abfahrt des Premierministers hatte es sich schon verdrückt. Er fährt geradewegs von Charing-Cross zu dem Treffpunkt seiner Freunde. Er geht als O'Murphy hinein und kommt als anderer Mensch wieder heraus. O'Murphy ist verschwunden und läßt eine

ausgesprochen verdachterregende Spur zurück.«
»Aber der Mann, der den Premierminister zu spielen hatte, mußte doch von jedermann gesehen werden!«
»Von niemand, der ihn genauer kannte. Daniels schützte ihn so gut wie möglich vor jedem Kontakt. Außerdem war ja sein Gesicht verbunden, alle ungewöhnlichen Reaktionen hätte man notfalls dem Schock zugeschrieben, den er durch den Mordversuch erlitten hatte. Außerdem schont Mr. McAdam vor großen Ansprachen seine Stimme. Bis Frankreich ließ sich dieses Täuschungsmanöver ganz einfach durchführen. Dort wurde es allerdings undurchführbar – also läßt man den Premierminister verschwinden. Überstürzt fahren englische Polizeibeamte nach Frankreich, und niemand nimmt sich die Mühe, die Details der ersten Attacke genauer nachzuprüfen. Um das Märchen der Entführung in Frankreich glaubhafter zu machen, wird Daniels fachgemäß geknebelt und betäubt.«
»Und der Mann, der die Rolle des Premierministers gespielt hat?«
»Entledigt sich seiner Verkleidung. Er und der falsche Chauffeur konnten in Verdacht geraten und verhaftet werden, aber niemand weiß, was für eine Rolle die beiden gespielt haben, und wahrscheinlich hätte man sie sehr bald aus Mangel an Beweisen wieder entlassen.«
»Und der wirkliche Premierminister?«
»Er und O'Murphy wurden geradewegs von ›Mrs. Everard‹, der sogenannten ›Tante‹ von Daniels nach Hampstead gefahren. In Wirklichkeit ist diese Dame eine Frau Bertha Ebenthal, die von der Polizei schon eine geraume Zeit gesucht wird. Es ist ein recht wertvolles kleines Geschenk, das ich da der Polizei gemacht habe – von Daniels gar nicht zu reden! Oh, es war ein sehr kluger Plan, aber der sprachbegabte Mann hat nicht mit der Klugheit von Hercule Poirot gerechnet!«
Diesmal verzieh ich meinem Freund seine Anwandlung von Eitelkeit. Ich fragte: »Wann fingen Sie an, der Sache auf den Grund zu kommen?«
»Als ich anfing, richtig zu arbeiten – als ich anfing nachzudenken! Ich konnte mit diesem Mordanschlag nichts anfangen – erst als ich mir klarmachte, daß das einzige Ergebnis des

Mordversuchs die Tatsache war, daß der Premierminister mit verbundenem Gesicht nach Frankreich fahren mußte, da begann ich zu begreifen! Und als ich von allen Landkrankenhäusern zwischen Windsor und London bestätigt bekam, daß niemand, auf den meine Beschreibung paßte, an diesem Morgen das Gesicht verbunden bekommen hatte – da war ich sicher! Alles Weitere war für mich nur noch ein Kinderspiel!«
Am nächsten Morgen zeigte mir Poirot ein Telegramm, das er gerade erhalten hatte. Es hatte keinen Absender und trug keine Unterschrift. Es lautete: *Rechtzeitig.*
Noch am selben Tag brachten die Abendzeitungen einen Bericht von der Konferenz. Sie erwähnten besonders die große Ovation, die man Mr. David McAdam dargebracht hatte nach seiner anfeuernden Rede, die einen tiefen und anhaltenden Eindruck gemacht habe.

Das Verschwinden Mister Davenheims

Poirot und ich erwarteten unseren alten Freund, Inspektor Japp von Scotland Yard, zum Tee. Poirot war gerade damit fertig, die Tassen und Teller, die unsere Wirtin stets mehr auf den Tisch schmetterte als stellte, sorgfältig hinzustellen. Er betrachtete die silberne Teekanne, seufzte und polierte sie mit einem seidenen Taschentuch. Der Kessel stand auf dem Kocher, daneben eine kleine Emaillekanne mit dicker, süßer Schokolade, etwas, das mehr nach Poirots Geschmack war als das, war er »euer englisches Gift« zu nennen pflegte.

Vor dem Haus ertönte eine Hupe, und wenige Minuten später betrat Japp das Zimmer.

»Hoffentlich komme ich nicht zu spät«, sagte er, als er uns begrüßte. »Ich bin bis jetzt durch ein Gespräch mit Miller, dem Mann, der den Davenheim-Fall bearbeitet, festgehalten worden.«

Ich spitzte die Ohren. Die Zeitungen berichteten seit drei Tagen über das merkwürdige Verschwinden von Mr. Davenheim, dem Seniorpartner von *Davenheim & Salmon,* den sehr bekannten Bankiers und Finanziers. Am vergangenen Samstag hatte er sein Haus verlassen und war seither nicht mehr gesehen worden. Ich hoffte, aus Japp einige interessante Details herauszulocken.

»Man sollte doch annehmen«, bemerkte ich, »daß es heutzutage beinahe unmöglich ist, einfach zu *verschwinden*.«

Poirot schob seinen Teller mit Brot und Butter ein wenig zurück und fragte: »Drücken Sie sich doch genauer aus, mein Freund. Was meinen Sie mit *verschwinden*?«

»Wie viele Arten von *Verschwinden* gibt es denn bei Ihnen?« lachte ich. Japp lachte auch. Poirot sah uns beide ärgerlich an.

»Verschwinden wird in drei Kategorien eingeteilt: erstens –

und das ist das normalste –, das freiwillige Verschwinden. Zweitens, der viel mißbrauchte *Verlust des Erinnerungsvermögens* – zwar selten vorkommend, aber gelegentlich doch echt. Drittens Mord, verbunden mit einem mehr oder weniger erfolgreichen Verschwindenlassen der Leiche. Wollen Sie vielleicht behaupten, daß diese drei Kategorien nicht auf den Fall Davenheim angewandt werden können?«
»Ich halte es nicht für sehr wahrscheinlich. Sie könnten zwar Ihr Gedächtnis verlieren, aber irgend jemand würde Sie bestimmt erkennen – und in diesem Falle dürfen Sie nicht vergessen, daß Davenheim ein sehr bekannter Mann ist. Dann – ›Leichen‹ kann man nicht in Luft auflösen. Früher oder später tauchen sie wieder auf, an einsamen Plätzen versteckt oder in Koffern. Mord kommt immer ans Tageslicht. Genauso, wie ein Defraudant fast immer gefaßt wird. Will er ins Ausland flüchten, wird es für ihn besonders schwer, denn alle englischen Häfen und Eisenbahnstationen werden überwacht. Sein Steckbrief erscheint in der Zeitung. Unterzutauchen ist für ihn beinahe unmöglich.«
»Mon ami«, sagte Poirot, »Sie begehen einen Fehler. Es könnte ja sein, daß ein Mann, der sich entschlossen hat, zu verschwinden – entweder allein oder mit irgend jemand –, ausnahmsweise ein intelligenter Mann mit Methode ist. Er könnte sich einen sehr sorgfältigen Plan ausgearbeitet haben, und ich sehe nicht ein, warum er nicht mit Erfolg die Polizei hinters Licht führen sollte.«
»Aber nicht *Sie*«, sagte Japp gutmütig und zwinkerte mir zu. »Sie, Monsieur Poirot, könnte er doch nicht in die Irre führen?«
Poirot versuchte vergebens, bescheiden auszusehen.
»Warum nicht? Obwohl Sie recht haben, denn ich gehe solchen Problemen exakt wissenschaftlich zu Leibe, mit mathematischer Präzision, die traurigerweise in der neuen Generation der Detektive immer seltener wird!«
Japp grinste noch mehr.
»Ich weiß nicht«, sagte er. »Miller, der Beamte, der den Fall bearbeitet, ist ein sehr fähiger Bursche. Sie können sicher sein, daß er weder einen Fußabdruck noch Zigarettenasche oder einen

Brotkrümel übersieht. Seinen Augen entgeht einfach nichts.«

»*Mon ami*«, sagte Poirot, »wie den Augen der Londoner Spatzen. Aber trotzdem würde ich so einen kleinen Vogel doch nicht bitten, das Verschwinden Mr. Davenheims aufzuklären.«

»Hören Sie, Monsieur, Sie wollen doch den Wert solcher Details nicht abstreiten?«

»Durchaus nicht. Diese Kleinigkeiten sind alle sehr nützlich. Die Gefahr ist nur, daß man ihnen zuviel Gewicht beimißt. Die meisten Details sind unwichtig; das eine oder das andere ist aber absolut lebenswichtig. Auf das Gehirn, die kleinen grauen Zellen« – er klopfte seine Stirn – »muß man sich verlassen. Die Sinne lassen sich täuschen.«

»Sie wollen doch nicht damit sagen, Monsieur Poirot, daß Sie sich zutrauen würden, einen Fall zu lösen, ohne sich aus Ihrem Stuhl zu erheben, oder doch?«

»Genau das wollte ich sagen – vorausgesetzt allerdings, daß ich im Besitz der einschlägigen Tatsachen bin. Ich betrachte mich als beratender Spezialist!«

Japp schlug sich aufs Knie. »Ich freß einen Besen, wenn ich Sie nicht beim Wort nehme. Ich wette fünf Pfund, daß Sie innerhalb einer Woche Mr. Davenheim weder tot noch lebendig ausfindig machen können.«

Poirot überlegte. »*Eh bien, mon ami,* ich nehme die Wette an. Sport ist ja große Passion von euch Engländern. Jetzt, mein lieber Japp, zu den Tatsachen.«

»Letzten Samstag nahm Mr. Davenheim wie gewöhnlich den Zwölf-Uhr-vierzig-Zug von der Viktoria-Station nach Chinnside. Dort liegt sein Landsitz *Die Zedern.* Nach dem Lunch ging er in den Park und gab seinem Gärtner noch verschiedene Anweisungen. Wie jedermann bestätigt, war er völlig normal. Nach dem Tee warf er kurz einen Blick in das Boudoir seiner Frau und sagte ihr, er ginge ins Dorf und wolle einige Briefe zur Post bringen. Er fügte noch hinzu, er erwarte Geschäftsbesuch, einen Mr. Lowen. Käme der Herr, bevor er zurück sei, solle man ihn in sein Arbeitszimmer führen. Mr. Davenheim verließ dann das Haus durch den Haupteingang, schlenderte gemütlich die Auffahrt hinunter, aus dem Tor hinaus und – wurde nicht mehr gesehen. Und seither ist er verschwunden.«

»Hübsch – sehr hübsch –, ein reizendes kleines Problem!« murmelte Poirot. »Fahren Sie fort, mein guter Freund.«

»Ungefähr eine Viertelstunde später läutete ein großer, dunkelhaariger Mann und erklärte, daß er eine Verabredung mit Mr. Davenheim habe. Sein Name war Lowen, und er wurde, wie Mr. Davenheim gebeten hatte, in dessen Arbeitszimmer geführt. Es verging fast eine Stunde, und der Bankier kam nicht zurück. Schließlich läutete Mr. Lowen und sagte, daß er nicht länger warten könne, da er den Zug nach London erreichen müsse. Mrs. Davenheim entschuldigte die Abwesenheit ihres Gatten, die auch ihr unerklärlich schien, weil sie wußte, daß er den Besucher erwartet hatte. Mr. Lowen wiederholte sein Bedauern und ging fort.

Wie gesagt, Mr. Davenheim kehrte nicht zurück. Am Sonntag morgen wurde die Polizei benachrichtigt, die sich aber kein rechtes Bild von der Sache machen konnte. Mr. Davenheim schien sich buchstäblich aufgelöst zu haben. Man hatte ihn weder auf der Post noch im Dorf gesehen. Die Bahnbeamten erklärten mit aller Bestimmtheit, er habe keinesfalls einen Zug benützt. Sein eigener Wagen stand in der Garage. Hätte er ein Taxi gemietet, um ihn an irgendeinem einsamen Platz abzuholen, dann hätte sich angesichts der ausgesetzten Belohnung in der Zwischenzeit bestimmt der Fahrer gemeldet. In Entfield war zwar ein kleines Rennen gewesen. Wäre er zu Fuß zum Bahnhof gegangen, hätte er möglicherweise in der Menge untertauchen können. Aber nachdem sein Bild nebst genauer Personalbeschreibung in jeder Zeitung erschienen war, hätte sich wohl irgend jemand an ihn erinnern müssen. Natürlich haben wir daraufhin aus ganz England Briefe erhalten, aber alle Hinweise waren enttäuschend.

Am Montagmorgen wurde noch eine andere sensationelle Entdeckung gemacht. Hinter einem großen Vorhang in Mr. Davenheims Arbeitszimmer steht ein Safe. Dieser war aufgebrochen und ausgeraubt worden. Die Fenster des Zimmers waren von innen geschlossen, was einen normalen Einbruch ausschließt, falls nicht innerhalb des Hauses ein Komplice war, der sie nachträglich wieder schloß. Andererseits war der Haushalt begreiflicherweise durcheinandergeraten, und es ist

möglich, daß der Diebstahl schon am Samstag abend begangen und erst am Montag entdeckt wurde.«
»*Précisement*«, sagte Poirot trocken. »Nun, haben Sie den armen Monsieur Lowen schon verhaftet?«
Japp grinste. »Noch nicht. Aber er steht unter strenger Beobachtung.«
Poirot nickte. »Haben Sie eine Ahnung, was aus dem Safe genommen worden ist?«
»Wir sind zusammen mit dem Juniorpartner der Bank und Mrs. Davenheim der Sache nachgegangen. Anscheinend Namensaktien und eine sehr große Geldsumme aus einer Transaktion, die gerade durchgeführt worden war. Auch ein kleines Vermögen an Schmuck – praktisch wurden alle Juwelen von Mrs. Davenheim in dem Safe aufbewahrt. Der Kauf von Schmuckstücken war in den letzten Jahren eine Passion ihres Mannes geworden. Kaum ein Monat verging, ohne daß er ihr nicht einen seltenen und kostbaren Stein geschenkt hätte.«
»Wirklich ein schöner Zug von ihm«, sagte Poirot.
»Jetzt, wie steht's mit Lowen? Weiß man, welche Art Geschäft er mit Davenheim an diesem Abend besprechen wollte?«
»Ja, anscheinend standen die zwei Männer nicht auf bestem Fuß. Lowen ist ein ganz kleiner Spekulant. Trotzdem hat er ein- oder zweimal Davenheim auf der Börse ein Geschäft abgejagt. Sonst trafen sie sich offenbar selten. Der Anlaß dieser letzten Verabredung war eine Sache mit südamerikanischen Aktien.«
»Hatte Davenheim Interessen in Südamerika?«
»Ich glaube, Mrs. Davenheim erwähnte unter anderem, ihr Mann habe den ganzen letzten Herbst in Buenos Aires verbracht.«
»Gab es familiäre Schwierigkeiten? Stand das Ehepaar gut miteinander?«
»Ich würde sagen, das häusliche Leben der Davenheims verlief ganz friedlich. Mrs. Davenheim ist eine nette, aber nicht sehr intelligente Frau. Ganz unbedeutend, würde ich sagen.«
»Dann hat es wenig Sinn, die Lösung des Rätsels auf diesem Sektor zu suchen. Hatte er irgendwelche Feinde?«
»In Finanzkreisen hatte er viele Rivalen, und sicher gibt es ei-

ne Menge Leute, die ihm nicht gut gesonnen sind. Aber daß ein Widersacher ihn umgebracht haben sollte, ist wenig wahrscheinlich, und wenn – wo ist die Leiche?«

»Wie Hastings sagt, haben Leichen die Angewohnheit, mit unerfreulicher Hartnäckigkeit wieder ans Tageslicht zu kommen.«

»Übrigens sagte einer der Gärtner aus, er hätte eine Gestalt an der einen Seite des Hauses dem Rosengarten zugehen sehen. Mr. Davenheim betrat und verließ das Haus häufig auf diesem Weg. Aber der Gärtner arbeitete ziemlich weit entfernt an einem Gurkenbeet und kann deshalb nicht mit Bestimmtheit sagen, ob es Mr. Davenheim war oder nicht. Auch über den Zeitpunkt ist er sich nicht sicher. Es muß aber vor sechs Uhr gewesen sein, da die Gärtner um sechs Uhr Schluß machen.«

»Und wann verließ Mr. Davenheim das Haus?«

»Ungefähr um halb sechs Uhr.«

»Was liegt hinter dem Rosengarten?«

»Ein See.«

»Mit einem Badehaus?«

»Ja, dort werden einige Boote aufbewahrt. Ich vermute, Sie denken an Selbstmord? Nun, daran hat Miller auch schon gedacht. Er wird morgen den See absuchen lassen. Sie sehen, ein kluger Mann!«

Poirot lächelte schwach und drehte sich zu mir um. »Hastings, wollen Sie mir bitte die *Daily Megaphone* hergeben. Wenn ich mich recht erinnere, ist darin eine ungewöhnlich gute Fotografie von dem verschwundenen Bankier.«

Ich stand auf und gab ihm die Zeitung. Poirot studierte die Gesichtszüge sehr aufmerksam.

»Hm!« murmelte er. »Trägt die Haare ziemlich lang und gewellt, vollen Schnurrbart und spitzen Bart, buschige Augenbrauen. Dunkle Augen?«

»Ja.«

»Haar und Bart werden schon grau?«

Der Detektiv nickte.

»Nun, Monsieur Poirot, was sagen Sie zu dem Ganzen? Klarer Fall, was?«

»Im Gegenteil, äußerst unklar.«

Japp sah sehr vergnügt aus.
»Was mir große Hoffnungen macht«, fuhr Poirot fort.
»Wie!«
»Ich finde es ganz gut, wenn ein Fall nicht von vornherein zu eindeutig ist. Ich werde sonst zu leicht mißtrauisch! Meistens steckt irgendwas dahinter.«
Japp schüttelte beinahe mitleidig den Kopf. »Nun, jeder nach seinem Geschmack. Mir ist es lieber, ich sehe die Dinge klar vor mir.«
»Ich sehe nichts«, murmelte Poirot. »Ich mache die Augen zu – ich denke.«
»Gut! Sie haben eine volle Woche Zeit, um nachzudenken.«
»Und Sie werden mich ständig auf dem laufenden halten und mir jede Kleinigkeit mitteilen – zum Beispiel die Resultate der Maßnahmen dieses hart arbeitenden und luchsäugigen Inspektors Miller?«
»Ganz bestimmt. Ich habe es Ihnen ja versprochen.«

»Es ist einfach ein Jammer«, sagte Japp zu mir, als ich ihn zur Tür begleitete. »Manchmal ist er wie ein Kind!«
So sehr ich mich auch wehrte, ich mußte ihm mit einem Lächeln zustimmen, und ich lächelte immer noch, als ich wieder ins Zimmer trat.
»Eh bien!« sagte Poirot sofort. »Ihr habt euch über Papa Poirot lustig gemacht, nicht wahr?« Er drohte mir mit dem Finger. »Sie haben kein Vertrauen zu den kleinen grauen Gehirnzellen? Fangen wir doch mal an, uns dieses kleine Problem durch den Kopf gehen zu lassen – so unvollständig die Dinge auch scheinen –, aber es zeigen sich doch immerhin schon ein oder zwei interessante Ansatzpunkte.«
»Der See!« sagte ich anzüglich.
»Noch mehr das Badehaus!«
Ich schaute Poirot von der Seite her an. Er lächelte in seiner undurchsichtigen Art. Ich fühlte, im Augenblick hatte es keinen Zweck, ihm weitere Fragen zu stellen.
Von Japp hörten wir nichts mehr bis zum nächsten Abend um neun Uhr, als er uns besuchte. Ich sah an seinem Gesichtsausdruck, daß er beinahe vor lauter Neuigkeiten platzte.

»*Eh bien,* mein Freund«, bemerkte Poirot. »Geht alles gut? Aber erzählen Sie mir nur nicht, Sie hätten Mr. Davenheims Leiche in dem kleinen See gefunden, das würde ich Ihnen einfach nicht glauben.«

»Seine Leiche haben wir nicht gefunden, wohl aber seine Kleider – genau die Kleider, die er an dem fraglichen Tag trug. Was sagen Sie dazu?«

»Fehlen im Haus irgendwelche anderen Kleider?«

»Nein, der Diener ist ganz sicher. Alle anderen Kleider sind da. Aber das ist nicht alles. Wir haben Lowen verhaftet. Eines der Hausmädchen, zu dessen Pflichten es gehört, die Fenster des Schlafzimmers zu schließen, erklärte, sie hätte Lowen durch den Rosengarten auf das Arbeitszimmer zugehen sehen, ungefähr ein Viertel nach sechs. Das wäre zehn Minuten bevor er das Haus verließ.«

»Was sagte er denn selbst dazu?«

»Zuerst leugnete er, das Arbeitszimmer überhaupt verlassen zu haben. Aber als das Mädchen auf seiner Aussage bestand, fiel ihm plötzlich ein, daß ihm eine ungewöhnliche Rosenart aufgefallen war und er schnell aus dem Fenster sprang, um sie sich anzusehen. Eine ziemlich schwache Geschichte! Außerdem haben wir noch einen Belastungspunkt gegen ihn gefunden. Mr. Davenheim trug immer einen dicken goldenen Ring mit einem gefaßten Diamanten am kleinen Finger der rechten Hand. Nun, dieser Ring wurde Samstag nacht in London von einem Mann namens Billy Kellett versetzt! Er ist der Polizei gut bekannt – hat gerade drei Monate abgesessen, weil er einem alten Herrn die Uhr gestohlen hatte. Allem Anschein nach versuchte er erfolglos, in drei verschiedenen Geschäften den Ring loszuwerden, bis es ihm endlich gelang. Über diesen Erfolg erfreut, begoß er sich ordentlich die Nase, griff einen Polizisten tätlich an und wurde natürlich festgenommen.

Ich ging mit Miller nach Bow Street ins Gefängnis. Dort ist er natürlich schlagartig nüchtern geworden! Ich gebe zu, wir haben ihm arg zugesetzt. Wir haben ihm mit der Andeutung, daß er wegen Mordes angeklagt werden würde, panische Angst eingejagt. Danach erzählte er uns folgende reichlich sonderbare Geschichte:

Am Samstag war er auf dem Rennen in Entfield – ich möchte zwar behaupten, daß Schlipsnadeln für ihn interessanter sind als der Totalisator. Jedenfalls hatte er einen schlechten Tag. Er ging zu Fuß den Weg nach Chinnside und setzte sich in einen Graben, um sich auszuruhen. Wenige Minuten später bemerkte er einen Mann, der auf diesem Weg ins Dorf ging. ›Ein dunkelhäutiger Herr mit einem großen Schnurrbart, so ein Wichtiger aus der City‹, das ist seine Beschreibung des Mannes.
Halb verborgen hinter einem Steinhaufen, konnte Kellett vom Weg aus kaum gesehen werden. Als der Mann auf gleicher Höhe mit ihm war, sah er sich verstohlen um, und nachdem weit und breit niemand zu sehen war, faßte er in seine Tasche, zog einen kleinen Gegenstand heraus und warf ihn ins Gebüsch. Dann ging er in Richtung Bahnhof weiter. Der Gegenstand war mit einem leichten ›Klick‹ auf den Boden gefallen, und Kellett, der das Ganze beobachtet hatte, fand ihn schon nach kurzem Suchen. Es war der Ring! Lowen bestreitet allerdings heftig, daß er der Mann war. Natürlich ist die Aussage eines Mannes wie Kellett nicht übermäßig glaubwürdig. Es ist ja immerhin möglich, daß er Davenheim auf der Wiese traf, ihn beraubte und ermordete.« Poirot schüttelte den Kopf.
»Sehr unwahrscheinlich, *mon ami.* Er hatte ja keine Möglichkeit, die Leiche loszuwerden. Die wäre in diesem Fall bis jetzt sicher gefunden worden. Zweitens spricht die Sorglosigkeit, mit der er den Ring versetzt hat, nicht gerade für einen Mord. Drittens ist Ihr Taschendieb wohl kein Mörder. Viertens wäre es doch zuviel Zufall, daß er eine solch genaue Beschreibung von Lowen geben kann. Der doch schon seit Samstag im Gefängnis sitzt.«
Japp nickte. »Ich will nicht abstreiten, daß Sie vielleicht recht haben, aber trotzdem werden Sie kein Gericht dazu bringen, auf die Aussagen eines Galgenvogels großen Wert zu legen. Mir erscheint es jedenfalls sehr sonderbar, daß Lowen keinen besseren Weg gefunden hat, den Ring loszuwerden.«
Poirot zuckte die Schultern. »Gut, aber wäre er in der näheren Nachbarschaft gefunden worden, hätte man annehmen können, er sei von Davenheim selbst weggeworfen worden.«

»Aber wozu den Ring überhaupt wegwerfen?« rief ich aus.
»Dafür gibt es schon eine Erklärung«, sagte Japp. »Wissen Sie, jenseits des Sees führt ein kleines Tor zum Hügel, und nach drei Minuten kommen Sie – was glauben Sie? – in eine Leimbrennerei.«
»Großer Gott!« rief ich aus. »Wollen Sie damit sagen, daß der Leim zwar den Körper zerstört, aber nicht das Metall des Ringes?«
»Gerade das wollte ich sagen.«
»Mir scheint«, sagte ich, »das erklärt alles. Welch fürchterliches Verbrechen!«
Wie im gegenseitigen Einverständnis drehten wir uns beide zu Poirot um. Er stand gedankenverloren mit gefurchter Stirn und schien von einer großen, geistigen Anstrengung in Anspruch genommen. Sein Intellekt arbeitete intensiv. Zu welchem Ergebnis würde er kommen? Wir wurden nicht lange im Zweifel gelassen. Seine Spannung ließ nach, er drehte sich mit einem Seufzer zu Japp um und fragte:
»Wissen Sie, Inspektor, ob Mr. und Mrs. Davenheim ein gemeinsames Schlafzimmer haben?«
Diese Frage schien so ausgefallen, daß wir ihn einen Augenblick verdutzt anstarrten. Dann fing Japp an zu lachen. »Guter Gott, Monsieur Poirot«, sagte er. »Ich dachte, jetzt kämen Sie mit etwas Besonderem. Aber Ihre Frage – die kann ich leider nicht beantworten.«
»Aber Sie können es feststellen?« fragte Poirot mit großer Eindringlichkeit.
»Oh, gewiß – wenn es Ihnen wirklich wichtig erscheint.«
»*Merci, mon ami.* Ich wäre Ihnen sehr dankbar, wenn Sie es nicht vergessen würden.«
Japp sah ihn noch eine Weile verwundert an, aber Poirot schien uns beide vergessen zu haben. Der Detektiv schüttelte traurig seinen Kopf und murmelte: »Armer, alter Bursche! Der Krieg war doch zuviel für ihn!« Dann ging er leise aus dem Zimmer.
Da Poirot noch immer in seinen Tagtraum versunken schien, nahm ich mir ein Blatt Papier und machte mir Notizen. Die Stimme meines Freundes unterbrach meine Tätigkeit. Er

schien aus seinem Traum erwacht und sah munter und wachsam aus.
»*Que faites vous là, mon ami?*«
»Ich habe einige Punkte aufgeschrieben, die mir in dieser Sache wichtig vorkommen.«
»Endlich werden Sie methodisch!« sagte Poirot anerkennend.
Ich verbarg meine Freude. »Soll ich es Ihnen vorlesen?«
»Auf jeden Fall.«
Ich räusperte mich.
»Erstens: Alle Punkte weisen darauf hin, daß Lowen den Safe erbrochen hat.
Zweitens: Er hegte einen Groll gegen Davenheim.
Drittens: Seine erste Aussage, daß er das Arbeitszimmer nicht verlassen habe, war eine Lüge.
Viertens: Wenn die Geschichte von Bill Kellett stimmt, ist Lowen ohne Zweifel belastet.«
Ich machte eine Pause. »Nun?« fragte ich, denn ich dachte, daß ich meinen Finger auf alle wichtigen Punkte gelegt hatte.
Poirot sah mich bedauernd an und schüttelte seinen Kopf sehr vorsichtig. »*Mon pauvre ami!* Das kommt eben daher, daß Sie so gar kein Talent haben! Die wichtigsten Details werden Sie nie erfassen! Und mit Ihrer Logik stimmt es auch nicht.«
»Wie?«
»Lassen Sie mich eben Ihre vier Punkte durchgehen.
Erstens: Mr. Lowen konnte nämlich nicht wissen, daß er durch die unerwartete Abwesenheit Mr. Davenheims Gelegenheit haben würde, den Safe aufzubrechen. Er kam zu einer Geschäftsbesprechung und rechnete niemals damit, im Arbeitszimmer allein zu sein.«
»Er könnte doch vielleicht die Gelegenheit wahrgenommen haben«, sagte ich.
»Und das Werkzeug? Geschäftsleute aus der City tragen nicht aufs Geratewohl Einbrecherwerkzeuge mit sich. Man konnte den Safe doch nicht mit einem Taschenmesser aufbrechen, *bien entendu*!«
»Gut, wie steht es mit Nummer zwei?«
»Sie sagen, Lowen hegte einen Groll gegen Mr. Davenheim. In Wahrheit hat Lowen jedoch Mr. Davenheim ein- oder zwei-

mal hereingelegt. Wahrscheinlich hoffte Davenheim, selbst kräftig an diesen Transaktionen zu verdienen. Aber wie dem auch sei, man hegt keinen Groll gegen jemand, den man hereingelegt hat, eher umgekehrt. Wenn jemand einen Groll gehegt hätte, wäre es doch wohl Mr. Davenheim gewesen.«
»Gut. Sie können aber nicht leugnen, daß seine Aussage, er hätte das Arbeitszimmer nicht verlassen, gelogen war!«
»Nein, aber er konnte Angst gehabt haben. Erinnern Sie sich, daß gerade Kleider des vermißten Mannes im See gefunden worden waren. Natürlich wäre es, wie immer, besser gewesen, die Wahrheit zu sagen.«
»Und der vierte Punkt?«
»Den bewillige ich Ihnen. Wenn Kelletts Geschichte wahr ist, ist Lowen ohne Zweifel belastet. Das ist ja gerade der Punkt, der die Sache so sehr interessant macht.«
»Dann habe ich also doch einen wichtigen Punkt gefunden?«
»Vielleicht – dafür haben Sie die zwei wichtigsten Punkte völlig übersehen, diejenigen Punkte, die zweifellos die Schlüssel zu der ganzen Sache enthalten.«
»Und welche Punkte sind das, bitte sehr?«
»Erstens: die immer stärker werdende Leidenschaft Mr. Davenheims, Juwelen zu kaufen.
Zweitens: seine Reise nach Buenos Aires im letzten Herbst.«
»Poirot, Sie scherzen!«
»Nein, ich bin völlig ernst. O heiliger Himmel, hoffentlich vergißt Japp meinen kleinen Auftrag nicht!«
Aber der Inspektor hatte ihn nicht vergessen, und Poirot erhielt am nächsten Morgen gegen elf Uhr ein Telegramm. Auf seine Bitte hin öffnete ich es und las es vor:
Mann und Frau haben seit letzten Winter getrennte Schlafzimmer.
»Aha!« rief Poirot aus. »Und jetzt haben wir Mitte Juni. Alles ist sonnenklar!«
Ich starrte ihn an.
»Sie haben kein Geld auf der Bank von *Davenheim & Salmon*?«
»Nein«, sagte ich verwundert. »Warum?«
»Weil ich Ihnen raten würde, es sofort abzuheben, ehe es zu spät ist.«
»Warum? Was erwarten Sie?«

»Ich erwarte in wenigen Tagen einen großen Skandal – vielleicht auch schon eher. Da fällt mir ein, wir wollen die Liebenswürdigkeit unseres Freundes Japp erwidern. Wir wollen ihm auch einen Gefallen tun. Einen Bleistift, bitte schön, und ein Formular. *Voilà!*

Rate Ihnen, alles Geld, das bei der in Frage kommenden Bank liegt, abzuheben.

Das wird ihn beschäftigen, den Guten! Seine Augen werden ihm auf-, ja übergehen. Er wird zwar nicht das geringste begreifen – jedenfalls nicht vor morgen oder übermorgen!«

Ich blieb skeptisch, aber der nächste Tag zwang mich dazu, den bemerkenswerten Fähigkeiten meines Freundes Achtung zu zollen. Keine Zeitung erschien ohne eine Schlagzeile über den aufsehenerregenden Zusammenbruch der Davenheim-Bank. Das Verschwinden des berühmten Bankiers präsentierte sich auf einmal in ganz anderem Licht.

Ehe wir halbwegs zu Ende gefrühstückt hatten, flog die Tür auf, und Japp stürzte herein. In seiner linken Hand hielt er eine Zeitung, in der rechten schwang er das Telegramm von Poirot und knallte es dann auf den Tisch. »Woher wußten Sie das? Woher, zum Kuckuck, Poirot, konnten Sie das wissen?«

Poirot lächelte ihn freundlich an. »Oh, *mon ami,* nach Ihrem Telegramm gab es überhaupt keinen Zweifel mehr! Von Anfang an berührte es mich sonderbar, daß der Safe erbrochen worden war. Juwelen, bares Geld, Staatsanleihen – alles so bequem zurechtgelegt –, für wen? Nun, der gute Monsieur Davenheim ist einer von denen, die ›auf Nummer Sicher‹ gehen, wie man so sagt.« Poirot lächelte gewinnend. »Es drängte sich so auf, daß es für ihn selbst so bequem zurechtgelegt worden war! Dann seine Leidenschaft für Juwelenkäufe in den letzten Jahren! Wie einfach! Die Summen, die er ergaunerte, legte er in Juwelen an, auf diese Weise konnte er ein beträchtliches Vermögen beiseite schaffen und unter einem anderen Namen anlegen. Später, wenn Gras über die Sache gewachsen war, gedachte er, die Früchte seiner Gaunereien zu genießen.

Nachdem er sorgfältig alle Vorbereitungen getroffen hatte, ging er die Verabredung mit Mr. Lowen ein (der unvorsichtig genug gewesen war, in der Vergangenheit die Pläne des großen Mannes ein- oder zweimal zu durchkreuzen), bohrte ein Loch in den Kassenschrank, hinterließ den Befehl, den Gast in sein Arbeitszimmer zu führen, und ging aus dem Haus! Aber wohin?«

Poirot hielt inne und streckte seine Hand nach dem zweiten gekochten Ei aus. Er runzelte die Stirn. »Es ist doch wirklich unerträglich«, murmelte er, »daß jede Henne ein Ei von verschiedener Größe legt! Wie soll denn da auf dem Frühstückstisch Symmetrie herrschen?«

»Kümmern Sie sich jetzt nicht um die Eier«, sagte Japp ungeduldig. »Von mir aus können sie viereckig sein! Sagen Sie uns lieber, wohin unser Kunde ging, als er das Haus verließ – das heißt, falls Sie es selber wissen!«

»*Eh bien,* er ging in sein Versteck! Oh, dieser Mister Davenheim, in seinen kleinen grauen Gehirnzellen muß irgendwo eine Mißbildung sein, aber sonst sind sie von allerbester Qualität!«

»Kennen Sie sein Versteck?«

»Sicher! Es ist raffiniert ausgesucht.«

»Um Gottes willen, so schießen Sie doch los!«

Poirot sammelte alle Eierschalen auf seinem Teller zusammen und legte sie in den Eierbecher, dann stülpte er sein leeres Ei darauf. Nachdem er dieses kleine Spielchen beendet hatte, lächelte er wohlgefällig über sein Werk und strahlte uns beide liebenswürdig an.

»Kommt, meine Freunde, ihr seid doch intelligente Männer. Legt euch selbst die Frage vor, die ich mir vorgelegt habe. ›Wenn ich Davenheim wäre, wo würde ich mich verstecken?‹ Hastings, was sagen Sie?«

»Nun, ich neige eher dazu, nicht wegzulaufen«, sagte ich. »Ich würde in London bleiben – am Brennpunkt –, nur mit der Untergrundbahn fahren und mit Omnibussen. Ich wette zehn zu eins, ich würde nicht erkannt werden. Die große Masse gibt einem eine gewisse Sicherheit.«

Poirot drehte sich fragend zu Japp um.

»Damit bin ich nicht einverstanden. Gleich weg – das ist die einzige Chance. Es war ja genügend Zeit, alles vorzubereiten. Ich hätte mir eine Yacht bereitgehalten und wäre damit nach dem ausgefallensten Winkel der Welt verduftet, ehe die ganze Sache geplatzt wäre!«

Wir beide sahen Poirot an. »Und was sagen Sie, Monsieur?«

Einen Augenblick lang schwieg er, dann ging ein sonderbares Lächeln über sein Gesicht, als er sagte: »Meine Freunde, wenn ich mich vor der Polizei verstecken müßte, wissen Sie, wo ich mich verstecken würde? In einem Gefängnis!«

»Waas?«

»Sie suchen Mr. Davenheim, um ihn einsperren zu können. Deshalb denken Sie auch nicht im Traum daran, nachzudenken, ob er nicht vielleicht schon dort ist!«

»Wie meinen Sie denn das?«

»Sie haben mir gesagt, Madame Davenheim sei keine besonders intelligente Frau. Dennoch glaube ich, wenn Sie sie nach Bow Street mitnehmen und sie Billy Kellett gegenüberstellen, würde sie ihn identifizieren können. Trotz der Tatsache, daß er sich den Bart, den Schnurrbart und die buschigen Augenbrauen abrasiert und sich das Haar ganz kurz geschnitten hat. Eine Frau erkennt ihren Mann fast immer, auch wenn die ganze übrige Welt sich täuschen läßt.«

»Billy Kellett? Aber der ist der Polizei doch bekannt?«

»Sagte ich Ihnen nicht, daß Davenheim ein sehr kluger Mann ist? Er hat schon lange Zeit vorher für sein Alibi gesorgt. Er war letzten Herbst nicht in Buenos Aires – er hat die Type Billy Kellett erfunden und gespielt. ›Drei Monate absitzen‹, damit die Polizei keinen Verdacht schöpfen würde, wenn seine Zeit käme. Er spielte um ein großes Vermögen und um seine Freiheit. Das war schon einige Mühe wert! Nur . . .«

»Ja?«

»*Eh bien,* nachher mußte er einen falschen Bart und eine Perükke tragen, er mußte sich sozusagen wieder als Mr. Davenheim herrichten. Mit einem falschen Bart zu schlafen ist kein Vergnügen – und führt oft zu unliebsamer Entdeckung! Deshalb konnte er es nicht riskieren, weiterhin das Schlafzimmer mit seiner Frau zu teilen. Sie selbst haben ja festgestellt, daß er die letzten sechs Monate oder, um ganz genau zu sein, seit seiner angeblichen Rückkehr aus Buenos Aires nicht mehr im selben Schlafzimmer schlief. Da erst war ich mir sicher! Alles paßte

zusammen.
Der Gärtner, der seinen Herrn gesehen zu haben glaubte – hatte recht gesehen. Sein Herr ging nämlich zum Bootshaus, zog dort seine ›Trampkleider‹ an, die er dort versteckt gehalten hatte, warf seine normalen Kleider in den See und setzte seinen Plan in Szene. Er versetzte in auffälliger Weise den Ring und griff dann einen Polizeibeamten tätlich an. Damit sicherte er sich ein ruhiges Plätzchen in Bow Street; er wußte, niemand würde auch nur im Traum daran denken, ihn dort zu suchen!«
»Das ist doch nicht möglich!« murmelte Japp.
»Fragen Sie Madame!« sagte Poirot lächelnd.
Am nächsten Tag lag ein eingeschriebener Brief neben Poirots Teller. Er machte ihn auf, und eine Fünfpfundnote flatterte heraus. Mein Freund runzelte die Stirn.
»*Ah Sacré!* Was sollen wir damit machen? Ich hab' direkt Gewissensbisse. Der arme Japp! Oh, ich habe eine Idee! Wir drei, wir wollen ein nettes, kleines Dinner veranstalten! Das tröstet mich. Die Sache war wirklich zu leicht, ich schäme mich. Ich, der ich wie ein Kind bin . . .! Aber Hastings, warum lachen Sie so? Was haben Sie denn?«

Das Abenteuer des italienischen Edelmannes

Poirot und ich hatten viele Freunde und Bekannte, mit denen wir gelegentlich zusammenkamen. Unter ihnen auch Dr. Hawker, ein Arzt, der in unserer Nachbarschaft wohnte. Er war ein großer Bewunderer von Poirots genialen Fähigkeiten, und er steckte gelegentlich abends seine Nase durch unsere Tür.
Eines Abends, es war Anfang Juni, kam er gegen halb neun zu uns, und bald diskutierten wir über ein reizendes Thema: Arsen, das von den meisten Giftmördern bevorzugte Gift. Etwa eine Viertelstunde später wurde die Tür unseres Zimmers heftig aufgerissen und ein völlig verstörtes weibliches Wesen stürzte herein.
»Oh, Doktor, es ist ganz dringend! Eine schreckliche Stimme! Ich bin ganz außer mir!«
Es war die Haushälterin von Dr. Hawker, Miss Rider. Der Arzt war Junggeselle und lebte ein paar Straßen weiter in einem düsteren alten Haus. Die sonst so ruhige Miss Rider schien völlig aufgelöst.
»Was für eine schreckliche Stimme? Wer ist es und was ist los?«
»Am Telefon, Doktor. Ich nahm den Hörer ab, und eine Stimme rief ›Hilfe! Doktor, Hilfe! Man hat mich umgebracht!‹ Dann wurde die Stimme ganz leise. ›Wer ist dort?‹ fragte ich. ›Wer spricht dort?‹ Ich hörte nur noch ein Flüstern ›Foscatini‹ – so etwas Ähnliches – ›Regent's Court‹.«
Der Doktor rief erstaunt: »Graf Foscatini! Er wohnt im Regent's Court. Da muß ich sofort hingehen. Was kann denn nur passiert sein?«
»Ein Patient von Ihnen?« fragte Poirot.
»Er erkrankte vor ein paar Wochen leicht, und ich habe ihn behandelt. Er ist Italiener, spricht aber perfekt Englisch. Also –

ich muß mich verabschieden – wenn nicht ...« Er zögerte.
»Ich weiß, was Sie sagen wollen«, sagte Poirot lächelnd. »Ich werde Sie gerne begleiten. Hastings, bitte holen Sie uns ein Taxi.«
Meistens dauert es ziemlich lange, bis man ein Taxi findet – besonders wenn es eilt, aber schließlich fand ich doch eines, und wir setzten uns in Richtung Regent's Court in Bewegung.
Regent's Court war ein neuer Wohnblock, nahe bei der St. Johns Wood Road. Das Haus war erst kürzlich gebaut und mit den neuesten Errungenschaften der Wohnkultur ausgestattet worden. Es war niemand in der Halle. Der Doktor drückte ungeduldig auf den Liftknopf, und als der Lift kam, fragte er den uniformierten Fahrer streng:
»Appartement elf. Graf Foscatini. Dort gab es einen Unfall, wie ich gehört habe.«
Der Mann starrte ihn an.
»Das ist das erste, was ich höre, Mister Graves – der Diener von Graf Foscatini – ist vor einer halben Stunde ausgegangen und hat nichts gesagt.«
»Ist der Graf allein in seiner Wohnung?«
»Nein, Sir, es sind zwei Herren zum Essen da.«
»Wie sehen die denn aus?« fragte ich eifrig.
Wir waren jetzt im Lift und fuhren schnell zum zweiten Stock hinauf.
»Ich habe sie selbst nicht gesehen, Sir. Aber Mr. Graves sagte, es seien Ausländer.«
Er zog die eiserne Gittertür zurück, und wir traten auf den Flur hinaus. Nummer elf lag uns genau gegenüber. Der Arzt läutete. Wir hörten es klingeln, aber niemand öffnete. Mr. Hawker läutete mehrmals hintereinander – nichts.
»Das ist bedenklich«, murmelte der Arzt. Er wandte sich an den Fahrstuhlführer.
»Gibt es einen zweiten Schlüssel für diese Tür?«
»Ja, unten im Büro des Portiers.«
»Bitte holen Sie ihn und – hören Sie – am besten benachrichtigen Sie auch die Polizei.«
Poirot machte eine zustimmende Bewegung.
Der Mann kam gleich wieder zurück. Mit ihm kam der Haus-

verwalter.
»Würden Sie mir bitte sagen, meine Herren, was das bedeuten soll?« erkundigte er sich.
»Aber selbstverständlich. Ich erhielt einen Telefonanruf von Graf Foscatini – er sei überfallen worden und liege im Sterben. Sie werden verstehen, daß wir keine Zeit verlieren dürfen – wenn wir nicht schon zu spät kommen.«
Der Hausverwalter schloß auf, und wir gingen in die Wohnung.
Wir kamen zuerst in einen schmalen Flur. Rechts stand eine Tür halb offen. Der Verwalter sagte mit einem kurzen Nicken: »Das Eßzimmer.«
Dr. Hawker ging voran. Der runde Tisch in der Mitte des Zimmers war noch nicht abgedeckt; drei Stühle waren zurückgeschoben; es sah aus, als ob die Herren gerade aufgestanden wären. In der Ecke, rechts vom Kamin, stand ein großer Schreibtisch. Hinter ihm saß ein Mann – tot. Seine rechte Hand hatte den Telefonhörer umklammert. Er war von einem fürchterlichen Schlag auf den Hinterkopf getroffen worden und nach vorn gefallen. Die Waffe brauchte man nicht zu suchen. Eine Marmorstatue stand da, ihr Fuß war blutverschmiert.
Die Untersuchung der Leiche nahm nicht viel Zeit in Anspruch. »Mausetot. Er muß fast auf der Stelle tot gewesen sein. Es wundert mich, daß er überhaupt noch in der Lage war, zu telefonieren. Es ist besser, wir rühren ihn nicht an, bis die Polizei kommt.«
Auf Anregung des Hausverwalters durchsuchten wir die ganze Wohnung. Natürlich ohne Resultat.
Wir gingen zurück ins Eßzimmer. Poirot hatte uns auf dem Rundgang durch die Wohnung nicht begleitet. Er stand vor dem gutpolierten, runden Mahagonitisch und betrachtete ihn prüfend. In der Mitte stand eine Vase mit Rosen. Unter jedem Gedeck lag ein weißes Spitzendeckchen. Die Obstschale und die drei Dessertteller waren noch unberührt. Alle drei Männer hatten Kaffee getrunken. An den Resten in den Kaffeetassen konnte man noch sehen, daß zwei ihn schwarz und einer mit Milch getrunken hatte. Alle drei Männer hatten dem Portwein

zugesprochen, die Kristallflasche war noch halbvoll. Einer mußte eine Zigarre geraucht haben, die anderen Zigaretten. Die silberbeschlagene Schildpattdose für Rauchwaren stand offen auf dem Tisch.
Ich registrierte alle diese Einzelheiten, aber sie kamen mir nicht besonders wichtig vor. Ich wußte nicht, warum Poirot den Tisch so intensiv betrachtete. Schließlich fragte ich ihn.
»Mon ami«, antwortete er, »wie immer übersehen Sie, was wichtig ist. Ich aber halte Ausschau nach etwas Unsichtbarem.«
»Und was ist das?«
»Ich suche einen Fehler – einen ganz kleinen Fehler, den die Mörder begangen haben.«
Er ging schnell in die kleine Küche, schaute hinein und schüttelte den Kopf.
»Monsieur«, sagte er zu dem Verwalter, »wo werden hier im Haus die Mahlzeiten zubereitet?«
Der Verwalter ging zu einer kleinen Klappe an der Wand.
»Dies hier ist der Speiselift«, erklärte er. »Ganz oben in diesem Gebäude ist die Küche. Man bestellt das Essen telefonisch, und es wird mit dem Lift heruntergeschickt – ein Gang nach dem anderen. Das schmutzige Geschirr wird anschließend wieder hinaufbefördert. Das Haus wurde für Mieter gebaut, die nicht selbst kochen wollen, und so sind sie nicht darauf angewiesen, ins Restaurant essen zu gehen.«
Poirot nickte.
»Also stammt das Geschirr oben aus der Küche. Erlauben Sie mir, daß ich hinaufgehe?«
»Wenn Sie wollen, gerne! Roberts, der Fahrstuhlführer, wird Sie hinauffahren; aber ich fürchte, Sie werden dort wenig finden, was Ihnen nützlich sein könnte. Das ganze schmutzige Geschirr ist sicher schon zusammengestellt worden.«
Aber Poirot blieb fest. Wir fuhren in die Küche und fragten den Mann, der den Auftrag angenommen hatte.
»Die Bestellung wurde nach dem Menu à la carte gemacht – für drei Personen«, erklärte er. »Suppe Julienne, Filet de sole auf normannische Art, Beefsteaks und ein Reissoufflé.
»Wann?«

»Um acht, würde ich sagen. Nein, ich fürchte, das Geschirr ist schon abgewaschen worden – unglücklicherweise. Sie denken wahrscheinlich an Fingerabdrücke?«
»Nicht nur das«, sagte Poirot mit einem rätselhaften Lächeln. »Noch mehr interessiert mich der Appetit von Graf Foscatini. Hat er von jedem Gang gegessen?«
»Ja. Aber ich kann natürlich nicht sagen, wieviel. Die Teller waren alle schmutzig und die Platten leer – das heißt, mit Ausnahme des Reissoufflés. Davon war ziemlich viel übriggeblieben.«
»Ah«, sagte Poirot und schien mit diesen Tatsachen zufrieden zu sein.
Als wir wieder in die Wohnung zurückgingen, sagte er leise zu mir: »Der Mann scheint Methode zu haben.«
»Meinen Sie den Mörder oder den Grafen Foscatini?«
»Der Graf war ohne jeden Zweifel ein ordentlicher Mann. Nachdem er um Hilfe angerufen und sein bevorstehendes Ende angekündigt hatte, hat er den Telefonhörer sorgfältig wieder aufgelegt.«
Ich starrte Poirot an. Seine Worte und seine Nachforschungen in der Küche erschienen mir auf einmal nicht mehr so sinnlos.
»Vermuten Sie Gift?« flüsterte ich. »War der Schlag auf den Kopf nur Schein?«
Poirot lächelte nur.
Unten in der Wohnung fanden wir einen Polizeiinspektor und zwei Beamte vor. Der Inspektor war nicht erfreut über unsere Anwesenheit, aber Poirot ließ so nebenbei den Namen unseres Freundes in Scotland Yard, Inspektor Japp, fallen, und daraufhin duldete er mißbilligend unsere Anwesenheit. Es war gut, daß wir dageblieben waren, denn fünf Minuten später stürzte ein aufgeregter Mann ins Zimmer.
Es war Graves, der Kammerdiener des toten Grafen Foscatini. Die Geschichte, die er erzählte, war sensationell.
Am vergangenen Morgen waren zwei Herren erschienen und hatten nach dem Grafen gefragt. Es waren Italiener, und der ältere, ein Mann von ungefähr vierzig Jahren, nannte seinen Namen: Signor Ascanio. Der Jüngere war elegant angezogen und ungefähr vierundzwanzig Jahre.

Graf Foscatini war anscheinend auf den Besuch vorbereitet und schickte Graves mit einem kleinen Auftrag fort. Hier machte der Diener eine Pause und zögerte, weiterzuerzählen. Nach einem Augenblick gab er zu, daß er nicht sofort weggegangen war. Neugierig hatte er versucht, irgend etwas Näheres über die Besucher zu erfahren.

Aber die Unterhaltung wurde so leise geführt, daß er zunächst gar nichts verstand. Schließlich wurden die Stimmen etwas lauter, und der Lauscher konnte feststellen, daß es um Geld ging. Er hörte den Grafen sagen: »Ich habe jetzt keine Zeit, mit Ihnen weiter zu diskutieren, meine Herren. Wenn Sie morgen abend um acht mit mir essen wollen, können wir die Diskussion fortsetzen.«

Nach diesem Satz ging Graves, der nicht beim Lauschen ertappt werden wollte, weg. Am anderen Abend erschienen die beiden Herren pünktlich um acht. Während des Essens hatten sie sich über alles mögliche unterhalten – Politik, Wetter und Theater. Nachdem Graves den Portwein gebracht und den Kaffee serviert hatte, teilte ihm der Graf mit, er könne sich den Abend freinehmen.

»War das üblich, wenn er Gäste hatte?« fragte der Inspektor.

»Nein, Sir. Aus diesem Grunde nahm ich auch an, daß es sich um ein ungewöhnliches Geschäft handeln müsse.«

Das war Graves' Geschichte: Er war ungefähr um acht Uhr dreißig ausgegangen, hatte einen Freund getroffen und ihn in die *Metropolitan* Music Hall in Edgware Road begleitet.

Niemand hatte die beiden Herren weggehen sehen, aber die Zeit des Mordes konnte eindeutig festgestellt werden. Eine kleine Uhr auf dem Schreibtisch war durch eine Armbewegung des Grafen hinuntergefegt worden und um acht Uhr siebenundvierzig stehengeblieben. Die Zeit stimmte auch mit dem Telefonanruf bei Miss Rider überein.

Der Polizeiarzt hatte die Leiche untersucht und auf die Couch gelegt. Ich sah das Gesicht zum erstenmal – olivfarbener Teint, lange Nase, üppiger schwarzer Schnurrbart und volle rote Lippen. Kein sehr angenehmes Gesicht.

»Gut«, sagte der Inspektor und machte sein Notizbuch zu. »Der Fall scheint klarzuliegen. Wir müssen diesen Signor Ascanio suchen. Vielleicht ist seine Adresse im Taschenbuch des Toten?«

Wie Poirot schon bemerkt hatte, war der verstorbene Graf Foscatini ein sehr ordentlicher Mann. Sauber geschrieben mit kleiner deutlicher Schrift stand da: *Signor Paolo Ascanio, Grosvenor Hotel.*

Der Inspektor begann zu telefonieren und drehte sich nach einer Weile grinsend zu uns um.

»Gerade noch zeitig genug. Unser feiner Gentleman war gerade im Begriff, den Zug für das Schiff zum Kontinent zu nehmen. Ja, meine Herren, das ist wohl alles, was wir im Augenblick hier tun können. Eine böse Geschichte, aber ziemlich eindeutig. Vielleicht eine dieser italienischen Maffiageschichten!«

Hiermit entlassen, befanden wir uns bald im Lift. Dr. Hawker war sehr aufgeregt.

»Wie der Anfang eines Romanes, was? Wirklich aufregend! Ich würde es nicht glauben, wenn ich es lesen würde.«

Poirot sprach nicht. Er war sehr nachdenklich, den ganzen Abend hatte er kaum seinen Mund aufgemacht.

»Was sagt denn unser Meisterdetektiv, eh?« fragte Hawker und klopfte ihm auf den Rücken. »Dieses Mal ist es wohl nichts für Ihre kleinen grauen Gehirnzellen?«

»Glauben Sie?«

»Haben Sie denn etwas Besonderes bemerkt?«

»Nun, da wäre zum Beispiel das Fenster.«

»Das Fenster? Soweit ich mich erinnere, war es geschlossen. Niemand konnte da hinaus- oder hereingekommen sein. Doch, ich erinnere mich sogar genau.«

»Sind Sie dessen ganz sicher?«

Der Doktor sah verwirrt aus. Poirot beeilte sich, zu erklären.

»Haben Sie auf die Vorhänge geachtet? Sie waren nicht zugezogen. Das ist doch ein wenig merkwürdig. Nächster Punkt – der Kaffee. Er war sehr schwarz, der Kaffee.«

»Was wollen Sie damit sagen?«

»Sehr schwarz«, wiederholte Poirot. »Und dann lassen Sie uns in Verbindung damit nicht vergessen, daß von dem Reissoufflé sehr wenig gegessen worden war. Zu welchem Schluß

führt das?«
»Sie wollen mich wohl aufziehen?«
»Nichts liegt mir ferner. Hastings weiß, daß ich es völlig ernst meine.«
»Trotzdem ist auch mir unklar, worauf Sie hinauswollen«, bekannte ich. »Sie verdächtigen doch nicht etwa den Diener? Vielleicht ist er ein Verbündeter der Gangster und hat ein Betäubungsmittel in den Kaffee getan. Wird sein Alibi nicht nachgeprüft?«
»Ohne Zweifel, mein Freund; aber mich interessiert das Alibi von Signor Ascanio.«
»Glauben Sie, er hat ein Alibi?«
»Das ist es, was mich beschäftigt. Aber ich zweifle nicht daran, daß wir darüber bald Klarheit haben werden.«
Am anderen Morgen orientierte uns der *Daily Newsmonger* über die Ereignisse.
Signor Ascanio war verhaftet und beschuldigt worden, den Grafen Foscatini ermordet zu haben. Bei seiner Verhaftung leugnete er, den Grafen überhaupt zu kennen, und erklärte, daß er weder am Abend des Verbrechens noch am vorherigen Morgen in Regent's Court gewesen sei. Der jüngere Mann war überhaupt nicht vorhanden. Signor Ascanio war zwei Tage vor dem Mord allein im *Grosvenor* Hotel abgestiegen. Alle Versuche, den zweiten Mann zu finden, scheiterten.
Indessen, die Anklage gegen Ascanio mußte fallengelassen werden. Kein Geringerer als der italienische Botschafter selbst erschien und bestätigte der Polizei, daß Ascanio an dem fraglichen Abend von acht bis neun Uhr bei ihm in der Botschaft gewesen war. Er wurde daraufhin entlassen. Natürlich glaubte eine Menge Leute, es handle sich um ein politisches Verbrechen, das mit Absicht vertuscht werde.
Poirot hatte die ganze Sache mit großem Interesse verfolgt. Trotzdem war ich etwas überrascht, als er mir eines Morgens erzählte, um elf Uhr käme Signor Ascanio zu uns.
»Er wünscht, von Ihnen beraten zu werden?«
»*Du tout,* Hastings, ich wünsche, ihn zu sehen.«
»Weshalb?«
»Wegen des Mordes in Regent's Court.«

»Wollen Sie ihm beweisen, daß er ihn doch begangen hat?«
»Denken Sie nach, Hastings. Versuchen Sie doch, Ihren gesunden Menschenverstand anzuwenden. Ah, es läutet – das ist unser Freund.«
Kurz darauf wurde Signor Ascanio hereingeführt – ein kleiner, dünner Mann mit geheimnisumwitterten Augen. Er blieb stehen und blickte argwöhnisch von einem zum andern.
»Monsieur Poirot?«
Mein kleiner Freund klopfte sich auf die Brust.
»Setzen Sie sich, Signor. Sie erhielten meinen Brief. Ich bin fest entschlossen, dieser geheimnisvollen Affäre auf den Grund zu kommen. In einigen kleinen Dingen können Sie mir helfen. Lassen Sie uns anfangen! Sie haben – in Begleitung eines Freundes – den verstorbenen Grafen Foscatini am Morgen des Dienstags, dem neunten ...«
Der Italiener machte eine ärgerliche Bewegung.
»Ich habe nichts dergleichen getan. Ich habe bei Gericht geschworen ...«
»*Précisement* – ich habe so das Gefühl, Sie haben falsch geschworen.«
»Sie drohen mir? Bah, ich habe von Ihnen nichts zu befürchten. Ich bin freigesprochen worden!«
»Ja. Und da ich ein Dummkopf bin, drohe ich Ihnen nicht mit dem Galgen, aber mit der Öffentlichkeit. Öffentlichkeit! Ich sehe schon, Sie mögen dieses Wort nicht. Ich dachte es mir. Wissen Sie, meine kleinen Einfälle sind mir sehr wichtig. Signor, Ihre einzige Chance ist, offen mit mir zu reden. Ich frage Sie ja nicht, welcher Auftrag Sie nach England geführt hat. Ich weiß nur soviel, daß Sie ausschließlich um den Grafen Foscatini zu sehen nach England gekommen sind.«
»Er war kein Graf!« knurrte der Italiener.
»Ich habe bereits festgestellt, daß sein Name nicht im Gotha steht. Macht nichts, der Grafentitel ist für einen Erpresser oft sehr nützlich.«
»Sie scheinen ja eine ganze Menge zu wissen! Nun, in diesem Fall kann ich ja offen mit Ihnen sprechen.«
»Ich habe mir eben die Dinge durch den Kopf gehen lassen. Sagen Sie, Signor Ascanio, Sie haben am Dienstag den Ermor-

deten aufgesucht – nicht wahr?«

»Ja, aber am folgenden Abend bin ich nicht dort gewesen. Es war nicht mehr nötig. Ich will Ihnen die Sache erklären. Gewisse Dokumente, einen einflußreichen Mann in Italien betreffend, waren in den Besitz des Erpressers gelangt. Er forderte für die Herausgabe der Papiere eine große Summe. Einer der jungen Sekretäre der Botschaft begleitete mich. Der Graf war vernünftiger, als ich gehofft hatte; trotzdem war die Summe, die ich bezahlte, sehr groß.«

»Verzeihung, in welcher Währung zahlten Sie?«

»In kleinen italienischen Scheinen. Ich gab ihm das Geld und er mir die belastenden Papiere. Später habe ich ihn nicht mehr gesehen.«

»Warum haben Sie das alles nicht gesagt, als Sie verhaftet wurden?«

»In meiner schwierigen Lage mußte ich jede Verbindung mit dem Mann ableugnen.«

»Und wie erklären Sie sich die Vorgänge des nächsten Abends?«

»Ich nehme an, irgend jemand hat sich für mich ausgegeben. Wie ich gehört habe, hat man in seiner Wohnung kein Geld gefunden.«

Poirot sah ihn an und schüttelte den Kopf.

»Sonderbar«, murmelte er. »Wir haben doch alle etwas Verstand, aber so wenige von uns benützen ihn richtig. Auf Wiedersehen, Signor Ascanio. Ihre Schilderung scheint mir glaubwürdig. So ähnlich habe ich mir alles vorgestellt. Ich wollte mir nur Gewißheit verschaffen.«

Nachdem er seinen Gast hinausbegleitet hatte, kehrte Poirot zu seinem Lehnstuhl zurück und lächelte mich an.

»Nun, was denkt Captain Hastings über diesen Fall?«

»Ich vermute, Ascanio hat recht – irgend jemand gab sich für ihn aus!«

»Oh, wozu hat Ihnen der liebe Gott ein Hirn gegeben, *mon ami*! Rufen Sie sich doch einige Worte in Ihr Gedächtnis zurück, die ich beim Verlassen der Wohnung äußerte. Sie bezogen sich auf die Vorhänge, die nicht zugezogen waren. Wir haben Juni; um acht Uhr ist es noch hell. Erst um halb neun

Uhr wird es langsam dunkel. *Ça vous dit quelque chose*? Ich vermute, daß Sie es eines Tages merken werden! Lassen Sie mich fortfahren. Der Kaffee war, wie ich sagte, sehr schwarz. Schwarzer Kaffee hinterläßt vornehmlich an den Zähnen Spuren. Daraus ziehe ich den Schluß, daß der Graf keinen Kaffee getrunken hatte. Trotzdem waren in allen drei Tassen Kaffeereste. Warum sollte es so aussehen, als ob Graf Foscatini Kaffee getrunken habe?«

Ich schüttelte sichtlich verstört den Kopf.

»Ich will Ihnen helfen, Hastings. Welche Beweise haben wir dafür, daß Ascanio und sein Freund oder zwei andere Männer, die sich für sie ausgaben, jemals in der Nacht in die Wohnung gekommen sind? Niemand sah sie kommen – niemand sah sie gehen. Wir haben nur die Aussagen eines einzigen Mannes und ein paar Requisiten.«

»Was meinen Sie damit?«

»Messer, Gabel, Teller und leere Platten. Ah, eine gute Idee! Graves ist ein Dieb und Lump, aber ein Mann mit Methode! Er belauscht einen Teil der Unterhaltung am Vormittag und macht sich klar, daß der Verdacht auf Ascanio fallen wird. Am nächsten Abend um acht Uhr sagt er zu dem Grafen, er würde am Telefon verlangt. Foscatini setzt sich an den Schreibtisch und greift nach dem Telefon. Graves schlägt ihn von hinten mit der Marmorfigur nieder und eilt dann schnell an das Telefon in der Küche. – Dinner für drei Personen. Es kommt, er deckt den Tisch, macht die Teller schmutzig, die Messer und Gabeln etc. Aber er muß auch das Essen loswerden. Er ist nicht nur ein Mann mit einem klugen Köpfchen; er hat auch einen guten und aufnahmefähigen Magen. Nachdem er drei Beefsteaks aufgegessen hat, ist das Reissoufflé zu viel für ihn! Er raucht sogar eine Zigarre und eine Zigarette! Glänzend gemacht! Dann, nachdem er die Zeiger der Uhr auf acht Uhr siebenundvierzig gestellt hat, bringt er sie zum Stehen und wirft sie hinunter. Das einzige, was er vergißt, sind die Vorhänge. Hätte es sich um ein richtiges Dinner gehandelt, hätten die Vorhänge zugezogen werden müssen, als es dunkel wurde. Dann geht er eilig fort und erwähnt noch dem Fahrstuhlführer gegenüber die zwei Gäste seines Herrn. Von einer öffentli-

chen Telefonzelle aus ruft er den Arzt an und ahmt die Stimme seines sterbenden Herrn nach. Diese Idee war so erfolgreich, daß sich niemand danach erkundigte, ob vom Appartement elf auch wirklich ein Telefongespräch geführt wurde!«
»Ausgenommen Hercule Poirot«, sagte ich sarkastisch.
»Nicht einmal Hercule Poirot«, sagte mein Freund mit einem Lächeln.
»Aber ich werde es jetzt nachholen. Ich wollte nur erst Ihnen gegenüber den Beweis führen. Sie werden sehen, ich habe recht. Und dann wird Japp, dem ich schon eine Andeutung gemacht habe, in der Lage sein, den ehrenwerten Graves zu verhaften. Ich bin neugierig, wieviel er von dem Geld schon ausgegeben hat.«
Poirot hatte recht. Er hat immer recht – zum Kuckuck mit ihm!

Das fehlende Testament

Das Problem, vor das uns Miss Violet Marsh stellte, brachte eine angenehme Abwechslung in unsere Routinearbeit. Sie hatte Poirot brieflich um eine Besprechung gebeten, und er hatte ihr geantwortet und sie aufgefordert, ihn am folgenden Tag um elf Uhr aufzusuchen.

Sie erschien pünktlich – eine große, hübsche, junge Frau, einfach, aber geschmackvoll gekleidet, mit selbstsicheren Manieren. Offensichtlich eine junge Frau, die sich vorgenommen hatte, in der Welt vorwärtszukommen. Ich selbst bin kein großer Verehrer dieser Art selbstbewußter Frauen, und trotz ihres guten Aussehens war ich nicht sehr für sie eingenommen.

»Mein Anliegen ist etwas ungewöhnlich, Monsieur Poirot«, begann sie, nachdem sie Platz genommen hatte. »Es wird wohl besser sein, wenn ich Ihnen die ganze Geschichte von Anfang an erzähle.«

»Ich bitte Sie darum, Mademoiselle.«

»Ich bin Waise. Mein Vater und sein Bruder waren die Söhne eines kleinen Farmers in Devonshire. Die Farm war sehr armselig, und der ältere Bruder, Andrew, wanderte nach Australien aus. Durch erfolgreiche Spekulationen wurde er bald ein sehr reicher Mann. Der jüngere Bruder, Roger, mein Vater, verspürte ebenfalls keine Lust, auf dem Land zu bleiben. Er lernte fleißig und erhielt schließlich einen Posten als Korrespondent in einer kleinen Firma. Dann heiratete er die Tochter eines armen Künstlers – meine Mutter. Mein Vater starb, als ich sechs Jahre alt war. Als ich vierzehn war, folgte ihm meine Mutter ins Grab. Der einzige Verwandte, den ich besaß, war mein Onkel Andrew, der damals gerade aus Australien zurückgekommen war und sich einen kleinen Besitz in seiner heimatlichen Grafschaft – *Crabtree Manor* – gekauft hatte. Er war außergewöhnlich freundlich zu mir, nahm mich zu sich und behandelte mich in jeder Weise wie seine eigene Tochter. *Crabtree Manor* ist trotz seines Namens wirklich nur ein altes Bauernhaus. Landwirtschaft lag meinem Onkel im Blut, und er interessierte sich sehr für verschiedene neue landwirtschaftliche Methoden. Obwohl er so nett zu mir war, hatte er eine eigene tiefverwurzelte Ansicht über die Erziehung von Mädchen. Er selbst hatte in seiner Jugend fast keine Bildungsmöglichkeiten gehabt, doch besaß er eine bemerkenswerte Portion Schlauheit. Er war gegen jegliche ›Buchweisheit‹ eingenommen. Seiner Meinung nach sollten Mädchen nur praktische Hausarbeit und Milchwirtschaft erlernen, sollten sich zu Hause nützlich machen und so wenig wie möglich mit Büchern zu tun haben. Nach dieser Methode wollte er mich erziehen. Ich lehnte mich offen dagegen auf. Ich wußte, daß ich absolut kein Talent für Hauswirtschaft hatte. Onkel und ich hatten viele heftige Auseinandersetzungen wegen dieser Sache, denn obwohl wir uns gegenseitig sehr zugetan waren, besaßen wir beide denselben Dickkopf. Indessen, ich hatte Glück – ich gewann ein Stipendium und begann, meinen eigenen Weg zu gehen. Zu einer Krise kam es erst, als ich nach Dirton gehen wollte. Meine Mutter hatte mir ein bißchen Geld hinterlassen, und ich war fest entschlossen, mich, meinen Begabungen entsprechend, weiterzubilden. Nach einer langen, endgültigen Besprechung mit meinem Onkel stellte er mich vor eine Alternative.

Da er keine anderen Verwandten hatte, beabsichtigte er, mich zu seiner alleinigen Erbin zu machen. Wie ich Ihnen schon sagte, war er ein sehr reicher Mann. Sollte ich jedoch darauf bestehen, weiter meinen ›neumodischen Ideen‹ zu leben, könne ich nicht auf weitere Hilfe von ihm rechnen. Ich blieb höflich, aber fest. Ich würde ihn immer sehr lieb behalten, sagte ich ihm, aber ich müsse mein eigenes Leben führen. Darauf trennten wir uns. ›Du bildest dir viel auf deine Begabung ein, mein Kind‹, sagte er zum Schluß. ›Ich habe nichts gelernt, aber trotzdem wird sich eines Tages herausstellen, wer mehr Köpfchen hat, du oder ich!‹

Das war vor neun Jahren. Ich verbrachte gelegentlich ein Wochenende bei ihm, und wir verstanden uns großartig, obwohl sich seine Haltung nicht änderte. Er nahm nie Notiz davon, daß ich studierte und ein schwieriges Examen ablegte. In den letzten drei Jahren ließ seine Gesundheit sehr nach, und vor einem Monat ist er gestorben. Und jetzt komme ich zu dem Zweck meines Besuches bei Ihnen. Mein Onkel hinterließ ein sehr ungewöhnliches Testament. Darin steht, daß *Crabtree Manor* mit allem, was dazugehört, mir für die Zeitspanne eines Jahres nach seinem Tod zur vollen Verfügung steht. ›Während dieser Zeit soll meine gescheite Nichte ihren ganzen Grips anstrengen‹, so lauten die Worte genau. ›Nach Ablauf dieses Jahres wird sich herausstellen, ob ich mehr Köpfchen habe als sie.‹ Ja, meine Herren, dann nämlich soll das Haus und das ganze Vermögen an verschiedene Wohltätigkeitsinstitutionen übergehen.«

»Ein wenig hart für Sie, Mademoiselle, wenn man in Betracht zieht, daß Sie die einzige Blutsverwandte von Mr. Marsh sind.«

»Ich bin nicht ganz Ihrer Meinung. Onkel Andrew hatte mich in fairer Weise gewarnt. Ich bin trotzdem meine eigenen Wege gegangen. Da ich mich seinen Wünschen nicht fügen wollte, stand es ihm schließlich frei, mit seinem Geld das zu tun, was er für richtig hielt.«

»Ist das Testament von einem Anwalt aufgesetzt worden?«

»Nein, es ist auf ein vorgedrucktes Formular geschrieben. Der Mann und die Frau, die meinen Onkel versorgten, haben als Zeugen fungiert.«

»Gibt es eine Möglichkeit, dieses Testament anzufechten?«

»Ich habe nicht die Absicht.«

»Sie betrachten also die Sache als eine sportliche Herausforderung Ihres Onkels?«

»So sehe ich die Sache an.«

»Wahrscheinlich ist es das auch«, sagte Poirot nachdenklich. »Irgendwo in dem weitläufigen Haus hat Ihr Onkel entweder eine große Summe Geld versteckt oder aber ein zweites Testament. Um das zu finden, hat er Ihnen ein Jahr Zeit bewilligt.«

»Genau das, Monsieur Poirot; und ich glaube fest, daß Ihre Findigkeit bei weitem größer sein wird als meine.«

»Oh, oh! Das ist aber reizend von Ihnen! Meine kleinen grau-

en Gehirnzellen stehen Ihnen ganz zur Verfügung. Haben Sie selbst noch nicht gesucht?«
»Nur ganz flüchtig. Ich habe zuviel Hochachtung vor den Fähigkeiten meines Onkels und fürchte, daß die Aufgabe nicht leicht sein wird.«
»Haben Sie das Testament oder eine Abschrift bei sich?« Miss Marsh gab ihm über den Tisch hinweg ein Schriftstück. Poirot las es durch und nickte.
»Vor drei Jahren aufgesetzt. Datum vom fünfundzwanzigsten März. Das ist vielleicht ein Hinweis. Das schränkt das Feld, das wir absuchen müssen, etwas ein. Wahrscheinlich müssen wir ein zweites Testament suchen. Wenn es auch nur eine halbe Stunde später gemacht worden wäre, würde das erste ungültig sein. *Eh bien*, Mademoiselle, Sie bieten mir da ein ebenso verzwicktes wie reizvolles Problem. Seine Lösung wird mir ein Vergnügen sein. Ganz bestimmt war Ihr Onkel ein fähiger Mann, aber ich bezweifle, ob er es mit einem Hercule Poirot aufnehmen kann!«
(Wirklich, Poirots Eitelkeit ist verheerend!)
»Glücklicherweise habe ich im Augenblick etwas Zeit. Hastings und ich werden heute abend nach *Crabtree Manor* hinausfahren. Das Ehepaar, das Ihren Onkel versorgt hat, ist vermutlich noch da?«
»Ja, sie heißen Mr. und Mrs. Baker.«
Am folgenden Morgen machten wir uns an die Arbeit. Wir waren in der vorhergehenden Nacht angekommen. Mr. und Mrs. Baker hatten ein Telegramm von Miss Marsh bekommen und erwarteten uns. Sie waren ein nettes Paar, er, knorrig und rotbackig wie ein verschrumpeltes Äpfelchen, und seine Frau sehr grobknochig und von echter Devonshirer Gelassenheit.
Die Reise und die acht Meilen lange Fahrt von der Station her hatten uns ermüdet. Nach einem ausgezeichneten Abendessen – gebratenen Hühnern, Apfelpudding und Devonshirer Rahm – begaben wir uns sofort zu Bett. Am Morgen wurde uns ein wunderbares Frühstück serviert, und jetzt saßen wir in einem schmalen, getäfelten Raum, der Arbeitszimmer und Wohnraum des verstorbenen Mr. Marsh gewesen war. Ein Schreibtisch mit Rolldeckel, vollgestopft mit Papieren, alle säuberlich

etikettiert, stand an der Wand, und ein großer Ledersessel ließ darauf schließen, daß das der eigentliche Ruheplatz seines Eigentümers gewesen war. Eine große, chintzbezogene Couch lief die ganze Wand entlang; selbst die niederen Fenstersimse waren mit demselben verblichenen Chintz bezogen.

»Eh bien, mon ami«, sagte Poirot und zündete sich eine seiner winzigen Zigaretten an, »jetzt müssen wir unseren Schlachtplan ausarbeiten. Ich habe bereits das ganze Haus oberflächlich besichtigt, bin aber der Meinung, daß uns nur dieser Raum einen Hinweis liefern kann. Wir müssen alle Dokumente an diesem Schreibtisch durchsehen. Natürlich erwarte ich nicht, das Testament dabei zu finden, aber es ist durchaus möglich, daß irgendein scheinbar harmloses Papier uns einen Fingerzeig für das Versteck liefert. Bitte, läuten Sie doch einmal.«

Ich läutete. Während wir warteten, ging Poirot auf und ab und sah sich sehr zufrieden im Zimmer um. »Ein Mann mit Methode, dieser Mr. Marsh. Schauen Sie nur, wie säuberlich diese Akten beschriftet sind; dann hat der Schlüssel jeder Schublade ein Elfenbeinschild – genau wie der Schlüssel zu dem Porzellanschrank an der Wand; und sehen Sie, mit welcher Genauigkeit das Porzellan angeordnet ist. So etwas erfreut mein Herz. Hier ist nichts, was das Auge beleidigt ...«

Er machte eine plötzliche Pause, seine Augen blieben an dem Schlüssel des Rollschreibtisches hängen, an dem ein kleines, schmutziges Briefkuvert festgemacht war. Poirot nahm es in die Hand. »Schlüssel zum Rollschreibtisch« war in verschnörkelter Handschrift darauf geschrieben. Nicht so ordentlich wie bei den anderen Schlüsseln.

»Eine fremde Note«, bemerkte Poirot stirnrunzelnd. »Ich könnte schwören, daß das nicht von Mr. Marsh stammt. Aber wer ist denn sonst im Haus gewesen? Doch nur Miss Marsh, und sie ist doch auch eine junge Dame, die sehr viel auf Ordnung hält, wenn mich nicht alles täuscht.«

Baker kam. »Würden Sie bitte Ihre Frau holen und uns ein paar Fragen beantworten?« Baker verschwand und kam nach wenigen Minuten mit seiner Frau wieder, die sich ihre Hände an der Schürze abwischte und über das ganze Gesicht strahlte. Mit wenigen klaren Worten setzte ihnen Poirot seinen Auf-

trag auseinander. Die Bakers waren sofort einverstanden. »Wir wollen doch nicht mit ansehen, daß Miss Violet ihr ganzes Erbe wieder verliert«, erklärte die Frau. »Es wäre furchtbar, wenn ein Krankenhaus das alles einstecken würde.«
Poirot fuhr mit seinen Fragen fort. Jawohl, Mr. und Mrs. Baker erinnerten sich sehr deutlich daran, daß sie das Testament als Zeugen unterschrieben hatten. Baker war zuvor in die Stadt geschickt worden, um zwei gedruckte Testamentsformulare zu besorgen.
»Zwei?« fragte Poirot scharf.
»Ja, Sir, wohl vorsichtshalber, glaube ich, falls er eines verderben würde – und natürlich passierte das auch. Wir hatten eines unterschrieben . . .«
»Welche Tageszeit war das?«
Baker kratzte sich am Kopf, aber seine Frau war schneller.
»Na, weißt du es nicht mehr? Ich hatte gerade die Milch für den Kakao hingestellt – es war elf Uhr. Weißt du es nicht mehr? Als wir in die Küche zurückkamen, war die Milch übergelaufen.«
»Und nachher?«
»Es kann eine Stunde später gewesen sein, als uns Mr. Andrew wieder zu sich rief. ›Mir ist ein Fehler unterlaufen‹, sagte er. ›Ich habe das Ganze noch mal aufsetzen müssen. Ihr müßt noch mal unterschreiben.‹ Und das taten wir dann auch. Daraufhin hat Mr. Andrew jedem von uns eine schöne Geldsumme gegeben und gesagt: ›Ich habe euch in meinem Testament nichts hinterlassen, aber so lange ich lebe, bekommt ihr jedes Jahr denselben Betrag, damit ihr etwas habt, wenn ich tot bin.‹ Und das hat er auch gehalten.«
Poirot dachte nach. »Nachdem Sie nun das zweitemal unterschrieben hatten, was tat Mr. Marsh anschließend? Wissen Sie es?«
»Er ging ins Dorf und bezahlte Rechnungen von unseren Lieferanten.«
Unser bisheriges Ergebnis erschien nicht sehr vielversprechend. Poirot versuchte es auf andere Weise. Er hielt ihnen den Schlüssel des Schreibtisches unter die Nase. »Ist das Mr. Andrews Schrift?«

Vielleicht bildete ich es mir nur ein, aber es kam mir so vor, als ob ein paar Augenblicke vergingen, ehe Baker antwortete: »Ja, Sir.«

»Er lügt«, dachte ich. »Aber warum?«

»Hatte Mr. Andrew das Haus jemals vermietet? Waren in den letzten drei Jahren irgendwelche fremden Leute hier?«

»Nein, Sir.«

»Besucher?«

»Nur Miss Violet.«

»Haben keine Fremden diesen Raum hier betreten?«

»Nein, Sir.«

»Du vergißt die Arbeiter«, erinnerte ihn seine Frau.

»Arbeiter?« Poirot wandte sich schnell an Mrs. Baker. »Was für Arbeiter?«

Mrs. Baker erklärte, daß vor ungefähr zweieinhalb Jahren Arbeiter im Haus waren, da eine Reihe von Reparaturen zu machen war. Sie konnte über die Art der Reparaturen nichts Genaues sagen. Ihrer Ansicht nach war es eher eine Laune Mr. Andrews und die Reparaturen gänzlich unnötig. Mr. Andrew ließ weder sie noch ihren Mann während der Arbeiten in diesen Raum. Sie konnte sich nicht an den Namen der beauftragten Firma erinnern, sie wußte nur noch, daß sie aus Plymouth gewesen war.

»Wir machen Fortschritte, Hastings«, sagte Poirot und rieb sich die Hände, als die Bakers das Zimmer verlassen hatten. »Bestimmt hat er ein zweites Testament gemacht, und die Leute aus Plymouth hat er kommen lassen, um es fachgerecht zu verstecken. Besser, wir fahren nach Plymouth, anstatt den Boden aufzureißen und die Wände abzuklopfen.«

Mit einiger Mühe fanden wir die Firma, die für Mr. Marsh gearbeitet hatte.

Da die Leute im großen und ganzen seit Jahren dieselben Arbeiter beschäftigten, war es leicht, die zwei Männer zu finden, die in *Crabtree Manor* gearbeitet hatten. Sie erinnerten sich sehr gut. Neben kleineren Reparaturen hatten sie aus dem Kamin einen Ziegelstein herausgenommen, darunter einen Hohlraum angelegt und den Ziegelstein so bearbeitet, daß man keine neue Fuge sehen konnte. Wenn man auf einen bestimmten

Ziegel drückte, hob sich der neu eingesetzte Ziegel automatisch in die Höhe. Es war eine sehr komplizierte Arbeit, die dem alten Herrn außerordentlich wichtig gewesen war. Der Mann, der uns das alles erzählte, hieß Coghan, ein großer, plumper Kerl mit grauem Schnurrbart, der ziemlich intelligent zu sein schien.
Wir kehrten sehr vergnügt nach *Crabtree Manor* zurück, schlossen uns im Arbeitszimmer ein und machten uns daran, unsere neuerworbenen Kenntnisse anzuwenden.
Es war unmöglich, den Ziegelsteinen äußerlich etwas anzusehen, aber als wir auf die angegebene Weise gegen einen Ziegel drückten, wurde ein ziemlich tiefer Hohlraum sichtbar.
Poirot griff gierig mit erwartungsvollem Gesicht hinein. Alles, was er zum Vorschein brachte, war ein zerknittertes Stück Papier. »*Sacré!*« rief er ärgerlich. »Irgend jemand ist uns zuvorgekommen.«
Wir prüften das Stück Papier genau. Es war offensichtlich ein Stück von dem Testamentsformular, das wir suchten. Man konnte noch Bakers Unterschrift lesen, aber das war auch alles.
Poirot seufzte und ließ sich in einen Sessel fallen.
»Ich verstehe es nicht«, knurrte er. »Wer hat das Testament zerstört? Und zu welchem Zweck?«
»Die Bakers?« schlug ich vor.
»*Pourquoi*? Keines der Testamente hätte ihnen einen Vorteil gebracht. Im Gegenteil, bei Miss Marsh werden sie ihre Stellung behalten können, während ein Krankenhaus sie wahrscheinlich entlassen würde. Worin liegt also der Vorteil, das Testament zu zerstören?«
»Vielleicht hatte der alte Mann seine Absicht geändert und das Testament selbst zerstört«, meinte ich.
Poirot stand auf.
»Das ist in der Tat möglich«, gab er zu. »Eine Ihrer weniger törichten Bemerkungen, Hastings. Nun, viel mehr können wir hier nicht tun. Das Menschenmögliche haben wir getan. Zwar haben wir unsere Köpfe erfolgreich gegen das Köpfchen des verstorbenen Andrew Marsh eingesetzt; aber unglücklicherweise nützt es seiner Nichte nicht viel.«

Wir fuhren sofort zum Bahnhof, verfehlten aber den Schnellzug. Wir nahmen den nächstbesten Zug. Poirot war traurig und unzufrieden. Ich war rechtschaffen müde und nickte in meiner Ecke langsam ein. Plötzlich, als wir gerade aus Taunton herausfuhren, stieß Poirot einen Schrei aus. »*Vite*, Hastings! Aufwachen und abspringen! Aber so springen Sie doch!«
Bevor ich wußte, wie mir geschah, standen wir beide auf dem Perron, barhäuptig und ohne unser Gepäck – der Zug verschwand in der Nacht. Ich war wütend. Aber Poirot kümmerte sich nicht darum.
»Ich Dummkopf!« rief er aus und schlug sich mit der Faust an den Kopf. »Ich dreifacher Trottel! Nie wieder werde ich meine kleinen grauen Zellen loben!«
»Das wenigstens ist ein erfreulicher Anfang«, sagte ich brummig. »Aber was ist eigentlich los?«
Wie sonst, wenn er seinen eigenen Ideen nachging, kümmerte sich Poirot absolut nicht um mich.
»Die Rechnungen – er hat doch die Lieferanten bezahlt, das habe ich bei meinen Überlegungen ja ganz vergessen! Ja, aber wo? Wo? Macht nichts, diesmal kann ich mich nicht irren! Wir müssen sofort umkehren.«
Das war leichter gesagt als getan. Wir bekamen einen Bummelzug nach Exeter, und dort nahm Poirot ein Auto. In den frühen Morgenstunden erreichten wir endlich *Crabtree Manor*. Die aus ihren Betten gescheuchten Bakers waren natürlich sehr überrascht. Poirot kümmerte sich um gar nichts; er ging zielstrebig in das Arbeitszimmer.
»Ich war ein dreifacher Trottel, mein Freund«, geruhte er zu bemerken, »jetzt habe ich die Lösung!« Er ging sofort auf den Schreibtisch zu, zog den Schlüssel heraus und machte das alte, kleine Briefkuvert los. Ich sah ihm verständnislos zu. Wie konnte er bloß annehmen, ein großes Testamentsformular in diesem kleinen Briefumschlag zu finden? Mit größter Sorgfalt schnitt er den Umschlag auf und strich ihn glatt. Dann zündete er das Feuer an und hielt die leere Innenseite über die Flamme. In wenigen Minuten wurden schwache Buchstaben sichtbar. »Sehen Sie, mein Freund!« rief Poirot.

Ich sah genauer hin. Es waren nur ein paar Zeilen, die besagten, daß er sein ganzes Vermögen seiner Nichte Violet Marsh hinterließe. Es war datiert vom 25. März, zwölf Uhr dreißig mittags, und die Zeugen waren Albert Pike, Zuckerbäcker, und Jessie Pike, Hausfrau.

»Aber ist das denn legal?« japste ich.

»Soviel ich weiß, gibt es kein Gesetz, das einem verbietet, sein Testament heimlich und mit unsichtbarer Tinte zu schreiben. Die Absicht des Erblassers ist klar, und die Nutznießerin ist seine einzige lebende Verwandte. Aber schlau war er, der alte Herr! Er sah jeden Schritt, den jemand auf der Suche nach dem Testament unternehmen würde, voraus, und ich, ich jammervoller Trottel, fiel darauf herein! Er läßt sich zwei Testamentsformulare besorgen, läßt die Bakers zweimal unterschreiben, dann schreibt er sein Testament auf die Innenseite eines schmutzigen Briefumschlags, geht ins Dorf, um die Lieferanten zu bezahlen, bringt es durch irgendeine List fertig, den Zuckerbäcker und seine Frau mit seinem Füllfederhalter, der die unsichtbare Tintenmischung enthält, das Testament unterschreiben zu lassen, setzt seine eigene Unterschrift darunter, bindet zu Hause das Ganze an den Schlüssel seines Schreibtisches und – lacht sich tot.

Kam ihm seine Nichte hinter diesen Trick, dann hatte sich seiner Meinung nach ihr Studium gelohnt – und er gönnte ihr sein Geld von ganzem Herzen.«

»Aber sie ist ihm doch gar nicht hinter die Schliche gekommen«, sagte ich langsam. »Das ist doch unfair. In Wirklichkeit hat der alte Mann gewonnen.«

»Aber nein, Hastings! Ihre Logik ist falsch. Miss Marsh hat ihre Klugheit und den Erfolg ihres Studiums dadurch bewiesen, daß sie sofort die ganze Angelegenheit in meine Hände gelegt hat. Man soll immer den Fachmann zu Rate ziehen. Sie ist eine kluge Frau und hat ihr Recht auf das Geld unter Beweis gestellt.«

Ich möchte wissen – ich möchte sehr *gerne* wissen –, wie wohl der alte Andrew Marsh darüber gedacht hätte!

Inhalt

Leseprobe aus Scherz-classic-Krimi 941

SIE KAMEN NACH BAGDAD

von Agatha Christie

»Guten Morgen, Captain Crosbie. Womit kann ich dienen?«
»Ist Mr. Dakin in seinem Zimmer? Schön, ich gehe hinauf.«
Crosbie ging durch eine Tür ein paar sehr steile Stufen hinauf und einen schmutzigen Gang entlang. Er klopfte an die Tür am Ende des Ganges, und eine Stimme rief »Herein«.
Es war ein hohes, kahles Zimmer. Das elektrische Licht brannte, und das Tageslicht war sorgfältig ausgesperrt. An einem schäbigen Schreibtisch saß ein etwas schäbiger Mann mit einem müden, unentschlossenen Gesicht – dem Gesicht eines Mannes, der in der Welt nicht weitergekommen ist, der das weiß und dem nichts mehr daran gelegen ist.
Die beiden Männer, der muntere, selbstsichere Crosbie und der melancholische, müde Dakin blickten einander an. Dakin sagte: »Hallo, Crosbie! Gerade von Kirkuk zurück?«
Der andere nickte und schloß sorgfältig die Tür hinter sich. Es war eine alte, schlecht gestrichene Tür, aber sie besaß einen unerwarteten Vorzug. Sie schloß tadellos, ohne Spalten und ohne Zwischenraum am unteren Rand. Sie war nämlich tatsächlich schalldicht.
Mit dem Schließen der Tür ging im Benehmen der beiden Männer eine ganz leichte Veränderung vor sich. Captain Crosbie wurde weniger aggressiv und selbstsicher, und Mr. Dakins Schultern strafften sich, er wurde weniger unsicher. Wäre ein Lauscher dabei gewesen, hätte er zu seinem Erstaunen gemerkt, daß Dakin der Vorgesetzte war. – »Irgendwelche Neuigkeiten, Sir?«
»Ja.« Dakin seufzte. Er hatte ein Schriftstück vor sich, das er eben dechiffriert hatte. »Sie soll in Bagdad stattfinden.« Er strich ein Zündholz an, zündete das Schriftstück an und sah zu, wie es verbrannte. Als es zu Asche verglommen war, blies er leicht hinein. Die Asche flog auf und zerstreute sich.
»Ja«, wiederholte er. »Sie haben sich für Bagdad entschieden. Am Zwanzigsten des nächsten Monats. Wir sollen es strengstens geheimhalten.«
»Sie sprechen im Souk schon seit drei Tagen davon«, sagte Crosbie.

»In diesem Fall macht das nichts. Wenn die Konferenz in Bagdad stattfindet, wird es bald veröffentlicht werden müssen. Und dann fängt der Spaß – unser Privatspaß – an.«
»Glauben Sie, daß sie überhaupt stattfinden wird, Sir?« fragte Crosbie skeptisch. »Hat Onkel Joe ernstlich die Absicht zu kommen?«
»Ich glaube diesmal ja, Crosbie«, sagte Dakin nachdenklich. »Ja, ich glaube es wirklich. Und wenn sie stattfindet und ungestört verläuft – nun, dann kann sie vielleicht alles retten. Aber wenn diese phantastische Geschichte von Carmichael wahr ist ...« Er brach ab.
»Sie kann doch nicht wahr sein, Sir. Sie ist zu phantastisch!«
Dakin schwieg einen Augenblick. Er sah sehr klar ein ernstes, kummervolles Gesicht vor sich, hörte eine ruhige, schwer zu beschreibende Stimme phantastische, unglaubliche Dinge sagen. Er sagte sich, wie er sich damals gesagt hatte: »Entweder mein bester, mein verläßlichster Mann ist verrückt geworden, oder die Geschichte ist wahr ...«
Er sagte mit der gleichen leisen, melancholischen Stimme: »Carmichael glaubte sie. Alles, was er herausbekommen konnte, bestätigte seine Annahme. Er wollte hingehen, um mehr herauszubekommen, um Beweise zu bringen. Ob es klug von mir war, ihn gehen zu lassen, weiß ich nicht. Wenn er nicht zurückkommt, so bleibt nur mein Bericht über das, was Carmichael sagte, was wieder eine Geschichte ist, die jemand *ihm* erzählt hat. Genügt das? Ich glaube kaum. Es ist, wie Sie sagen, eine so phantastische Geschichte ... Aber wenn der Mann selbst am Zwanzigsten hier in Bagdad ist, um seine eigene Geschichte zu erzählen, die Geschichte eines Augenzeugen, und Beweise zu bringen –«
»Beweise?« fragte Crosbie scharf.
Der andere nickte: »Ja, er hat Beweise.«
»Woher wissen Sie das?« ...